Viertelmord

Sandra Pixberg

Viertelmord

Chavis und der tote Tänzer

EDITION TEMMEN

Die Deutsche Bibliothek verzeichnet diese Publikation in der Deutschen Nationalbibliografie; detaillierte bibliografische Daten sind im Internet unter http://dnb.ddb.de abrufbar.

Für Informationen zu den Hintergründen aus dem Bereich Tanz dankt die Autorin dem Verein Perform[d]ance, Stralsund

Umschlaggestaltung:
Christopher Klerings und Sebastian Müller

© Edition Temmen 2012

Hohenlohestraße 21
28209 Bremen
Tel. 0421-34843-0
Fax 0421-348094
info@edition-temmen.de
www.edition-temmen.de

Alle Rechte vorbehalten
Gesamtherstellung: Edition Temmen
ISBN 978-3-8378-7015-2

Inhalt

Einfach zu lang gebadet
Hoffentlich kein Serienbrief
Endlich tot, der Franzosensack
Wie ein Loch im Strumpf
›Hijo‹ heißt Sohn
Kaffee satt
Du bist gefährlich
Man sollte drüber wegkommen
Juli-Gemüse-Curry
Bengel mit Fernzündung
In einem ausgezeichneten Gesundheitszustand
Leiden sind Erkenntnisse, meint Herr Steiner
Zur Abwechslung mal italienisch
Er ist nicht tot, er riecht nur komisch
Made in school
Die Suppe auslöffeln
One Day I'll Fly Away

Die Autorin

Sturmreiter

Wir umschlingen den verschwitzten Hals unseres galoppierenden Pferdes. Hart spüren wir die Haare seiner Mähne in unserem Gesicht. Drücken unsere Wange an das nasse Fell und flüstern lustvolle Dinge in sein aufgestelltes Ohr. Wir sehen das Weiß im Auge des Tieres, das flüchtend voranprescht. Kein Boden mehr unter den Hufen, quellende weiche Wolkenschicht, glatte schnelle Winde. Den Abgrund haben wir lange hinter uns gelassen.

Frei nach »Riders on the Storm«, dem letzten Jim-Morrison-Song/The Doors. Im Text gedenkt Morrison der Familie Mosser, die im Südwesten der USA von dem Amokläufer Billy Cook getötet wurde.

Einfach zu lang gebadet

Vor seinen Füßen lag eine aufgedunsene Wasserleiche. Die schwarzen Schamhaare um das Glied des Toten glänzten im Sonnenlicht. Wie Sahnepudding quoll das aufgeschwemmte Fleisch des Oberschenkels zwischen dem Jeansstoff hervor, von dem ein langer Fetzen neben dem Bein lag. Chavis hätte sich etwas Schöneres gewünscht an einem ganz normalen Dienstagmorgen. Sein Mund war trocken und er bekam eine Ahnung von der Hitze, die im Tagesverlauf zu erwarten war. Am Morgen hatte er sich die Zeit genommen, den Kopf frisch zu rasieren. Er spürte, wie die warmen Sonnenstrahlen durch die Schädeldecke seine Gehirnzellen auf Betriebstemperatur brachten. Die würde er in diesem Fall auch dringend brauchen.

Hinter dem rot-weißen Absperrband, am Ende der Strandbucht, floss träge die Weser.

»Wie lange hat sich die Leiche da wohl rumgetrieben?«, fragte er Stine und deutete mit dem Kinn aufs Wasser. Sie zuckte mit den schmalen Schultern.

»Ich entdecke hier auch keinen Kumroth, den wir fragen könnten«, sagte sie und sah sich nach den Männern in Uniform und denen in weißen Anzügen um, die mit der Leiche beschäftigt waren.

»Der«, Chavis verkniff sich das Wort, das ihm auf der Zunge lag, »kann mir auch gestohlen bleiben.«

Wie das Tackern einer Nähmaschine klang der Motor des klapprigen Mitsubishis, den Stefan Büschel neben den drei Streifenwagen am Deich parkte. Seine roten Shorts leuchteten, als er ausstieg und den Trageriemen seines Fotokoffers über die Schulter wuchtete. Vor dem Fotografen der Bremer Polizei fuhr ein einsamer Radfahrer den Geesteweg entlang. Zwar verdrehte der angesichts der Streifenwagen den Hals, doch er traute sich nicht vom Sattel und fuhr weiter. Der Deichweg in Rablinghausen war an diesem Vormittag nahezu menschenleer. Ab und zu war das Scheppern der Container zu hören, die im Neustädter Hafen gelöscht wurden. Der Fotograf hockte sich naserümpfend vor die Leiche und wechselte das Objektiv seiner Kamera.

Zu Lebzeiten war der Tote attraktiv gewesen. In den nassen Haaren vermischten sich Grau und Schwarz. Wie Knopfaugen einer Spielzeugmaus lagen die erloschenen Pupillen in den Augäpfeln. Dunkelbraune Augen. Eine römische Nase teilte sie. Das langärmlige, ursprünglich weiße Hemd wickelte sich um seinen Körper. Bis auf einige fehlende Knöpfe schien es im Gegensatz zur Jeans vollständig zu sein. Die Kollegen von der Spurensicherung gingen an Stine und Chavis vorbei in Richtung Auto.

»Keine Spuren. War auch nicht anders zu erwarten – der hat mal einfach zu lang gebadet«, sagte der Letzte von ihnen kopfschüttelnd.

Der Verwesungsgeruch wehte in einem Schwall zu ihnen herüber. Stine setzte sich mit ihrem Laptop deichaufwärts an das Absperrband, so weit wie möglich von der Leiche entfernt, um das Protokoll und die Suchmeldung zu schreiben. Chavis sah, wie sich ihre Finger betriebsbereit auf die Tasten legten, und begann wie automatisch zu diktieren.

»Männliche Leiche, zwischen fünfzig und sechzig Jahre alt, grauschwarze kurze Haare, dunkelbraune Augen, circa 1,75 Zentimeter groß, Kleidergröße sechsundvierzig bis achtundvierzig. Todesursache unklar, im Sichtbereich vorne keine auffälligen Verletzungen, Hautpartien stark aufgequollen. Nähere Angaben zum Todeszeitpunkt, Wassereintritt und Todesursache fehlen«, er drehte sich zu einem Langen im Overall um, der als Einziger noch neben der Leiche kniete. »Beziehungsweise – folgen nach der Leichenschau und das wird sein, Assi Albert?«

»Morgen früh – heute Nachmittag – gestern«, murmelte der und packte seine Technik zusammen. »Du weißt doch genau, wie Kumroth ist, Chavis.«

Der seufzte und wandte sich an den Fotografen, der sein Autodach erklommen hatte und die Leichenfundstelle von oben dokumentierte.

»Hey Büschel«, rief Chavis ihm zu, »hübsch die Leiche ein bisschen auf, wir verteilen die Fotos noch heute in der Stadt.«

»Suchmeldung an alle Polizeiwachen und Streifen. Die Pressestelle soll die Information an die Medien weiterleiten«, sagte Chavis, während er auf den kochend heißen Beifahrersitz des Dienstautos rutschte, »am allerwichtigsten ist der Hörfunk. Wir müssen so schnell wie möglich wissen, wer der Tote war.«

Stines schmale Hand zuckte mit einem reflexartigen Flattern vom Steuerrad weg. Der zufriedene Ausdruck auf ihrem Gesicht verschwand nicht für eine Sekunde. Hitze konnte sie zwar nicht ausstehen, aber eine frisch aufgefundene Leiche ohne Identität machte die Temperatur allemal wett.

Die Uhr zeigte 9.17 Uhr. Chavis schöpfte Hoffnung. Noch acht Stunden. Die Langemarckstraße war frei, der Berufsverkehr war für diesen Morgen durch. Leise leierte er vor sich her: »Libro, tijeras, papel, lápiz, computadora, teléfono...«

»Was murmelst du da?«, fragte Stine.
»Ach, nichts.«

Vor zwei Stunden hatte sich Chavis vor seiner Haustür im Bremer Ostertorviertel bester Laune auf sein Fahrrad geschwungen. Der blaue Himmel über der Stadt hatte einen weiteren Hochsommertag angekündigt. Kurz hinter der Sielwallkreuzung hatte er die auseinandergefledderten Reste eines Rollos auf dem roten Backsteinweg umfahren, den Osterdeich überquert und sich in den regen Fahrradverkehr entlang dem Fluss stadteinwärts eingereiht.

Ob er nach dem Spanischkurs für den Film bleiben sollte, Original mit Untertitel, den das Instituto Saavedra immer dienstagabends zeigte? Er gestand ein, dass er zwar offiziell den zweiten Kurs besuchte, aber oft verhindert gewesen war. Spanisch lernen, das ist wie eine Urschrei-Therapie, wenn man Halbspanier ist, ohne es je gewesen zu sein. Er ist ein bremisch-iberischer Wechselbalg, von der Mutter aufgezogen, die eben Bremerin ist. An seinen Vater erinnerte sie sich wohl nur als eine Sommerliebe in einer verrückten Zeit. So ähnlich wie seine Mutter zu ihm, dem Kind, gekommen war, so plötzlich und willkürlich hatte es Chavis zur Polizei verschlagen.

Als Kind hatte er im Polizeisportverein fechten gelernt und damit überraschenderweise oft bei Wettbewerben gewonnen. Im Nachhinein machte er die Fecht-Erfolge in seiner Jugend dafür verantwortlich, dass er trotz innerer Zweifel die Aufnahmeprüfung in den höheren Dienst bei der Bremer Polizei ablegte. Und bestand. Zu Beginn war er guter Hoffnung gewesen, dass er, Christopher Arves, als Polizist etwas Gutes bewirken könne. Inzwischen löste der Dienst selten Glücksgefühle in ihm aus. Sternstunden waren das, wenn er meinte, doch auf der richtigen Seite zu stehen. Unabhängig von dem Erfolg, den er durch die hohe Aufklärungsrate seiner Fälle zu verzeichnen hatte, war er bei vielen Kollegen unbeliebt.

In ihren Augen war er einfach ein sauertöpfischer Hauptkommissar.

Als er den Strom der Fahrradfahrer an der Weser verließ, ahnte er noch nichts von der stinkenden Wasserleiche, die ihn erwartete. In den Wallanlagen fiel ihm der Instituto-Kurs der letzten Woche ein, in dem es um Gegenstände im Büro ging: Buch, Schere, Papier, Stift, Computer, Telefon konnte er noch auswendig. Als er sich die Vokabeln ins Gedächtnis rief, war Stine im Innenhof mit dem ihr eigenen Augenleuchten auf ihn zugekommen. Er hatte sich herabgebeugt, wie um sein Fahrrad abzuschließen. In Wirklichkeit hatte er diesen letzten Moment seiner guten Laune genossen, bevor das Theater um irgendeine Leiche wieder losging.

»Vielleicht ist es doch ein ganz banaler Selbstmord«, tröstete er sich. Vor die Rechner geheftet, saßen sie schwitzend in ihrem Büro, beide mit dem finalen Willen zur Erledigung. Wenn erst die Suchmeldung veröffentlicht war, würden sie keine Zeit mehr zur Büroarbeit finden. Er hoffte noch, dass die Laborergebnisse erst morgen vorliegen würden und die Suchmeldung schnell Erfolg hätte. Dann könnte er es gegen fünf zu seinem Curso schaffen.

Eine Hundertstelsekunde vor dem ersten Klingeln des Telefons wusste er, dass sich die Leichenschau anmelden würde. Damit hatte sich sein Spanischkurs für heute erledigt. Stine legte nach einem »Ja, wir kommen nach unten« den Hörer auf.

Im Gegensatz zu Chavis bewegte Stine nicht der Unmut, sondern genau das Gegenteil. Sie war voller Freude darüber, dass es endlich losging. Ihr Körper flog geradezu vor ihm die Treppen in den Keller des Präsidiums hinunter.

In dem kalten Licht des Obduktionssaals kam dem Kriminalkommissar das Frühstück sauer hoch, als er die Leiche sah und – vor allem – roch. Dabei war er einiges gewöhnt. Der Tote lag vollständig nackt auf dem Stahltisch. Das aufgedunsene Fleisch verlor nach und nach die Schwellung, dafür bildete sich zwischen Leiche und Unterlage eine feuchte Lake. Noch waren Rumpf und Glieder des Toten von seltsam bläulich schimmernder Haut überzogen, die sich wie gegorener Hefeteig aufblähte. Nur leider überhaupt nicht so duftete.

Das Gesicht mit der markanten Nase hatte beinahe den Anschein von Normalität wiedererlangt. Im wirklichen Leben muss es asketisch ausgesehen haben. Die schwarze, von weißen Haaren durchzogene Körperbehaarung deutete auf die dunkle Pigmentierung des Opfers hin.

»Na – Selbstmord?«, fragte Chavis beiläufig.

»Hätten wir euch dafür nach unten bemüht?«, erwiderte der leitende Obduktionsmediziner. Ein Außenstehender hätte denken können, dass hier Kollegen ein witziges Bonmot austauschten. Der Arzt stand in militärischer Haltung an dem hohen Metalltisch, neben ihm sein langer, krummer Assistent Albert und der Chemiker Holger Schaarschmidt.

»Bestimmt«, sagte der Hauptkommissar und starrte sein Gegenüber ohne Lächeln an. Zwischen dem polizeilichen Obduktionsmediziner Dr. Andreas Kumroth und dem Kriminalpolizisten Christopher Arves gab es nichts Verbindliches. Im Gegenteil: Kumroth war ein fleischlich gewordener Grund, weswegen Chavis immer wieder bedauerte, bei der Polizei gelandet zu sein.

Der schlaksige »Assi Albert« – wie er von allen bei der Polizei genannt wurde und der er bedauerlicherweise immer bleiben würde, denn er hatte sein Medizinstudium in Hamburg aufgrund einer längst vergangenen Bremer Liebe hingeschmissen – hob zum Bericht an.

»Bei dem Toten handelt es sich um das Opfer einer Gewalttat, das ist richtig. Ihm wurden mit einem spitzen langen Gegenstand elf Stiche in den Rücken zugefügt. Der Mörder hat die Tatwaffe tief in sein Opfer gestoßen. Vier Mal scheiterte er an den Rippen, sieben Stiche trafen Innereien, welche, müssen wir erst feststellen. Nach dem derzeitigen Stand unserer Untersuchung hat sich das Opfer nicht gewehrt. Da es sich – im Leben – um einen sportlichen Menschen gehandelt hat, vermuten wir, dass ihm das aus irgendeinem Grund nicht gelungen ist.«

»Vielleicht ging der erste Stich ins Herz«, warf Stine ein.

»Ja, das wäre eine Möglichkeit«, stimmte Kumroth zu.

»Oder er kam da, wo er überfallen wurde, nicht weg«, sagte Chavis.

»Was uns zu der Frage nach Tatort und Tatzeit führt«, setzte Assi Albert erneut an, »bei den durchschnittlichen Außentemperaturen von neunzehn Grad und einer Weser-Wassertemperatur von achtzehn Grad dauert es zwei bis fünf Tage, bis eine Leiche diesen Zustand aufweist. Danach sieht sie wieder anders aus.«

Assi Albert machte eine Pause und ließ Stine und Chavis Zeit, sich bei der Vorstellung einer noch älteren Wasserleiche zu ekeln und anschließend Dankbarkeit dafür zu empfinden, dass sie vor ihnen auf dem Rollwagen lag und nur so stank, wie sie stank.

»Untersucht haben wir das Opfer um 10.47 Uhr heute Morgen. Und noch etwas: Die Leiche wurde unserer Erkenntnis nach nicht weit geschleift, bevor sie im Wasser landete. Also könnt ihr am Fluss entlang nach dem Tatort suchen. In der Nähe des Wassers ist es bei dem Wetter sowieso am angenehmsten«, schloss Assi Albert, der es immer schaffte, seine grausamen Berichte mit einem versöhnlichen Satz zu beenden.

»Ach – und noch was«, räusperte sich Kumroth, als sie sich, froh, dem Gestank zu entkommen, schnell zur Tür gewendet hatten, »ich wette mit euch zehn zu eins, dass es sich bei dem Toten um einen Kanaken handelt.«

Chavis fuhr zusammen, als hätte Kumroth ihm einen Schlag in den Nacken verpasst. Nickte, brummte und ging. Stine folgte mit einem »Danke Assi« in Alberts Richtung. »Hinterrücks, ist ja link«, bemerkte sie dann. Chavis wusste nicht, ob sie den Mörder oder Kumroths letzte Bemerkung damit meinte.

»Treib jemanden auf, der sich mit den Strömungsverhältnissen der Weser auskennt. Bestimmt gibt es eine Statistik dazu. Die Leiche muss hinter dem Weserwehr ins Wasser gebracht worden sein.« Er erinnerte sich an die abgerissenen Knöpfe am Hemd des Opfers.

»Frag bei dem Fährbetrieb die Steuermänner, ob sie irgendwas weißes – blaues – Jeansfetzen, irgendwas haben schwimmen sehen. Kann ja sein. Auch bei dem Ruderverein gegenüber.«

»Verdammter Mist«, bemerkte Stine, »die Leiche ist an mehreren Tausend Menschenaugen vorbeigetrieben, bis wir sie in Rablinghausen zu Gesicht bekommen haben.«

Den Auftakt der Anruferflut, die sich im Laufe des Abends über sie ergießen sollte, machte das Labor.

»Zerrissene Unterhose und Jeans, ein weißes Hemd sichergestellt. Keine Schuhe, nichts in den Hosentaschen«, meldete Holger Schaarschmidt in seinem üblichen SMS-Stil.

»Sind die Hosentaschen noch an der Jeans?«, fragte Chavis.

»Alles komplett, nur kaputt«, sagte Holger bündig.

Die Ohren am Telefon platt wie Austernpilze, die Fingerkuppen zu Tastendrückern reduziert. Schnelle Nachfrage, keine

Antwort, weiterfragen. Der Nächste. Nach der Suchmeldung in dem regionalen Fernsehmagazin um 19.48 Uhr standen ihre Telefone nicht mehr still. Vier Kolleginnen von der Schutzpolizei selektierten die Hinweise vor, aber viele von ihnen klangen vernünftig. Stine und Chavis kamen neben dem Protokollieren nicht zum Denken. Um kurz vor zehn Uhr schaltete Stine ihr Schreibtischlicht an, im Büro dämmerte es, draußen begann die blaue Stunde. Zum ersten Mal nach fünf Stunden Anruferflut waren die beiden Telefone verstummt. Chavis kannte Stine gut. Diesen verklärten Gesichtsausdruck bekam sie nur, wenn sie eine Überraschung auf Lager hatte.

»Na – hast du ihn auch?«, fragte er sie. Stine lächelte als Dankeschön dafür, dass er ihr den Vortritt ließ.

»Die Leiche war Marcel Kupiec, achtundfünfzig Jahre alt, wohnhaft in der Kohlhökerstraße dreiundachtzig, Sportlehrer am Goethe-Gymnasium. Bis vor zehn Jahren Tänzer am Theater Bremen. Unverheiratet, eine Tochter, Julia Kupiec, die auch Lehrerin am Goethe-Gymnasium ist. Bedauerlicherweise hat sie die Nachricht von dem gewaltsamen Tod ihres Vaters aus dem Fernsehen erfahren. Ihr erster Anruf ging neun Minuten nach der Suchmeldung im Fernsehen bei uns ein.«

»Ich bin zum gleichen Ergebnis gekommen, aber Verwandtschaft hatte ich nicht. Immerhin erspart es uns, ihr die schlechte Nachricht zu überbringen. Wie hat sie es aufgefasst?«, fragte er.

»Kühl und sachlich«, sagte Stine. Chavis schüttelte den Kopf. Eine Tochter erfuhr aus dem Fernsehen, dass ihr Vater ermordet worden war. Minuten, nachdem sie das erfahren hatte, rief sie ohne emotionale Regung bei der Polizei an. Auf die bin ich gespannt, dachte Chavis.

In der Zentrale meldete er Stine und sich ab und wies die Kollegin telefonisch an, sachdienliche Hinweise weiter zu sammeln.

»Wie? Chavis geht schon in den Feierabend?«, hörte er im Hintergrund in der Zentrale. Er war zu müde, um darüber nachzudenken, ob das Frotzelei oder Ironie gewesen war. Stine rieb sich die Augen. Wortlos zog er aus dem Getränkeautomaten im Flur eine Flasche Cola, teilte sie in zwei Pappbecher auf und stellte einen davon auf Stines Schreibtisch. Nach der ganzen Rederei trank er alles in einem wohltuend langen Zug aus.

»Marcel Kupiec ist hinterrücks erstochen worden.« Stine setzte den Pappbecher ab.

»Das heißt, wir müssen sein privates und berufliches Umfeld untersuchen, dürfen aber einen Raubüberfall mit Todesfolge nicht ausschließen.«

»Ja. Komisch, dass er nichts bei sich trug. Einen Türschlüssel, Geld, ein Portemonnaie. Das ist ihm entweder nach dem Angriff aus den Taschen genommen worden oder durch die Strömung verloren gegangen und auf den Flussgrund gesunken.« Stine rülpste freiherzig.

»Andererseits passen elf Stiche nicht zu einem, der anschließend akribisch die Hosentaschen seines Opfers leert. Das sieht mir eher nach starken Emotionen aus. Und wenn er eine Umhängetasche dabeihatte, Chavis?« Sein Blick wanderte zur Garderobe, an der seine eigene Umhängetasche mit dem Spanischbuch hing, das er am Morgen bester Laune da hineingesteckt hatte.

»Möglich wäre es. Dazu brauchen wir Zeugenaussagen. Fest steht: Tatzeit unbekannt, Tatort wahrscheinlich irgendwo draußen. Schlüssel, Geld, Papiere fehlen und lassen einen Raubüberfall vermuten, aber die Vielzahl und Tiefe der Stiche deuten auf ein persönliches Motiv hin. Wir treffen uns morgen um sieben Uhr vor seiner Wohnung, Kohlhöker dreiundachtzig.«

»Ich muss dringend los,« mit einer fließenden Bewegung stand Stine auf, »sonst schläft meine Mutter noch aus Versehen an Hannahs Bettchen ein.«

Chavis löschte die beiden Schreibtischlampen und blieb im dunklen Büro sitzen.

»Papel, lápiz, tijeras«, sagte er leise und betrachtete den hellen Schein des Papiers, den langen Schatten des Stiftes und die Henkel der Schere auf seinem Schreibtisch. Seine Unlust, die er gespürt hatte, als er von der Wasserleiche am Morgen erfuhr, war verschwunden.

Als er wenig später mit dem Fahrrad den Ostertorsteinweg entlangfuhr, strich ihm der noch warme Fahrtwind angenehm über die Haut. Für einen Absacker fuhr er einen Schlenker durchs Steintorviertel und kehrte ins La Paloma ein. Eine Nachtkneipe, die den Charme einer notbeleuchteten U-Bahn-Station versprühte. Unaufgefordert, aber auch ohne ein Zeichen des Wiedererkennens, stellte der Thekenmann vor Chavis eine Flasche Himbeerlimonade. Der hatte zum Glück genauso wenig Lust zu quatschen wie er.

Hoffentlich kein Serienbrief

Von Kupiecs Wohnung war neben dem Schaugiebel einer Bürgervilla nur ein einfaches Fenster auf der Straßenseite zu sehen. Nach vier Etagen im breiten Treppenhaus und gefühlten 200 weißen Steinstufen gab Stine nicht einen Schnaufer von sich. Sie war viel zu gespannt, um aus der Puste zu kommen. Anders ging es einem der beiden Uniformierten, die sie begleiteten.

»Verdammter Retro-Scheiß ohne Fahrstuhl!«, rief er quer durchs Treppenhaus. Chavis biss die Zähne aufeinander und verkniff sich eine Bemerkung.

Um 7.10 Uhr dürften die Hausbewohner mit der Morgentoilette oder dem Frühstück beschäftigt sein. Bisher hatte keiner den Streifenwagen vor der Haustür registriert. Das würde sich jetzt wahrscheinlich ändern. Zehn Minuten nach Dienstbeginn fragte sich Chavis zum ersten Mal an diesem Tag, welche Langzeitschäden er aufgrund der Großmäuligkeit seiner Kollegen davontragen würde. Seine Kollegen, von denen einfach viel zu viele glaubten, sie seien gewiefte Einzelkämpfer gegen die dunkle Seite, die Täter, die mordeten, raubten, kidnappten. Er hatte keine Lust dazu, gegen die ganze Welt misstrauisch zu sein.

Einen Schlüssel hatten sie bei der Leiche nicht gefunden, auf ihr Klingeln an der Wohnungstür reagierte niemand. Mit einer Geste, die bedeutete, dass er der Besitzer einer Lizenz zum Tür-Öffnen war, drängte sich der vorlaute Uniformierte durch.

Mit erstaunlichem Feingefühl tastete er mit einem Spezialwerkzeug den Schlitz zwischen Tür und Leibung ab. Das Klicken, mit dem die Tür aufsprang, verriet, dass Kupiec seine Wohnung nicht abgeschlossen hatte, als er sie für immer verließ. Wenn er derjenige gewesen war, der als Letzter seine Wohnung verlassen hatte.

»Keine Angst vor Eindringlingen«, sagte Chavis laut. Der Kollege schwenkte die Wohnungstür auf und ließ den beiden Kripos den Vortritt. Von dem dunklen quadratischen Flur ging die Tür links zu einem fensterlosen kompakten Duschbad und eine Tür gegenüber führte sie in das genaue Gegenteil: Morgensonne traf sie, als sie den weiten Raum betraten, der nur im ersten Moment leer wirkte.

De facto herrschte hier ein ziemliches Chaos: ein durchwühltes Himmelbett, Berge orientalischer Kissen in allen Größen auf dem Boden. Die Palmen und Gummibäume mit tiefgrünen Blättern verloren sich im Raum. Eine ausgerollte Yoga-Matte in kräftigem Magenta und riesige schwarz-weiße Tanzfotos an den Wänden zeugten von Kupiecs körperbetonter Arbeit. Eine mit benutztem Geschirr vollgestellte Küchenzeile. Ein Naturholztisch mit zwei Stühlen, eine überdimensionierte Tasse darauf, auf deren Grund ein Rest Café au lait gerade zu einem hellbraunen Fleck vertrocknete. Der Anblick der Tasse berührte Chavis. Als wäre Kupiec gerade aufgestanden, um zu seinem Unterricht zu gehen. Neben dem Tisch eine Glastür, die auf einen Balkon führte, der von Teilen des Daches und einem Schornstein umrahmt wurde.

»Wenn diese Wohnung sein Eigentum war, dann können wir die Erben auf die Verdächtigenliste schreiben«, bemerkte er.

Alles schien unauffällig zu sein und trotzdem spürte Chavis, dass er nur jetzt die Möglichkeit hatte, etwas nicht zu übersehen.

Stine fotografierte alle Gegenstände in der Wohnung. Sein Blick folgte Stines Objektiv und schweifte dann ab. Es gab ihn offensichtlich nicht, dachte er und stellte erstaunt fest, dass Marcel Kupiec keinen Schreibtisch gehabt hatte, und – kaum zu glauben – auch keine computadora. Auf der Suche nach einem Notebook blieb sein Blick an etwas auf dem Boden hängen.

Und dann durchfuhr es ihn. Es war liegen geblieben – zwischen Yoga-Matte, Hosen, T-Shirts, Socken, aufgeschlagenen Zeitschriften, zerrissenen Briefumschlägen und Zetteln. Nur ein Blatt Papier, etwas gelblicher als die übrigen. Bedeckt war es mit zahllosen Fingerabdrücken, offensichtlich verschiedener Finger vom breiten Daumen bis zum zarten Abdruck des kleinen Fingers. Ihm war sofort klar, woraus die Farbe bestand. Er bedeutete Stine, die Lage der Gegenstände abzulichten, bevor er sich das Papier schnappte und es gegen das Tageslicht hielt.

»Was ist das wohl für eine Sekte?«, fragte er. Stine trat zu ihm.

»Wow – ist das Blut?«, fragte sie neugierig.

»Bin gespannt, was das Labor dazu meint«, sagte Chavis und ließ das Papier vorsichtig in einen Klarsichtbeutel gleiten, »die Kollegen von der Spurensicherung sollen nach einem Computer oder Hinweisen auf einen, wie Abdrücke von Gummifüßen, einer Rechnung oder Ähnlichem suchen. Und nach einem solchen Brief, mit diesem besonderen Saft bedruckt. Ich hoffe für den Eisenwert des Verfassers, dass das kein Serienbrief ist.«

Stine lachte.

Unten auf der Straße angekommen, stieg sie in den Dienstwagen. Sie würde zur Zentrale fahren, um Stempelkissen und Formulare zu besorgen. Chavis schwang sich aufs Rad.

Die Struktur des Bremer »Viertels« kam in puncto Mietspiegel einem Monopoly-Spiel nahe, fiel Chavis ein, als er gegenüber dem Theater aus der Contrescarpe den Ostertorsteinweg entlangfuhr. Links und rechts reihten sich teure Cafés, trendige Friseure und Boutiquen unter schicke Wohnungen. Die Schlossallee im Viertel-Spiel. Ab der Sielwallkreuzung nahm der Anteil ausländischer Lebensmittel- und Telefonläden merklich zu, in einer Sackgasse versteckt lag das Bremer Rotlichtmilieu, daneben Bäcker, Kneipen, Friseure und Wettbüros. Dieses Quartier beherbergte gleichzeitig eine lange Geschäftsstraße und die Flanier- und Amüsiermeile mit einem munteren Nachtleben. Tagsüber war das Steintor frequentiert von kreuzenden Fahrradfahrern, Fußgängern, Frauen mit Kinderwagen, Autos und Straßenbahnen, die sich mit lauter Klingel den Weg bahnten. »Viertelianer« nannte Chavis die, die hier lebten, vorne in der »Schlossallee« die Rechtsanwälte und Lehrer – die einstigen Revoluzzer, die in diesem Spiel längst gewonnen hatten. Im hinteren Teil – eher der Badstraße des Viertel-Monopolys – Studierende, Künstler, Leute aus aller Welt und die normalen Viertel-Ureinwohner. Chavis auf dem Fahrrad genoss es, Teil dieses Gewühls zu sein, darin aufmerksam Entscheidungen für ein schnelles Weiterkommen zu treffen. Der Fahrtwind wehte ihm Kühle entgegen. Mitleidig stellte er sich Stine vor, wie das Nordlicht bei gefühlten dreißig Grad im Dienstwagen von einer roten Ampel zur nächsten kroch.

Rückwärtig schmiegten sich an die Schule in langer Reihe Bremer Häuser, auf beiden Seiten des Hofes rauschten in Abständen Straßenbahnen. Autos ratterten über das Kopfsteinpflaster. Die hohen Bäume im Innenhof des Goethe-Gymnasiums änderten nichts daran, dass sich hier zwei Häuserformen unversöhnlich gegenüberstanden. Hochtrabend verwies die traditionelle Architektur des Haupthauses auf ihre ehrwürdige Aufgabe als Bildungsstätte. So hochtrabend, dass es heute unheimlich und gleichzeitig lächerlich wirkte. In den siebziger

Jahren war das Gebäude um drei Funktionsbauten erweitert worden. Nieder mit der Tradition – es lebe das Neue, botschafteten die orange und grünen Fassadenelemente, die ihrerseits inzwischen blass von der Witterung geworden waren. Gegen das Treiben im Steintor flussabwärts war es auf dem schattigen Schulhof geradezu leblos. Einige Fenster standen offen und Chavis hörte Geräusche des Schulalltags: die dominante Stimme einer Lehrerin, laute Schülerstimmen, die dann wieder verstummten, das Kreischen der Kreide auf einer Tafel, Wortfetzen. Sie alle, die an der Schule waren, hatten Marcel Kupiec gekannt. Würden sie ihnen bei der Aufklärung weiterhelfen wollen?

Stine trat zu ihm und folgte seinem Blick entlang der Fassade. Innen erinnerte Chavis der lange Gang an den Flur bei ihm zu Hause – klar, denn eine Schule ist eine Lehranstalt und von einer geschlossenen Anstalt architektonisch nicht weit entfernt.

Die Schulleiterin hatte die Tür zu ihrem großen Büro offen stehen lassen. Sie war ungewöhnlich klein und zierlich. Durch Haltung, Blick und Auftreten flößte sie Respekt ein. Mit ihr war nicht zu spaßen.

»Magda Luger«, stellte sie sich vor, »wir vom Leitungsteam des Gymnasiums besprechen in der großen Pause unser Vorgehen zu dem tragischen Tod von Herrn Kupiec. Ihnen bleiben also fünfundzwanzig Minuten bis zur Pause, um mich zu verhören«, sagte sie.

Stine warf einen kurzen Blick zur Decke und Chavis wusste aus Erfahrung, dass dieser Satz Stine nicht gerade für die Schulleiterin eingenommen hatte. Sie zog ein kleines Aufnahmegerät aus der Tasche und hielt es Frau Luger direkt unter die Nase.

»Erzählen Sie uns von Marcel Kupiec«, forderte sie streng und Frau Luger, die mit Stine auf Augenhöhe sprechen konnte, antwortete prompt wie eine eifrige Schülerin.

»Marcel Kupiec unterrichtete bei uns Sport in allen Jahrgangsstufen. Vor zehn Jahren lernten wir ihn im Rahmen eines Kooperationsprojektes zwischen Schule und Bremer Theater als Tanzlehrer kennen. Seine ursprüngliche Ausbildung in Frankreich war ein auf ein Fach reduziertes Studium Sport auf Lehramt, damals ging das noch.«

»Also war er Franzose?«

»Ja sicher, wussten Sie das nicht?«, fragte Frau Luger verwundert. »Woher aus Frankreich er stammte, weiß ich nicht. Fragen Sie seine Tochter oder seine Mitbewohner – ehemaligen, muss ich sagen. Herrn Kuhlmann erreichen Sie zu Hause, er hatte in der vergangenen Woche seine letzte Prüfung. Frau Grunenberg und Frau Noss unterrichten hier an unserer Schule.«

Sie trat mit energischen Schrittchen hinter ihren Schreibtisch, als brauche sie für das, was sie sagen wollte, einen Verteidigungswall vor sich. »Die Polizei hat bestimmt geplant, die Betreffenden hier zu sprechen.« Sie machte eine Pause. »Leider ist das unmöglich. Wir können es organisatorisch und aus versicherungstechnischen Gründen nicht leisten, den Unterricht zu unterbrechen.« Stines Riesenaugen schienen ihr aus dem Kopf fallen zu wollen.

»Sie behindern die Ermittlungsarbeiten«, brachte sie hervor.

»Das müssten sie uns nachweisen«, antwortete Frau Luger ruhig. Ihre Hausaufgaben hatte sie gemacht. »So lange keine Gefahr im Verzug droht, müssen wir Sie Ihre Verhöre nicht in der Schule machen lassen. Herr Kupiec ist tot. Wenn ihn irgendetwas wieder lebendig machen würde, dann wären wir einverstanden.« Mit einer einzigen Bewegung zog sie aus einem der ordentlich abgelegten Stapel auf ihrem Schreibtisch einen Zettel heraus.

»Glauben Sie nicht, dass unsere Entscheidung einem falsch verstandenen Rebellentum entspringt.« Das war exakt das, was Chavis und Stine glaubten. »Wenn ich könnte, würde ich

Ihnen die Chance geben«, redete die Luger weiter. »Um unseren guten Willen zu zeigen, haben wir Ihnen die Unterrichtsschlusszeiten der drei betreffenden Lehrerinnen und ihre Telefonnummern notiert.«
Wortlos nahm Stine den Zettel entgegen.

Die Möglichkeit, dass es sich bei dem Verhalten von Magda Luger um eine Schockreaktion handelte, war nicht vollständig auszuschließen. Vielleicht war das zu viel Realität für sie: Nicht nur ein Lehrer war ermordet worden, der Täter gehörte eventuell zum Kreis der Schule.

Chavis las an Stines versteinerter Miene ihre Fassungslosigkeit ab. Für sie kam Schock in Bezug auf Frau Luger nicht in Betracht. Sie bewegte eher die Frage, warum gerade sie beide zu spüren bekamen, wie bodenlos alle Bemühungen waren, Staatsdiener miteinander kooperieren zu lassen. Er störte sie nicht in ihren Überlegungen und übernahm die Befragung.

»Wie war Kupiec als Sportlehrer?« Automatisch stellte er sich in die Grätsche, entweder um sich Frau Lugers Größe wenigstens anzunähern, oder weil er Schulsport damit assoziierte.

»Tja, das kann ich nicht sagen – wissen Sie«, sagte sie, zum ersten Mal mit einem verbindlichen Lächeln, »ich hatte keinen Unterricht bei ihm. Aber im Kollegium war er fachlich sehr anerkannt. Bevor wir ihn einstellten, fiel er durch seine Exaktheit und Genauigkeit auf. Er tanzte ja am Theater, kam also aus der Berufspraxis. Viele Leute sind der Meinung, in den Schulen fehle es oft an Praxisbezug. In dieser Entwicklungsphase unserer Schule – als wir ein Zeichen setzen wollten gegen das Laissez-faire der Vergangenheit – galt er deshalb als Idealbesetzung. Wir hatten hohe Erwartungen, als er zu uns kam.«

»Sind sie erfüllt worden?«, er registrierte ihr Zögern.

»Sicherlich. Kupiec bereitet gerade mit einigen Schülern eine Choreografie für das Schuljahres-Abschlussfest vor. Die Schüler werden es natürlich trotzdem aufführen. Sie können sich selbst von der Qualität überzeugen.«

Frau Luger trippelte einige Schritte in ihre Richtung und kam ihnen ziemlich nah. Automatisch traten Stine und er einen Schritt zurück, um den Abstand zwischen ihnen zu wahren. Ihre fünfundzwanzig Minuten waren abgelaufen. Die Schulleiterin versuchte, sie elegant aus ihrem Büro zu drängen.

»Frau Luger«, sagte Chavis und trat einen entschlossenen Schritt in ihre Richtung. Einen Gutteil seiner Kindheit und Jugend hatte er schließlich mit Fechten im Polizeisportverein verbracht. Selbst so eine starke Persönlichkeit wie die Schulleiterin konnte ihm bei solchen Schrittfolgen nichts vormachen. Auch ohne Fechtbahn und Florett hätte er sie mühelos durch ihr gesamtes Büro scheuchen können. Er blieb stehen und sagte so ruhig, als hätte er ihren versuchten Rausschmiss gar nicht gemerkt: »Wir müssen von allen Beteiligten die Fingerabdrücke nehmen. Sie werden nur im Rahmen dieses Falles verwendet und nicht im Polizeiarchiv gespeichert.«

Erschrocken wich sie zu ihrem Schreibtisch zurück. Ohne die Chefinnen-Allüren glich sie einem Nagetier. »Das müssen Sie mir schriftlich geben«, sagte sie wieder gefasst. Stine zückte das Formular für die Fingerabdrücke und öffnete das Stempelkisten.

»Das geht klar.«

Als sie aus der Tür des Büros hinaustraten, kam ihnen ein merkwürdig anmutendes Paar entgegen: Arm in Arm liefen eine ältere und eine jüngere Frau über den Gang. Die langen grauen Haare fielen der Älteren über die Schulter, unter dem weißen Rollkragenpullover malten sich ihre Brüste ab. Sie trug einen mit Blümchen bedruckten Rock. Im Arm hielt sie eine attraktive Frau, mittelgroß mit dunkelbraunen glatten

Haaren. Sie hatte eine unmissverständliche Wölbung unter der Brust. Als sie mit Chavis auf Augenhöhe waren, griff er kurz entschlossen nach hinten und zog die Tür zum Direktorenzimmer hinter sich zu.

»Christopher Arves, Kriminalpolizei Bremen«, die Frauen lösten die Umarmung und für einen Moment schien sowohl die eine als auch die andere ohne Stütze zu straucheln. Chavis sagte unbeirrt: »Wir würden gerne kurz mit Ihnen sprechen.« Die schwangere Frau warf einen unsicheren Blick auf sein unrasiertes Kinn, dann wandte sie sich Stine zu.

»Haben wir gestern Abend miteinander telefoniert?«, sie streifte die ältere Frau neben sich mit einem Blick und drückte den beiden Kripos die Hand.

»Julia Kupiec, ich bin die Tochter.« Sie wandte sich der anderen Frau zu: »Das ist Michaela Noss.« Die Frau neben ihr zeigte keine Reaktion. Zu viert setzten sie den Weg durch den Gang fort.

»Ich unterrichte hier«, sagte Julia Kupiec, »Französisch und Englisch. Seit ich mein Studium an der Bremer Uni vor fünf Jahren beendet habe.« Sie sei sprachbegabt, ihr Vater habe früher eine Zeit lang französisch mit ihr gesprochen, das sei der Grund dafür. Ihr Vater habe aus einem kleinen Ort in der Nähe von Rouen gestammt, nicht weit von der Küste. Als Kind wäre sie mit ihm öfter in den Sommerferien in die Bretagne gereist.

Chavis registrierte den mit Unterlagen und Taschen überhäuften Konferenztisch. Sie hatten die Tür des offenen Lehrerzimmers erreicht und gingen hinein. Einige Lehrer korrigierten Hefte, eine Kaffeemaschine röchelte die letzten Wassertropfen in den Filter.

»Frau Kupiec, bitte kommen Sie ins Sekretariat«, übertönte Frau Lugers Lautsprecherdurchsage die Kaffeemaschine. Entschuldigend schob die Angesprochene die Schultern nach oben. »Sie möchte mit mir auch über Marcels Tod reden.« Stine sah auf den Zettel, den sie in der Hand hielt, seitdem sie das Direktorenzimmer verlassen hatten. »Wir erwarten Sie nach Ihrem Dienstschluss hier vor dem Lehrerzimmer«, sagte sie.

Julia Kupiec, Stine und Chavis waren ungefähr gleich alt. Die Frau, die Julia im Arm gehalten hatte, schätzte Chavis dagegen auf Mitte fünfzig. Eine ungewöhnliche Freundschaft.

»Ich möchte die Leiche sehen«, sagte Michaela Noss unvermittelt zu den Kripos, nachdem Julia gegangen war. Sie möchte das Gegenteil von attraktiv sein, dachte Chavis und sah auf ihre schmalen Lippen. Er konnte nicht definieren, was das Gegenteil eigentlich ist – unattraktiv auf jeden Fall auch nicht. Trotz der Wärme trug sie diesen Rollkragenpullover und griff zu allem Überfluss nach einem karierten Jackett, das auf der Stuhllehne vor ihr hing.

»Weshalb möchten Sie die Leiche sehen, gehören Sie zur Verwandtschaft?«, fragte Stine erstaunt.

»Marcel und ich ...«, Michaela Noss stockte. »... haben früher zusammen gewohnt?«, half ihr Stine und im Nachhinein sollten sie sich noch wünschen, Stine hätte Michaela Noss in diesem Moment aussprechen lassen. Die Frau strich eine weiß-graue Haarsträhne zurück und nickte.

»Sie waren aber nicht mit ihm verwandt, oder?«, fragte Stine wieder. Kopfschütteln. »Sie dürfen sie sehen, aber leider dürfen Sie sie nicht offiziell identifizieren«, sagte Stine. Dieses »leider« betraf eigentlich nur die Polizeiarbeit.

»Ich habe eine Freistunde, ich kann gleich mitkommen«, sagte Michaela Noss ungerührt.

Jetzt, wo sie es nicht gebrauchen könnten, rückte der Pathologe bestimmt dem toten Körper mit dem Skalpell zu Leibe. Chavis rief zur Sicherheit auf dem Weg zum Fahrrad an.

»Das haben wir gerade nicht auf dem Plan«, näselte Assi Albert. Daraus konnte Chavis schließen, dass sich Kumroth aktuell in Hörweite, aber nicht in Leichennähe aufhielt. Er trat kräftig in die Pedale, fuhr durchs Steintor und Ostertor, der Schweiß rann ihm am Oberkörper entlang. Warum wollte Michaela Noss nur so dringend den Toten sehen? Es gelang ihm, vor Stines Dienstwagen den Innenhof des Präsidiums zu erreichen. Gerade als er sein Fahrrad anschloss, bog das Auto in die schmale Toreinfahrt. Im Tageslicht wirkte das Gesicht von Michaela Noss fahl.

»Wann ist er gestorben?«, fragte sie leise vor sich hin, so als habe sie laut gedacht. »Am Wochenende«, antwortete er.

Mit einem weißen Leintuch bedeckt, lag die Leiche auf dem hohen Metalltisch. Das Gesicht war unverhüllt, wächsern, die Augen geschlossen. Würdevoller ging es im nackten Licht des Obduktionssaals nicht. Michaela Noss berührte Marcels Wange mit den Fingerrücken, hob das Leintuch und sah sich den Körper an.

»Wie ist er umgekommen?«, fragte sie.

»Er ist am Rücken zwischen den Schulterblättern mit Stichen attackiert worden. Einer davon traf wahrscheinlich das Herz«, antwortete Chavis und wunderte sich über sich selbst. Er schlug den Ton an, mit dem man Kinderfragen beantwortet. Michaela Noss nickte und ließ die Schultern erleichtert fallen.

»Er beschäftigte sich viel mit seinem Herzen. Klagte über Stiche in der Brust und Herzrasen. Immer hatte er Angst, es könne aussetzen. Jetzt ist es so weit, das hat er geschafft.« Stine stand ihr gegenüber und runzelte die Stirn. Eigentlich hatte sie vorgehabt, sich zu verabschieden, um ins Büro hochzugehen. Doch dann sagte Michaela Noss nur an den Toten gerichtet etwas, das Stines Aufmerksamkeit weckte.

»Erst Andrée, dann du.«

»Wer ist Andrée?«, fragte Stine nach einer Pause.

»Unsere Tochter«, sagte Michaela Noss schlicht. Ihre dunklen Augen glänzten.

Chavis lud sie ein, den Ort zu verlassen und ins Büro zu gehen. Sie ließen die Glastür der Pathologie hinter sich zufallen. Stine besorgte Kaffee in der Kantine.

»Erzählen Sie mir von Ihrer Tochter«, sagte Chavis zu ihr auf den breiten Stufen.

»Bei Andrée habe ich mich damals gefragt, warum sie ihren Leib wieder verlassen hat. Das tun alle Eltern, deren Kinder versterben, nicht wahr?« Sie schaute Chavis an, als müsse er darauf eine Antwort wissen. Er schloss die Bürotür im zweiten Stock auf.

»Wir freuten uns über Andrées Entwicklung. Eine durchlebte Krankheit bedeutet immer einen Schub für die Persönlichkeit. Andrée hatte Masern, es zog sich hin, ihr Körper war erhitzt. Aber dann wurde sie nicht gesund, sondern es kam eine Hirnhautentzündung dazu. Einmal sagte sie, als sie wach wurde: ›Opa war da.‹ Das gab uns ein paar Tage, um ihr unseren Dank auszudrücken für die Zeit gemeinsamen Lebens.« Chavis merkte, wie ihm die Bitterkeit in den Hals stieg, und atmete tief durch. Michaela Noss selbst rannen Tränen über die Wangen.

»Wie alt war sie?«, fragte er übertrieben sachlich.

»Fünf Jahre. Es war alles nicht so klar, wissen Sie«, sie sah ihn wieder an, als könne er ihr einen Rat geben, »unsere Lebensgemeinschaft bestand aus vier Erwachsenen und den beiden Mädchen Julia und Andrée. Sie wuchsen zusammen auf wie Schwestern. Julia hat sich nie davon erholt. Ich versuchte sie aufzufangen, ihr zu sagen, dass der Schmerz an der richtigen Stelle ist.« Stine kam herein und balancierte drei Kaffeebecher auf einem Papptablett. »Sie redete nie wieder darüber. Später hatte ich den Eindruck, dass Andrée sich in Julia wiederverkörpert hatte, ohne Julia zu verdrängen. Das tun verstorbene Zwillinge oft. Einfach ein Körper mit zwei Seelen.«

Nur mit verbissener Selbstbeherrschung schaffte es Stine, ihre Kinnlade oben zu halten. Sie machte grundsätzlich einen Bogen um Bereiche ohne nachweisbare Fakten, so weit wie um die Ausscheidungen eines ungarischen Wolfshundes. Chavis dagegen als geborenem Viertelianer konnte man ziemlich alles erzählen. Und von Seelenwanderung hörte er nicht zum ersten Mal.

»Wie lange, glauben Sie, dauert es, bis die Seele den Körper verlässt?«, fragte er seinerseits um Rat. Michaela Noss hatte da offenbar klare Vorstellungen.

»Drei Tage. Deswegen werden in vielen Religionen so lange Totenmessen gelesen. Die Seele hat Zeit, sich aus diesem Körper zu lösen. Marcel war einsam auf diesem Weg, er musste ihn alleine gehen. Aber«, sie schaute Stine zögernd an und schien zu überlegen, ob ihr das Folgende zumutbar wäre, »wir wissen noch sehr wenig über das vorgeburtliche Leben und darüber, wie und wo sich Verstorbene und Ungeborene begegnen.«

Chavis brauchte einen Moment, um das zu verstehen: »Sie meinen, dass der Tote Kontakt zu dem Ungeborenen von Julia haben könnte?«

Michaela Noss nickte. Ihr rundes Gesicht war vom Weinen gerötet. Es überkam sie ein lautes Schluchzen.

»Entschuldigen Sie mich«, presste sie hervor und verließ das Büro. Stine ging ihr nach. »Rechts, schräg gegenüber finden Sie die Toilette«, und schloss die Tür.

Dann drehte sie sich um: »Sag an, Chavis, hat die einen Knall? Sie behauptet, dass Julia Kupiec mit vier Seelen herumläuft! Das wird ja eine zeitsparende Befragung mit ihr. Hoffentlich behalten wir einen Überblick, wer gerade spricht«, die durchscheinende Gesichtshaut von Stine hatte sich bis in den

Haaransatz hinein altrosa gefärbt. »Mit Glück haben wir heute Nachmittag also ein ›Rendezvous mit einer Leiche‹.«

So aufregend fand Chavis anthroposophische Ideen nicht. Im Gegenteil: Sie kamen ihm stereotyp vor. Michaela Noss wirkte auf ihn, als versuchte sie sich in einem reißenden Bach an lockeren Steinchen festzuhalten.

»Du solltest nicht so viele Krimis gucken«, sagte er lakonisch. »Die Noss hat den Tod ihrer Tochter eben nicht ganz verkraftet. Angenommen, im Verlauf von Andrées Krankheit hat Kupiec fahrlässig gehandelt und die Noss glaubt, dass das zum Tod geführt hat.« Stine rieb sich die Nase und hörte Chavis weiter zu. »Oder noch nicht mal so konkret. Die Frage der Schuld begleitet alle Paare, die ein Kind verloren haben.«

»Das ja. Aber welchen Anlass gab es nach so vielen Jahren, ihn umzubringen? Das muss doch fünfundzwanzig Jahre her sein.«

»Das müssen wir herausfinden«, sagte er gerade, als die Tür aufging und Michaela Noss zurückkam.

»Wie war Ihre Beziehung zu Marcel Kupiec, nachdem Sie auseinandergezogen waren?«, fragte Chavis, als sie sich wieder gesetzt hatte.

»Wir waren ja getrennt«, sagte sie leise.

»Haben Sie noch Kontakt zu Ihren anderen beiden Mitbewohnern?«

»Mit welchen anderen?«, fragte Michaela Noss sanft und zum ersten Mal hatte er auch den Eindruck, sie sei nicht ganz bei Trost. Abrupt begann sie zu sprechen.

»Wir lebten – mit Sonia und Gerit zusammen – in tiefer spiritueller Verbundenheit bis zur einvernehmlichen Trennung vor einiger Zeit. Wir haben ja – nach Andrées Tod – Julia wachsen sehen. Es war eine schöne und sehr intensive Zeit. Wir teilten Verantwortung und lebten trotzdem unser eigenes Leben weiter. Als uns Julia nicht mehr brauchte, haben wir uns, ich muss sagen, leider, voneinander entfernt.«

»Wann war das?«, fragte Stine. »Das muss an die zehn Jahre her sein.« Der Bruch vor neun Jahren war also fast zeitgleich mit der beruflichen Umorientierung Kupiecs vom Tänzer zum Lehrer. Chavis notierte sich das zwischen zahllosen anderen Kritzeleien auf seiner Papier-Schreibtischunterlage.

»Wann werden Sie den Leichnam für die Beerdigung freigeben?«, platzte es so plötzlich wie heftig aus Michaela Noss heraus. Gleichzeitig schweifte ihr Blick ab.

»Wir wissen es nicht«, antwortete Chavis. Er hatte gemerkt, dass sie diese Frage schon eine Weile beschäftigte. Stine zog das Stempelkissen und ein leeres Formular zu sich heran.

»Wir müssen von allen Beteiligten die Fingerabdrücke nehmen.« Michaela Noss sah sie verwundert an.

»Warum denn?«

»Es ist für die Ermittlung wichtig. Wenn Sie wollen, unterschreiben wir Ihnen, dass die Fingerabdrücke nicht ins polizeiliche Suchsystem aufgenommen werden, aber das ist ohne Vorstrafe sowieso nicht der Fall und auch bei Vorstrafe in Deutschland nicht unbedingt Bestandteil der Akte«, führte Stine routiniert aus.

Michaela Noss fügte sich, aber es fiel ihr offensichtlich schwer. Kaum hatte sie den letzten Abdruck in das dafür vorgesehene Feld gesetzt, zog sich ihr Finger zurück, wie eine Schnecke, die in ihr Haus kriecht. Chavis sah auf den Kontakt-Zettel von Direktorin Luger und verglich die Uhrzeit.

»Wir fahren zurück zum Goethe-Gymnasium. Können wir Sie mitnehmen?«

Endlich tot, der Franzosensack

»Meine Mutter unterrichtet auch hier am GG, aber sie ist in den Pausen meistens im Fachraum und wir sehen uns selten«, sagte Julia Kupiec im Lehrerzimmer des Goethe-Gymnasiums, das üblicherweise mit GG abgekürzt wurde. Sie hielt sich den hervorstehenden Bauch und wartete darauf, dass sich der Wasserkocher nach getaner Arbeit abschaltete.

»Tja – eine richtige Lehrerfamilie waren wir, seit Marcel vom Theater zur Schule wechselte«, sagte sie. Es klang, als würde sie das bedauern.

»Michaela Noss erzählte uns von Andrée. Erinnern Sie sich an Ihre gemeinsame Kindheit?«, fragte Chavis. Das Rauschen des siedenden Wassers übertönte fast ihre Stimme, als sie kurz antwortete:

»Sicher, aber darüber möchte ich nicht sprechen.« Er wartete, bis das Gerät Ruhe gab.

»Wie war Ihr Verhältnis zu Ihrem Vater?«, die steife Formulierung hatte er nicht beabsichtigt.

»So komisch das klingt: Wir haben uns nie schlecht verstanden. Uns hat die Vorstellung genügt, dass wir uns jederzeit sehen könnten. Sein und mein Leben waren sehr unterschiedlich. Und seitdem mein Vater eine feste Freundin hatte, kümmerten wir uns gar nicht mehr umeinander. Kontakt hatten wir eigentlich erst wieder seit meiner Schwangerschaft.«

»Haben Sie den Namen und die Adresse der Lebenspartnerin?«, fragte Stine, die am Konferenztisch ihr Laptop aufgeklappt hatte.

»Sie heißt Davina Sookia und ist Kreolin aus der Karibik. Wo sie wohnt, weiß ich nicht. Sie hat nicht mit Marcel zusammen gewohnt. Er hatte uns vor einiger Zeit zum Essen im Lokal eingeladen und sie mitgebracht.« Wieder registrierte Chavis die Abgeklärtheit, mit der Julia mit dem Tod ihres Vaters umging. Sie hatte bisher kein einziges Mal Präsens und Perfekt verwechselt. Sprachlich gesehen hatte sie mit dem Tod ihres Vaters abgeschlossen, obwohl sie gerade gestern davon aus dem Fernsehen erfahren hatte. Ob es sich dabei um Schockauswirkungen handelt? Den Wunsch, die Situation zu beherrschen?

»Wann haben Sie Ihren Vater zum letzten Mal gesehen?«, fragte Stine. Sie tippte mit, was Julia sagte.

»Darüber habe ich natürlich schon nachgedacht, aber ich weiß es nicht genau. Ich erinnere mich nicht mehr, ob ich ihm hier in den letzten Tagen begegnet bin. Unser letztes richtiges Treffen muss vor zehn Tagen am Wochenende gewesen sein.«

Mit einer stattlichen Teetasse kam Julia zum Konferenztisch und ließ sich erleichtert auf einen Stuhl fallen. »Mein Freund und ich besuchten ihn. Wir kochten eine Bouillabaisse. Davina war nicht dabei. Natürlich ging es nur um das Kind. Er scherzte bei der Vorstellung, bald Opa zu sein. Er kam mit dem Altern nicht gut zurecht. Er hatte keinen Entwurf für den Senior Kupiec. Jetzt kommt es mir vor, als habe er eine Ahnung gehabt.« Chavis drehte sich zu ihr.

»Warum?«

»Weil er auch keinen Entwurf dafür brauchte«, sagte sie einfach und schwieg einen beklemmenden Augenblick.

»Wovor oder vor wem hatte Ihr Vater Angst?«, probierte er es.

»Ich weiß es nicht,« antwortete Julia Kupiec.

Er war sich sicher, dass sie eine ganze Menge verschwieg.

Zeitgleich mit Chavis' Erklärung zu der Notwendigkeit, Julias Fingerabdrücke zu registrieren, zückte Stine Formular und Stempelkissen. »Ist das im Zeitalter der genetischen Entschlüsselung nicht altmodisch?«, fragte Julia irritiert. Sie zeigte keine Bedenken, ihre Fingerabdrücke der Polizei zu geben.

»Wegen der Identifizierung der Leiche müssen Sie heute Nachmittag aufs Präsidium kommen«, sagte Chavis bedauernd. Sie verabredeten sich für drei Uhr.

Der Flur vor der Tür des Lehrerzimmers war leer. »Hör mal, Compañera«, flüsterte er Stine zu und tippte auf den Zettel in seiner Hand, »wir werden die Anweisungen der Regentin systematisch untergraben.« Stine kicherte leise.

»Zuerst muss ich aber aufs Klo«, flüsterte sie zurück, aber dann sei sie sofort bereit für die Revolution. Er ging einen der langen Flure im alten Gebäude entlang. In diesem abgelegenen Trakt waren Fachräume, die selten benutzt wurden. Chavis zückte sein Diensthandy und rief die Pathologie an.

»Alberto! Könnt ihr feststellen, ob auch eine Frau die Kraft gehabt hätte, die Tat zu verüben – eine schwangere Frau?«, fügte er hinzu. »Gut, melde dich, wenn du's weißt.« Sie stand plötzlich hinter ihm, ohne dass er jemanden hatte kommen hören.

»War sie dir zu kühl für eine trauernde Tochter?«, fragte sie.

»Nein Stinchen«, antwortete er, »ich hatte das bei der Leichenschau vergessen zu fragen.« Ihre Mischung aus Neugier und ätherischem Wesen wäre auch zu Spionage-Zwecken geeignet gewesen. Er fand es tröstlich, dass sie nur bei der Polizei gelandet war, und freute sich einmal mehr über seine Kollegin.

»In welchen Raum müssen wir?«, fragte die.

An Umsturz und Spionage musste er Sekunden später erneut denken, als sie den Flur zum Kunstraum hinuntergingen. Mit energischen Trippel-Schritten kam ihnen die kleine Schulleiterin entgegen. War das Schulgebäude voller Wanzen? Frau Luger lächelte vor Ärger und schien nicht die geringste Lust zu haben, als Erste das Wort zu ergreifen. Chavis hatte auch keine Lust dazu, hob die Augenbrauen und hörte, wie seine Kollegin einatmete.

»Wir haben einen Hinweis bekommen, dem wir sofort nachgehen müssen. Wir werden aber den Unterricht nicht lange stören«, erklärte sie. Für seinen Geschmack war der Ton, den Stine da anschlug, genau die richtige Mischung aus Wille zur Durchsetzung und Entschuldigungsangebot.

»Sie stören den Unterricht nicht – Sie legen ihn lahm! Allein durch Ihre Anwesenheit. Was meinen Sie, was mit zehn- bis achtzehnjährigen Kindern passiert, wenn sie hören, dass die Polizei im Haus ist?« Die Direktorin unterbrach sich. »Entweder Sie verlassen das Gebäude sofort oder Sie reichen nachträglich eine richterliche Verfügung ein, dass Gefahr im Verzug gegeben war. So oder so halten Sie sich bitte an die Pausen.«

Frau Luger sah auf ihre Uhr. Ihre gebieterische Geste dabei veranlasste auch Chavis, sein Handy herauszuziehen und einen prüfenden Blick auf das Display zu werfen: Uhrenvergleich. »Um Punkt zwei haben Sie fünfzehn Minuten Zeit. Und denken Sie daran, mir die Verfügung nachzureichen«, bellte sie und entfernte sich so energisch, wie sie gekommen war. Ihr langer Rock wehte hinter ihr her wie eine Flagge. Als Chavis' Telefon klingelte, drehte sie sich noch einmal um und warf ihnen einen giftigen Blick zu. Chavis hegte gerade deshalb Sympathie für die Frau.

»Ist also auch möglich?«, fragte er halblaut ins Telefon und beendete das Gespräch. »Männer und Frauen in allen Zuständen kommen infrage, liebe Stine«, sagte er, bevor sie den Kunstraum betraten, dessen Wände vom Boden bis zur Decke dicht mit großformatigen bunten Bildern behängt waren.

Schüler gab es noch nicht in dem Raum. Über dem Pult leuchteten kurz geschnittene hennarote Haare. Sonia Grunenberg saß über ein Zeichenblatt gebeugt, das sie langsam drehte. Als sie zu ihnen aufsah, traf das tiefe Blau ihrer großen Augen Chavis bis ins Mark. Einen so intensiven Blick hatte er nicht erwartet. Ihr schmales Gesicht, ihre Bewegungen, ihre Kleidung – alles an ihr hatte ein genau zuerkanntes Maß, nichts artete aus, nichts war extravagant. Er zeigte ihr seinen Dienstausweis. Julia habe sie gestern Abend angerufen und ihr von Marcels Tod erzählt.

»Ich bin schon fast zehn Jahre von ihm getrennt. Aber der Tod geht mir nahe und die Tatsache, dass er ermordet wurde, ist beängstigend, weil ich mir so richtig niemanden vorstellen kann, der ihn getötet haben sollte.«

»Und so halb richtig?«, fragte Chavis. Er ahnte ein Zucken ihrer Lippen, doch sie schüttelte nur den Kopf.

»Wir haben nicht mehr viel miteinander zu tun«, sagte sie, »ich weiß nur, dass er hier in der Schule sehr engagiert war. Vor Auftritten übte er pausenlos mit den Schülern bis spätabends. In der letzten Woche erzählte er mir, dass er mit einigen Schülern eine kurze Choreografie für das Schul-Abschlussfest einstudiere.«

»Heißt das,« unterbrach sie Stine, »Sie haben mit Marcel Kupiec letzte Woche gesprochen?«

»Ja, wir sind uns am Freitagabend zufällig am Osterdeich begegnet.«

Die beiden Kripos starrten sie an. Die Pathologie ging davon aus, dass sich die Leiche zwischen zwei und fünf Tagen im Wasser befunden hatte. Schon während Stines Frage hatte Chavis nachgerechnet.

»Möglicherweise sind Sie einer der Zeugen, die ihn zuletzt gesehen haben«, sagte er dann. Das für sie Bedrohliche in seinen Worten verstand Sonia Grunenberg sofort.

»Ich erzähle Ihnen haarklein, wie es war«, sie setzten sich. »Mein Hund hatte den Nachmittag in der kühlsten Ecke verbracht. Deswegen machte ich erst abends gegen neun Uhr mit ihm einen Spaziergang entlang der Weser. Oudry und ich sind ein gutes Gespann, er läuft rasch und ich folge ihm an der Leine hängend. Auf dem Rückweg, es dämmerte schon, kam vom Deich oben eine Gestalt auf uns zu. Ich wunderte mich, dass Oudry nicht anschlug, als die Gestalt schon fast neben mir stand. Dann erst erkannte ich Marcel. ›Ça va bien?‹, begrüßte er mich, ›bald wirst du Oma, meine Gratulation. Fängst du schon an, Baby-Sachen zu häkeln?‹ Mir gefiel seine Leichtigkeit. Er erzählte mir, dass er mit Julia und Sven gemeinsam gekocht hätte.«

»In welcher Verfassung war er?«, fragte Chavis.
»Er wirkte stolz und gelöst. Wir überlegten, ob wir gemeinsam was trinken gehen. Er rieche wie ein Puma, behauptete er, und riss vor Oudry einen Arm hoch, damit er an seiner Achsel riechen könne. Dann erzählte er, dass er bis gerade mit einer Schülerin eine Soloeinlage in der Turnhalle geprobt hatte. ›Wir könnten ja draußen sitzen‹, überlegte er dann. Wir trennten uns am Osterdeich. Ich brachte den Hund nach Hause. Marcel wollte vorausgehen, wir verabredeten uns auf der Terrasse des Vivolino. Auf der mit Wein umrankten Veranda war Betrieb. Ich brauchte eine Zeit, um zu erkennen, dass sich Marcel nicht unter den Leuten an den Tischen befand. Ich ging hinein, doch der Innenraum war – bis auf einen Mann hinter der Bar – leer. Ich setzte mich nach draußen und bestellte ein Glas Wein. Marcel kam nicht. Es wunderte mich nicht einen Augenblick. Ich trank noch einen Kaffee und bin dann zurück nach Hause geschlendert.«

Die beiden Kripos schwiegen. Chavis' Hinweis wirkte offenbar immer noch, denn Sonia Grunenberg fügte hinzu: »Mein Hund hat mich an der Tür mit Gejaule empfangen. Allerdings bezweifle ich, dass das irgendjemand gehört hat. Die Uhr im Flur schlug gerade elf, als ich die Tür öffnete. Möglicherweise war das aber auch ein anderer Abend. Anschließend bin ich noch runter zu meinem Mitbewohner gegangen.«

»Ihr Mitbewohner?«, fragte Chavis. »Ist das Gerit Kuhlmann? Er, Marcel Kupiec, Frau Noss und Sie haben früher zusammen gewohnt?« Sie nickte.

»Was hat Kupiec bei Ihrer letzten Begegnung an der Weser angehabt?« Sie überlegte lange.

»Das weiß ich nicht mehr. Wie haben Sie ihn denn gefunden?«, fragte sie, aber weder er noch Stine antworteten ihr. Gleichmütig presste sie die Fingerkuppen erst auf das Stempelkissen, dann auf das Formular.

Stine packte ihr Laptop ein, als die Tür aufflog und die Klasse sich in den Kunstraum drängelte. Erst jetzt fiel Chavis auf, dass er bisher keinen einzigen Pausengong wahrgenommen hatte. Ohne einen ersichtlichen äußeren Impuls kamen die Neuntklässler herein. Einige der Jugendlichen waren schwarz gekleidet, Nietengürtel, schwarz gefärbte Haare. »Emos« nannten die sich, so weit war er durch sein Viertelleben im Bild. Einer der Jungen hatte die Haare zu einem Irokesen aufgestellt, der Haarkamm stand zottig vom Kopf ab. Er sah wortwörtlich aus wie auf Krawall gebürstet. Und richtig: Im Gegensatz zu der Einmütigkeit der anderen, knallte er seinen bekrickelten Rucksack auf das Lehrerpult, starrte Sonia Grunenberg böse an und rief: »Jetzt isser endlich tot, der schwule Franzosensack!«

Eine fallende Stecknadel hätte in diesem Moment ein ohrenbetäubendes Geräusch verursacht. Schülerinnen, Schüler, Stine, Chavis – alle starrten die Lehrerin an. Aber ihr Gesichtsausdruck blieb neutral.

»Es stimmt – euer Sportlehrer Marcel Kupiec ist auf tragische Weise ums Leben gekommen. Es tut mir leid, dass ihr es auf diese Art erfahren musstet. Karsten, setz dich.« Mit einem zufriedenen Lächeln ging Karsten zu seinem Platz. Chavis sah gerade noch den auffällig hellblonden Hinterkopf eines Mädchens im Türrahmen, das, gefolgt von einem anderen, hinauslief. Eine schwarzhaarige stämmige Schülerin rief mit schriller Stimme:

»Weiß man schon, wer es war? Was wird mit unserem Auftritt nächsten Dienstag?«

»Ich weiß es nicht, Senay«, hörte er Sonia Grunenberg noch antworten, bevor er ebenfalls die Klasse verließ, um den beiden Rücken zu folgen. Das zweite Mädchen hatte die Blonde eingeholt und ihre Hand auf die hohe Schulter der anderen gelegt. Die Große schluchzte und redete in einem fort. Chavis lenkte alle Energie auf seine Ohren, konnte aber nur Wortfetzen verstehen.

»...ich hätte das wissen können, er war so sauer.« Ziel der beiden waren die Toiletten. Die Außentür flog ins Schloss. Chavis stellte sich vor die Heizung an der gegenüberliegenden Wand und wartete.

Stine war im Kunstraum geblieben und hatte sich Karsten Georg vorgenommen. Aber er war zu keiner Aussage vor der Polizei bereit. Sonia Grunenberg hatte offensichtlich nichts anderes erwartet.

»Seine Anschrift bekommen Sie im Sekretariat.«

Als die Mädchen wieder im Flur erschienen, hatte sich die Situation nicht wesentlich geändert. Die Blonde hielt sich ein mit Wimperntusche beschmiertes grünes Papiertuch unter die Augen. Ihr Gesicht war blass, die Haarfarbe war vom gleichen Weißblond wie Stines. Ohne es an der Kleidung erkennen zu können, hatte er den Eindruck, dass die Eltern dieses Mädchens viel Geld hatten. Chavis fragte das Mädchen nach seinem Namen. »Christopher Arves, Kriminalpolizei, wir ermitteln«, sagte er dann, »wann hast du Herrn Kupiec zum letzten Mal gesehen?« Charlotte Heverdingens Gesichtsausdruck wechselte in Sekundenschnelle von verzweifelt zu erstaunt.

»Warum fragen Sie ausgerechnet mich das?«

Er schwieg.

»Am letzten Freitag habe ich ihn beim Sportunterricht in der siebten und achten Stunde gesehen. Genauso wie alle anderen, die Sport als Wahlpflichtfach belegt haben«, fügte sie trotzig hinzu.

»Was hast du nach dem Sportunterricht gemacht?«, fragte Chavis.

»Er hatte die Unterrichtszeit überzogen wegen des Auftritts nächste Woche. Ich war erschöpft und ging nach Hause.«

»Und dort bliebst du wie lange?«

»Bis Sonnabend nach dem Frühstück, dann fuhren meine Mutter und ich nach Dangast. An die Nordsee.« Chavis notierte sich die Adressen von Charlotte Heverdingen und ihrer Freundin. Dann ging er mit den beiden zurück in den Kunstraum, wo Stine zwischen den Schülerinnen gar nicht als Erwachsene auszumachen war. Für eine Neuntklässlerin war sie eher ein bisschen kurz geraten.

Kupiec war nicht unbedingt beliebt gewesen. »Die meisten in der Klasse glauben, er hat immer nur an sich gedacht«, beschrieb ein Mädchen die Stimmung, »ständig hat er Tanzprojekte im Sportunterricht gemacht, die Guten gefördert, aber die Schwächeren haben einfach Pech gehabt.«

»Ich mache gerne Leichtathletik, aber nicht bei ihm«, eiferte sich eine andere, »für ihn waren alle Sportarten Aufwärmübungen fürs Tanzen, um die Gelenkigkeit zu steigern.« Eine dritte fuhr dazwischen.

»Ballsportarten gab's bei ihm sowieso so gut wie nie und wenn, dann als Belohnung. Was mich am meisten ärgert, ist, dass er das nicht macht, weil er es nicht kann: Er hat uns Basketball, Volleyball, Fußball und Handball gezeigt, er kann das richtig gut. Und dann kommt wieder ein neues Tanzprojekt. Bäh«, das Mädchen schüttelte sich theatralisch. Außerdem sei er – für den Geschmack der Mädchen – für einen Sportlehrer viel zu streng gewesen. Die viele Kritik hatte die Schülerinnen demotiviert. Sport bei Kupiec – das war ein feststehender Begriff für ein ungünstiges Schülerschicksal gewesen. Hinter dem Begriff Wahlpflicht verbarg sich, dass die Schüler per Losverfahren den einzelnen Kursen zugeteilt wurden. Viele hatten probiert, mit anderen zu tauschen, aber das war nur wenigen gelungen.

An eigentlichen Unterricht war noch gar nicht zu denken. Sonia Grunenberg bewies Langmut und unterhielt sich mit einigen Schülern. Die beiden Kripos verließen den Kunstraum, um die Kunstlehrerin nicht weiter zu strapazieren. Chavis folgte auf dem Flur seinem ersten Impuls und hielt nach der Luger Ausschau. Er verspürte wenig Lust auf eine erneute Begegnung.

»Was die Jungs wohl dazu sagen, wenn schon die Mädchen so auf Tanz reagieren«, sagte Stine mit halblauter Stimme. Vom »Feind der Revolution« offenbar unbeobachtet, gingen sie ins Sekretariat und ließen sich die Adresse von Karsten Georg geben.

Die Glastür zwischen Schule und Hof trennte die Luft von einer schwül-warmen Blase, in die sie notgedrungen steigen mussten.

»Halb drei. Wir trinken jetzt einen schnellen Kaffee im Viertel und dann nimmst du in der Zentrale Julia Kupiec zur Identifizierung in Empfang.«

»Du bist der Chef, Chavis. Was machst du in der Zeit? Noch einen langsamen Kaffee trinken?«, fragte Stine spitz. »Gar keine schlechte Idee«, grinste er zurück.

Sie gingen entlang der Straßenbahnhaltestelle St.-Jürgen-Straße und überquerten die Straße zur Südseite. Chavis ging, Stine schlich. Hier in der glühenden Hitze befanden sich die Cafés in Bremen. In Barcelona, Sevilla oder San Sebastián wäre das die Garantie für eine Bankrotterklärung des Betreibers. Aber wenn die Sonne die Bremer mal anstrahlt, ist das so, wie man sich über seltenen Besuch freut. Nur zurzeit war das eben anders. Stine setzte sich mit leisem Stöhnen und bedeckte ihr Gesicht mit einer Sonnenbrille.

»Mindestens Eiskaffee«, murmelte sie bei der Bestellung, »höchstens Frappé.« Ihr norddeutsches Gehirn war der Hitze erlegen. Chavis bestellte einen Espresso. Seine Laune stieg. Das Fahrrad stand zwar am Präsidium, aber Davina Sookia wohnte in fußläufiger Entfernung in Richtung Bahnhof.

»Ich sag jetzt nichts, Chavis. Aber eigentlich darfst du keine Verhöre alleine durchführen.«

»Sag es jetzt nicht, Stine«, echote er, »wenn du im Büro Zeit findest, dann bring Holger die Fingerabdrücke der vier Frauen. Und lies dir den Durchsuchungsbericht daraufhin durch, ob noch irgendwas in Verbindung mit den Blut-Fingerabdrücken gefunden worden ist – so eine Art Bildunterschrift. Und dann ruf beim Umweltsenator oder den Kollegen von der Wasserpolizei an und frag, wer uns die Fließgeschwindigkeit der Weser errechnen kann. Du weißt schon.« Der Mokkageschmack breitete sich angenehm in seinem Mund aus. »Wenn du noch Zeit hast, ruf denjenigen beim Theater an, der bis vor neun Jahren den Tanzbereich geleitet hat.« Chavis sah auf sein Telefon. »Und los.«

Wie ein Loch im Strumpf

Über der Stadt lag die Hitze wie ein dickes Tier, das unter einer Glasglocke gefangen ist. Der halbe Spanier in Christopher Arves frohlockte und er lief lässig durch die Querstraßen im Viertel. Eine Straßenbahn zischte, scheppernde Fahrräder, ein quietschender Autoreifen. Die Häuserschlucht des Dobbens warf den Schall hart zurück. Auf der Schattenseite drängelten sich halb nackte Fußgänger aneinander vorbei. Auf Höhe des Supermarktes überquerte er die Straße. Um die Ecke wechselte die Ampel für die Autos auf grün. Ein Sound wie bei der Formel eins auf dem Nürburgring. Hier dachte niemand an die Anwohner. Verglichen mit dem Autoverkehr der Eduard-Grunow-Straße war der Dobben eine Fußgängerzone. Ein Sichtbetonbau aus den siebziger Jahren zog sich die Straße entlang. Wie um die possierlichen Sträßchen dahinter vor dem Lärm zu schützen. Dabei war die Häuserzeile gebaut worden, als es ernste Absichten von Stadtplanern gegeben hatte, das ganze Viertel in Blockbauweise zu errichten. Am Widerstand einer Handvoll Bewohner waren sie damals gescheitert. Der Geschmack der Stadtplaner hatte sich inzwischen geändert.

Die Fensterscheiben des Blocks waren mit schwarzen Schlieren bedeckt. Die Eingangstür befand sich in einem dunklen Vorbau wie in der Höhle eines Tieres. Guter Platz, um sich einen Schuss zu setzen, dachte Chavis, obwohl er nie im Drogendezernat gearbeitet hatte.

Davina Sookia stand an den Rahmen ihrer Wohnungstür gelehnt, als er die obere Stufe erreicht hatte. Ihre Haut war von einem tiefen Schokoladenbraun, ihr Körper hatte ausladende Rundungen, ihre langen Rastazöpfe hatte sie zu einem Pferdeschwanz gebunden. Marcel Kupiec musste ein hohes ästhetisches Empfinden gehabt haben, denn sowohl Sonia Grunenberg als auch Davina Sookia sahen, jede auf ihre eigene Art, ausgesprochen perfekt aus. Dann dachte Chavis an die unscheinbare Michaela Noss und verwarf den Gedanken wieder. Oder schloss das eine das andere nicht aus? Davina hatte trotz der Hitze ihre attraktiven Körperformen mit einem grauen langen Wollpullover bedeckt, der wie ein Riesenstrumpf über ihren Oberkörper gespannt war. Auf Höhe der Milz hatte er ein faustgroßes Loch, aus dem schwarze Unterwäsche hervorsah. Ein Anblick, der Chavis zum Schwitzen brachte. Auf seinen Dienstausweis warf sie keinen Blick und winkte ihn in die Wohnung. Vier Türen gingen vom Flur ab, aus einem kam laute Reggae-Musik. Im Vorbeigehen rief sie lässig:

»Shut the door, mi waana taak taak.« Kaum hatte sie das in tiefem Bass gesagt, schloss sich die Tür wie von Geisterhand. Dann wurde die Musik leiser gedreht. Die Ausstattung der Wohnung entsprach dem, was er in einem solchen Haus erwartete: zusammengewürfelte Armseligkeiten. Dagegen nahm sich die Küche aus, als befänden sie sich plötzlich in einem Fernsehstudio – makellose, weiße Küchenmöbel. Davina zeigte auf einen der Korbstühle, die einladend um einen Tisch standen.

»Julia hat gestern angerufen und erzählt, was mit Marcel passiert ist«, sagte sie und ergänzte in karibisch-französischem Dialektenglisch, »aber mi doan believe it. I doan feel it.« Ihre Hand verschwand zwischen den großen Brüsten und scheiterte bei dem Versuch, den Solarplexus zu ertasten.

In der Küchenzeile hinter der Sookia stand ein überbreiter Elektroherd neben einem ebenso riesigen Gasherd.

»Was machen Sie beruflich?«, fragte Chavis. Auf ihrem Gesicht zeigte sich Erleichterung.

»Das ist mein kutchie«, sie sah ihn aus ihren Katzenaugen an, »ich koche für karibische Kochbücher, Rezepte für Zeitschriften und Fernsehkoch-Sendungen. Ich suche nach traditional Essen in der Karibik – Madda cookin nennt man das –, probiere sie, schreibe die Rezepte – nur die Fotos, die macht ein Fotograf. Mi gat gud-gud work.«

Ungewollt lief Chavis eine Gänsehaut am Rücken hinunter, als würde sie die Patois-Wörter entlang seiner Wirbelsäule rollen. Er sah, dass sie sich über ihr Geplänkel ein wenig entspannt hatte. Zeit, zur Sache zu kommen.

»Wie war Ihr Verhältnis zu Marcel?«

»Wir liebten uns nur im Bett«, sagte sie prompt und sah ihn herausfordernd an, »er war kein Mann für mich. Er war so empfindlich, ein zartes Pflänzchen, wie ein kleines Kind. Er brauchte mich. Aber er brauchte auch Wärme – Love – Milchkaffee, bestimmte Socken und vieles mehr. He needed too much. Wir spielten gerne im Bett zusammen und er hatte einen leckeren Humor. Mi doan believe he's dead. Non-ataal. Who killed mon fils?« Chavis war ihr Verhalten peinlich.

Wie eine schlechte Schauspielerin warf sie die flache Hand gegen ihre Stirn. Und warum hatte sie ihren Liebhaber gerade auf Französisch »meinen Sohn« genannt?

»Haben Sie selbst Kinder?«, fragte er. Statt zu antworten, ging sie in den Flur und klopfte einmal laut an die Tür, hinter der leiser Reggae-Takt zu hören war. Ihre sonore Stimme brummte kurz und schon stand ein dünner schwarzer Junge in der Tür, der sie um einen Kopf überragte. Scheu legte sich eine trockene Hand ohne den Hauch eines Drucks in die von Chavis.

»Das ist mein Sohn Laurence, my chail, er ist fünfzehn Jahre alt. Ständig hört er Reggae, obwohl er Bremer ist. Er hat mehr Heimweh nach der Karibik als ich«, bemerkte Davina mit Stolz in der Stimme. Chavis wandte sich dem Jungen zu.

»Besuchst du das Goethe-Gymnasium?«

»Marcel und ich haben uns dort bei einem Elternsprechtag kennengelernt«, fuhr Davina dazwischen. Lohnte es sich, Laurence alleine zu befragen?

»Wo waren Sie beide am vergangenen Wochenende?«

Im Hausflur auf dem Weg nach unten stank es nach Autoabgasen. Davina und Laurence Sookia hatten am vergangenen Wochenende Bremen nicht verlassen. Ein eifersüchtiger Sohn, dessen Platz vom Liebhaber der Mutter besetzt wurde? Laurence allein zu befragen, schob Chavis auf die Wartebank. Davina Sookia würde ihrem Sohn schon ein Gedichtchen einpauken, wenn sie es für nötig hielt. Als er den Autolärm am Ring hinter sich gelassen hatte, kam ihm seine Befragung von Davina und Laurence lächerlich vor. Welcher Teufel hatte ihn geritten, Stine nicht mitgenommen zu haben? Mit dieser billigen Theaternummer hätte die Sookia nicht mal versucht durchzukommen, wenn Stine dabei gewesen wäre. Schuld daran war das Loch in ihrem Wollpullover gewesen. Es hatte ihn hypnotisiert. Immerhin hatte er am Ende noch die Fingerabdrücke von Mutter und Sohn genommen.

Julia Kupiec hatte den Eindruck vermittelt, als habe ihr Vater nach langer Zeit wieder eine feste Beziehung gehabt. Davina Sookia dagegen tat so, als handelte es sich um eine schon erkaltete Liebschaft, kurz vor der Auflösung. Was war es denn nun? So gesehen passte die laienhafte Schauspielnummer dazu: Wenn die Sookia mit Kupiec schon vor dessen Tod abgeschlossen hatte, dann hatte sie allen Grund, die traurige Witwe zu spielen. Denn dann war sie offensichtlich die Erste in diesem Fall, die ein Motiv gehabt hätte. Nämlich sich des

Liebhabers zu entledigen. Sie machte keinen zimperlichen Eindruck.

Aber als er sich ihre braune Hand vorstellte, den Messergriff fest umklammert, driftete das Ganze wieder in Richtung Schmierentheater. Wie sie auf Marcel Kupiecs Rücken einstach und wie der, unter Aufbringung seiner letzten Kräfte, sich zu ihr umdrehte und nach ihrer Brust grapschte. Sie verfehlte und ein Loch in den Pullover riss.

Nein, das funktionierte nicht. Was warf er ihr eigentlich vor? Die eigene Tochter – Julia Kupiec – hatte neun Minuten, nachdem sie von dem gewaltsamen Tod ihres Vaters aus dem Fernsehmagazin erfahren hatte, bei der Polizei, dann bei ihrer Mutter und bei Marcels Liebhaberin angerufen. Das setzte einerseits voraus, dass Julia ihre Nummer hatte. So unverbindlich, wie Davina die Liebschaft zu Marcel dargestellt hatte, konnte sie nicht gewesen sein. Andererseits war die Neutralität wunderlich, die Julia an diesem Abend besessen hatte. Wer weiß, wen sie noch über den Tod ihres Vaters informiert hatte. Es war vollkommen unmöglich, dass Julia Kupiec sich an den Gedanken, dass ihr Vater tot ist, in neun Minuten gewöhnt hatte. Psychologisch gesehen, gab es nur eine Erklärung: Sie musste vorher davon gewusst haben. In diesem Licht schien die schlechte Schauspieleinlage von Davina Sookia verständlicher: Vermutlich wollte sie – im Gegensatz zu Julia Kupiec – niemanden brüskieren mit ihrer fehlenden Trauer. Wer hatte vor Dienstagabend bereits von der Leiche gewusst? Dreh- und Angelpunkt war der Zeitpunkt des Todes.

Gegen die herrschende Hitze fühlte es sich im klimatisierten Kellergeschoss des Präsidiums an, als beträte man einen begehbaren Kühlschrank. Hinter der Glastür der Pathologie sank die Temperatur noch einmal merklich. Kumroth kam in einem perfekt gebügelten blassrosafarbenen Oberhemd und einer modischen Hose auf ihn zugeschlendert.

»Na, schon wieder einen Selbstmörder gefunden?«, fragte er, während sein Blick geringschätzig von Chavis' Turnschuhen über die nicht ganz saubere Jeans, das verschwitzte T-Shirt bis zu dem schwarzen Schatten auf seiner Glatze wanderte. Chavis zuckte die Achseln.

»Kann jederzeit passieren, die Welt da draußen ist voll davon. Mich beschäftigt im Augenblick der letzte Selbstmörder: Marcel Kupiec.« Kumroth war einen halben Kopf kleiner als Chavis. Ob es daran lag, dass sich der Pathologe, egal was Chavis sagte, von ihm provoziert fühlte? Ihre Ansichten waren so nah beieinander wie Batteriesäure und spanischer Karamellflan geschmacklich.

»Assi Albert sagte, der Tod sei vor zwei bis fünf Tagen eingetreten«, sagte Chavis vage, »wisst ihr es inzwischen genauer?«

»Du meinst, den geschätzten Zeitraum des Todeseintritts bei Auffinden der Leiche«, präzisierte Kumroth und ging voraus in sein pedantisch aufgeräumtes Büro, »wenn du mich so fragst, da haben wir tatsächlich neue Erkenntnisse.« Er sah auf einen Zettel, der parallel zu den Tischkanten lag. »Untersucht haben wir die Leiche am Dienstag um 10.47 Uhr. Seitdem waren wir natürlich nicht untätig. Die pathologische Untersuchung ist zwar nicht abgeschlossen – sonst hätten wir euch selbstverständlich sofort Bescheid gesagt –, aber die Proben haben ergeben, dass der Todeseintritt zwischen Freitag, circa vierzehn Uhr, und Sonntag, circa zehn Uhr morgens liegt.«

»Also am Wochenende«, fasste Chavis zusammen.

»Wenn du so willst«, sagte Kumroth. »Assi Albert reicht euch das schriftlich rein.« Chavis ging in Richtung Ausgang und drehte sich noch mal um.

»Sag mal, Kumroth. Wenn ich nicht nachgefragt hätte, wann hätten wir das dann erfahren?« Er glaubte, ein Schulterzucken bei Kumroth gesehen zu haben, bevor der wortlos in seinem Büro verschwand.

Auf der Etagentoilette wusch sich Chavis den Oberkörper. Im Spiegel begegnete er seinem verschwitzten und verbissenen Gesicht. Seine kleinen Finger steckte er in die Mundwinkel und zog mit den Zeigefingern die Lidsäcke nach unten. So rief er dem Spiegelbild den Zungenbrecher: »Tres tristes tigres tragaban trigo en un trigal en tres tristes trastos« nicht ganz fehlerfrei zu und bemerkte sofort eine Besserung seiner Stimmung. Wellness auf Spanisch. Als er vom Klo kam, hörte er die Mailbox seines Handys ab. Michaela Noss bat um Rückruf. Er verschob ihn auf später, setzte sich ins Büro, legte seine Füße direkt neben den lápiz auf das papel und packte el almuerzo – das Mittagessen – aus, ein Gyros Pita, das er sich auf dem Weg besorgt hatte. Sogar die filigrane Stine hatte Schweißtröpfchen über der Oberlippe, als sie ins Büro gestürmt kam. »Wenn du's nicht bald regnen lässt, Chavis, lasse ich mich suspendieren«, begrüßte sie ihn. Er lächelte und biss in sein griechisches Fleischbrot. Um wie viel besser man das Gesagte einschätzen kann, wenn man das Gegenüber kennt. Stine wenigstens würde im Augenblick alles tun, um nicht suspendiert zu werden. Dazu war der Fall zu spannend.

Chavis kaute und dachte nach. Er würde der Tochter und der Liebhaberin der Wasserleiche noch mal auf den Pelz rücken, um herauszufinden, wer von den beiden die Wahrheit sagt. Julia Kupiec hatte in der Gerichtsmedizin ihren Vater identifiziert. Ihr war nichts anzumerken gewesen, weder Trauer noch Anzeichen von Übelkeit beim Anblick der Leiche. Stine hatte mit dem Hafenamt telefoniert und einem Sachverständigen des Hafenbetriebsdienstes alle bekannten Fakten geliefert. Er hatte Gewicht der Leiche, Tiden der letzten Woche, Wasserstand, Schleusentätigkeit und andere Faktoren zusammengerechnet.

»Klares Ergebnis: Nix Genaues weiß man nicht«, sagte Stine, während sie zu dem Stadtplan an der Wand lief, zurück zu ihrem Schreibtisch, farbige Post-its heraussuchte und ihren

Körper streckte, um die Leichenfundstelle in Rablinghausen auf der Karte oben zu markieren. »Laut Fließgeschwindigkeit und Gewicht hätte der Körper vom Weserwehr an, also der maximalen Entfernung, binnen vier bis zwölf Stunden an der Fundstelle in Rablinghausen sein können, aber das widerspricht dem Zustand der Wasserleiche. Assi Albert sprach von zwei bis fünf Tagen.« Chavis kaute und schluckte.

»Faktenhüter Kumroth hat mir gerade anvertraut, dass die Pathologie inzwischen davon ausgeht, dass Kupiec am Wochenende umgebracht wurde.«

»Ich bin froh, dass er das überhaupt erwähnt, für uns ist das ja nicht weiter wichtig«, sagte Stine spitz. Sie brachte die fehlende Zusammenarbeit des Pathologen regelmäßig auf die Palme. Chavis machte eine großzügige Geste mit der Hand.

»Zurück zur Weser: Das würde bedeuten, dass der Körper irgendwo im Uferbereich klemmte und von der Strömung wieder losgelöst wurde.«

»Ja«, Stine stellte sich auf die Zehenspitzen und deutete auf eine Stelle auf der Wandkarte, »beim Hohentorshafen hinter der Steinböschung macht die Weser eine Kurve – prädestinierte Stelle zum Hängenbleiben. Ganz zu schweigen von zahlreichen Anlegern, Stegen, Brückenpfosten. Das erklärt auch die kaputte Jeans«, einer ihrer schlanken Finger fuhr die Weser strom- und kartenaufwärts bis zum Europahafen.

»Bei unserer Fundstelle in der Sandbucht dagegen gibt es keine Zweifel: Das Wasser aus dem Nebenbecken drückt, je nach Schleusenstand, in die Weser hinein, sodass an diesem Strand alles Mögliche angeschwemmt wird.« Chavis' Appetit tat die Wasserleiche keinen Abbruch. Herzhaft biss er weiter in das Krautsalat-Tsatsiki-Gemisch. Dass niemand die Leiche bemerkt hatte, war nicht zu glauben! Er legte das in Folie und Papier halb eingewickelte Brot auf seinen Schreibtisch und ging auf dem Flur einige Büros weiter. Wie er erwartet hatte, fand er den angehenden Kriminalpolizisten Johannes Neubauer vor seinem Rechner. Dort saß er immer und schien darauf zu warten, dass sie ihm etwas zu tun gaben. Wenigstens darauf war Verlass.

»Wir müssen jemanden auftreiben, der die Leiche gesehen hat. Stine hat alle Bremer, die auf dem Fluss schippern – also die Fährmänner und Ruderer – befragt. Es hilft nichts, Johannes, du musst alle fragen, die sich an der Weser aufhalten. Fang mit den Restaurants und Kneipen an der Waterkant an, auch Straßenreiniger könnten was Außergewöhnliches gesehen haben. Vielleicht bekommst du den einen oder anderen Containerschiffer, der regelmäßig die Weser hoch- oder runterfährt.« Johannes nickte eifrig und suchte die ersten Telefonnummern aus dem Internet heraus, bevor Chavis das Büro verlassen hatte. Auch wenn der junge Kollege keine Arbeit scheute, es würde Neubauer einiges an Zeit und Aufwand kosten, alle die zu finden, die am Wochenende in den gastronomischen Stätten Dienst getan hatten. Wenn Kumroth nur zu trauen wäre! Es war jederzeit möglich, dass er neue Ergebnisse zurückhielt. Von Sonia Grunenberg wussten sie immerhin, dass Kupiec gegen einundzwanzig Uhr noch gelebt hatte. Der Todeszeitpunkt. Der wäre ein Ansatz für die Aufklärung. Zurück im Büro drückte Chavis die Alufolie samt den Pitaresten zusammen und schleuderte sie in den Papierkorb unter seinem Schreibtisch.

Der schmale Raum von Holger Schaarschmidt lag im Erdgeschoss zwischen zwei Büros eingezwängt. Es kam einem Geniestreich gleich, dieses Kämmerlein »Chemisches Labor« zu nennen. Die Menge an Material, die Schaarschmidt in dem Räumchen aufbewahrte, hätte allerdings in einem Laborsaal ordentlich Platz gefunden. Auf der langen Arbeitsplatte stapelte sich ein Durcheinander aus Reagenzgläsern, Analysewerkzeugen, Fotos, Zetteln und Plastiktüten. Ein Haufen Formulare auf dem Deckel des Scanners schien dessen Funktion auszuschließen. Neben einem Turm aus aufgestapelten Kartons und Ordnern saß Holger, zurückgelehnt, einen Lolli im Mundwinkel. Immerhin war er mal anwesend. Fotograf Büschel hatte sich einen Stuhl frei geräumt und stellte seinen geleerten Eisbecher auf einen bedenklich hohen Zeitschriftenberg neben sich.

»Zu spät«, schob Holger neben seinem Lutscherstil durch die Lippen, »Kindergeburtstag schon zu Ende«, er blickte zu Büschels Eisbecher.

»Wir sind nur zum Aufräumen gekommen«, sagte Chavis und wedelte mit den Formularen, auf die Magda Luger, Michaela Noss, Julia Kupiec, Sonia Grunenberg, Davina und Laurence Sookia ihre Fingerabdrücke gerollt hatten. »Stell fest, ob eine dieser Personen Kupiec einen Brief in Kartoffel-Finger-Druck geschrieben hat.«

»Siehste Holger«, Büschel erhob sich, »wenn Stine und Chavis nicht wären, wüssten wir gar nicht, was wir den ganzen Tag machen sollten.« Er schlüpfte an den beiden vorbei in den Flur. Holger stand auf und nickte ihnen zu.

»Geht los. Ich ruf euch an.«

Ohne das Laub an den Bäumen hätte man vom Präsidium aus das Theater sehen können. Jetzt lag das dichte Grün der Bäume in den Wallanlagen dazwischen. So lang wie möglich nutzten sie diese Blätterschatten, bevor sie im gleißenden Sonnenlicht den Ostertorsteinweg überquerten. Nie wäre Chavis darauf gekommen, dass der Spartenleiter für Tanz des Theaters Bremen in dem Körper eines Schwimmers, groß, mit breiten Schultern, steckte. Seine grauen Locken standen grotesk vom Kopf ab und wippten, als er im schattigen Gang neben dem Hauptgebäude auf sie zukam. Aber die Haltung und die federleichte Bewegung, mit der er ihnen die Hand gab, straften die gigantischen Maße seines Körpers Lügen. Vor zehn Jahren war John Merell Choreograf am Bremer Theater geworden, davor hatte er selbst getanzt. Den starken englischen Akzent aus dem US-amerikanischen musste er über zwei Jahrzehnte an der Weser sorgsam konserviert haben:

»Sie kommen wegen des Mordes an Marcel. Das ist absolut unglaublich«, er ging ihnen voran durch einen Hintereingang am Rand der Bühne, nahm mit leichtem Schritt die Treppe hinunter in den düsteren Publikumsraum und forderte die beiden Kripos mit einer verspielten Handbewegung auf, in der ersten Reihe Platz zu nehmen.

»Finden Sie es unglaublich, dass ein anderer ihn getötet hat oder dass gerade er ermordet wurde?«, fragte Stine und beugte sich vor, um Merell hinter Chavis sehen zu können.

»Marcel als Tänzer – ich weiß nicht, wie ich beginnen soll –, sicher, Marcel war ausdrucksstark, kraftvoll, raumgreifende Bewegungen, saubere Sprünge ... technisch beherrschte er alles perfekt. An seiner Disziplin war nichts auszusetzen. Aber, sehen Sie«, er beugte sich vor und suchte gleichzeitig den Blick der beiden Kripos, »das ist normal für Tänzer am Theater. Das wirklich Besondere – und ich meine das, so wie ich es sage – the very special an Marcel war seine Teamfähigkeit.« John Merell lachte ein helles, befreites Lachen. »Wissen Sie, in dem Punkt sind wir fast alle hier am Theater ausbaufähig. Im Team arbeiten, das machte er perfekt. Keine Zicken, keine Extrawürste. Ich vertraute ihm. Deswegen war er meine ganz persönliche Primaballerina. Und deswegen finde ich es absolut – absolut unglaublich, dass er irgendwem den Grund gegeben hat, ihn zu killen. Kann ich mir nicht vorstellen.«

»Wir haben von seinen Schülern was ganz anderes gehört. Sie monierten an ihm Rücksichtslosigkeit und Fanatismus. Er muss die Begabten vorgezogen und ständig neue Tanzprojekte im Sportunterricht begonnen haben«, warf Chavis ein. Wieder lachte Merell.

»Das kann ich mir vorstellen. Marcel liebte es zu tanzen. Er war absolut fanatisch! Marcel und Basketball – das ist, als wenn Sie Ihrer Katze – haben Sie eine Katze? – Marshmallows zu fressen geben. Basketball, Leichtathletik, Fußball – oh mein Gott – yeah, das war nicht leicht für die Schüler, das kann ich glauben!« Das Licht im Publikumsraum wurde heller. Stine stand auf und stellte sich vor die beiden Männer.

»Ist das eigentlich normal, dass Tänzer irgendwann in den Schuldienst wechseln?«

»Setzen Sie sich doch neben mich. I'm sorry, das kommt eigentlich nie vor, aber für diese Choreografie habe ich ein Date für einen Durchlauf hier im großen Haus«, erklärte Merell höflich, »wie soll ich sagen: Es gibt keine feste Regel, was Tänzer danach machen. Sie machen sehr unterschiedliche Sachen. Bei Marcel war das perfekt: Er tanzte, seit er denken konnte, Ballett in der französischen Diaspora. Die einzige Möglichkeit für ihn war, Sport zu studieren. Auf einem bestimmten Weg entdeckte er zeitgenössischen Tanz. Aber egal ob Ballett, Modern, Zeitgenössisch – das ist nicht gut für die Gesundheit, das schwöre ich Ihnen. Wie lange halten die Gelenke und Knie das durch? Dann mit dreißig, vierzig haben wir uns was anderes zu suchen: Choreografie, Ballettschule oder was absolut Neues. Ich kenne Tänzer, die arbeiten als Landschaftsgärtner...« Durch einen Gang an der Seite der Bühne kamen barfüßige Frauen und Männer in schlabberiger Sportkleidung. Alle, auf sich konzentriert, hüpften leicht, drehten die Füße, die Schultern, die Handgelenke.

»Hatten Sie noch Kontakt zu Kupiec?«, fragte Chavis, während sie sich erhoben. Staunend beobachtete er, wie Merell seinen breiten Körper elegant zwischen den Armlehnen herausschob.

»Tut mir leid, nein. Unser Alltag war sehr unterschiedlich. Seit Jahren ich habe ihn nicht mehr getroffen, sorry. Aber ich bin absolut traurig über seinen Tod. Jetzt haben wir keine Möglichkeit mehr, uns zu sehen. Das ist eine Katastrophe.« Er rief einen Techniker an, der ihnen die Tür in der Eingangshalle öffnete.

»Dem schoss ja die Dynamik aus jeder Pore«, sagte Stine bewundernd auf dem Theatervorplatz.

»Absolut«, pflichtete Chavis ihr bei. Dicht vor ihrer Nase zog eine Straßenbahn vorbei.

Auch von hinten waren sie leicht zu unterscheiden, Assi Albert aus der Pathologie und Holger aus dem chemischen Labor. Zwar waren beide baumlang, aber während Albert seinen Körper wie eine unpraktische Latte mit sich rumschleppte, wirkte Holger, als habe er ihn sich speziell für seine Outdoor-Hobbys bestellt.

»Hej Stine, Chavis«, die beiden Kripos drehten sich um. Augenscheinlich hatte Holger die letzten Minuten auf dem Gang vor ihrem Büro die Zeit damit verbracht, den leuchtenden Kaffeeautomaten zu betrachten. Er setzte eine beleidigte Kinderstimme auf. »Euch lade ich zum nächsten Kindergeburtstag nicht mehr ein!« Sie gingen ins Büro.

»Sind wir zu früh gegangen?«, fragte Stine.

»Nein, aber eure Spiele sind langweilig«, Holger schloss die Bürotür hinter ihnen, »das mit den Fingerabdrücken. Ich mach das natürlich noch alles hübsch für die Akte. Aber ansonsten: Das hättet ihr fast mit bloßem Auge erkennen können.« Er setzte sich und legte das Ende seiner Beine auf Stines Schreibtisch.

»Die Blutgruppe der Fingerabdrücke auf dem Brief ist Null Rhesus positiv und aufgrund des Grades der Trockenheit des Blutes würde ich sagen, es ist Wochen her, dass sie die Bildchen draufgedruckt hat, aber keine Monate. Vielleicht zwei bis sechs Wochen. Genauer kann ich's nicht sagen, weil ich nicht weiß, wie trocken oder feucht das Papier war und wie es gelagert wurde. Der Lichtfaktor spielt auch eine Rolle. Na, und«, er faltete seine Beine wieder ein und zog eine der Karteikarten unter dem Arm hervor, »die Gewinnerin der sechs Einsendungen ist – Michaela Noss!« Als er aus der Tür ging, warf er über die Schulter: »Beim nächsten Mal nicht so langweilig. Okay?«

»Wow«, Stines wasserblaue Augen leuchteten, »das hätte ich der Noss gar nicht zugetraut.« Chavis ihr auch nicht. Immerhin hatte das graue Mäuschen Holger Schaarschmidt gerade zu einem wahren Wortschwall veranlasst.

»Scharfe Messer hat sie jedenfalls zu Hause«, sagte Chavis wenig sinnreich. Stine stöhnte.

»Das Schöne an der Tatwaffe von Marcel Kupiec: Dass sie so außergewöhnlich selten zu finden ist. Vergiss das Messer, Chavis.« Der Kommissar griff zum Telefon. Ausgerechnet Michaela Noss hatte versucht, ihn zu erreichen. Das war um 13.22 Uhr gewesen, also vor knapp drei Stunden, sagte jemand von der Zentrale, ja, von einem Handy aus. Als er die Nummer wählte, nahm niemand ab. Mist.

»Der Bericht von der Hausdurchsuchung in der Kohlhökerstraße flattert gerade rein«, sagte Stine mit Blick auf ihren Bildschirm. »Soweit ich sehe, nichts, was im Zusammenhang mit dem Blutfingerabdruckbrief steht. Keine anderen Blutbriefe, was ja nichts heißt, außer dass Marcel Kupiec kein Sammler dieser speziellen Post war. Auch kein Brief traditioneller Art in der Nähe.« Chavis lehnte sich zurück, besann sich.

»Quieres un café?«

»Ach Chavis. Ich hatte gehofft, heute einigermaßen pünktlich Feierabend machen zu können und Hannah selbst vom Kindergarten abzuholen. Ich wollte los.«

»Sind wir schon wieder durch?«, fragte er mit Blick auf die Uhr. Es war nach halb fünf. »Eigentlich wollte ich mit dir noch zu Gerit Kuhlmann.« Stine streckte sich und sah dabei noch schmaler aus.

»Wie sagt der Spaanja? Mañana. Chavis, du solltest mehr auf dein Inneres hören.« Danke Orakel, dachte er. Als sie ging, holte er sich eine »Kaffeespezialität« vom Automaten im Flur und stellte sich damit an das offene Bürofenster. Ein Fenster ohne Aussicht. Nur die sich spiegelnden Fensterscheiben gegenüber. Unten knallten die Kollegen mit den Türen der Dienstwagen. Michaela Noss und Marcel Kupiec hatten ihre gemeinsame Tochter verloren. Etwas Schlimmeres kann einem im Leben kaum passieren. Die Beziehung war daran zerbrochen. Das war in so einem Fall wohl üblich. Dann – Jahre nach der Trennung – wie viele? Ungefähr zwanzig Jahre? – schickte Michaela Noss ihrem Ex-Mann einen Brief, oder viele Briefe? – mit Fingerabdrücken aus ihrem eigenen Blut. Das ist auf jeden Fall mal leidenschaftlich. Aber wie? War es eine Erinnerung an ihre tiefe Verbindung? War es ein Drohbrief? Einfach ein Liebesbrief?

Die Luft draußen war aufgeheizt. Chavis verspürte Lust, den Kaffee in den Innenhof zu gießen. Wie belämmert die Kollegen in ihren besudelten Uniformen aussehen würden! Die Verhältnisse, aus denen er selbst kam, waren nicht als solide zu bezeichnen. Ihn hatte sozusagen der Esel im Galopp verloren. Aber das war nichts gegen Julia und Andrée! Zwei Männer und zwei Frauen leben in einer Kommune. Beide Frauen bekommen innerhalb eines Jahres ein Kind und die beiden Mädchen wachsen wie Schwestern auf. Bis eins an den Komplikationen einer Maserninfektion stirbt. Und dann? Dass Michaela Noss und Julia Kupiec ein gutes Verhältnis haben, hatte er in der Schule gesehen. Und wie stand es um Sonia und Michaela? Und die beiden Männer? Waren die sich genauso einig gewesen? Er war gespannt auf Gerit Kuhlmann.

›Hijo‹ heißt Sohn

»Sie sehen, was Sie angerichtet haben«, sagte sie in sein Ohr, »doch den Schaden davon haben wir alleine. Ist Ihnen bewusst, wie hoch der koordinative Aufwand für die Schulleitung ist, wenn Kollegen ohne Vorankündigung plötzlich sechs Unterrichtsstunden ausfallen lassen?«

Chavis hätte ihr gerne geantwortet, aber er wusste darauf nichts zu sagen.

»Sie scheinen ja, sobald es um Verantwortung geht, Ihr Blaulicht anzuschalten und das Weite zu suchen.« Im Prinzip hatte sie recht. Aber es war 8.05 Uhr und er hatte vor dem Telefonklingeln nicht mal Zeit gehabt, das Bürofenster zu offnen. Wahrscheinlich unterrichtete sie Latein und Politik, spekulierte er. Magda Luger war völlig aus dem Häuschen, weil Michaela Noss heute Morgen nicht zum Unterricht erschienen war.

»Danke, dass Sie uns informiert haben. Ich werde mich darum kümmern«, er legte auf, obwohl seine Unterrichtszeit von ihrer Seite her bestimmt nicht zu Ende war. Weder auf dem Festnetzanschluss noch mobil meldete sich jemand bei Michaela Noss. Hatte die Schulleiterin schon vor ihm probiert. Er beauftragte eine Streife, zu Noss' Adresse zu fahren, und hörte sein Handy piepsen. Stine hatte ihm eine SMS geschrieben. Bei diesen Temperaturen hatte ihre kleine Hannah Ohrenschmerzen bekommen! Stine würde mit ihr zur Sicherheit zum Arzt gehen, wäre aber spätestens um neun Uhr im Büro, schrieb sie.

So wie die Tür aufflog, dachte er trotzdem an seine Kollegin. Überraschenderweise stand Davina Sookia wie gerahmt auf der Schwelle, heute in ausgehfeiner Kleidung, weißer Anzug, die Bluse wechselte die Farben zwischen lila und pink, zwischen bedeckend und durchscheinend.

»You are named Chavis – is that right?«, fragte sie bellend. Er nickte.

»Shut the door, mi waana taak taak«, das hatte Chavis sich von seinem Besuch bei ihr gestern gemerkt. Sie schloss die Tür und durchmaß mit einem Blick das Büro.

»Sind wir allein?«

Er nickte wieder und dachte bitter an seine Schwächen im Verhör bei ihr zu Hause. Es war absurd, dass Hannah sich bei dem Wetter eine Mittelohrentzündung zugezogen haben sollte.

»My chail«, die Art, wie sie das sagte, ging wieder eindeutig in Richtung Laienschauspiel. »Laurence, didn't you see him?«, als könne sie sich nicht daran erinnern, ihm ihren Sohn erst gestern stolz vorgestellt zu haben.

»Frau Sookia«, Chavis unterbrach sie. Er war nicht scharf auf die zweite Szene dieses Theaterstücks, »ich hole uns einen Kaffee und dann sagen Sie an, warum Sie zu mir gekommen sind, in Ordnung?«

»Airi, ya.«

Im Büro stand die Hitze, aber Davina Sookia wärmte sich die Finger an dem Pappbecher.

»You won't believe me that I didn't have killed him«, begann sie mit dem Versuch, sauberes Schulenglisch zu sprechen, »but – ich bin nicht – überhaupt nicht – traurig, dass Marcel tot ist, how I told you yesterday. Ich bin ehrlich erleichtert«, sie lehnte sich zurück, »so, how come? Schwarze in Deutschland – Nigger sagen die Leute nicht mehr –, but, sie sind immer noch

Dreck. That's choo, fürchterlich ist das! So viele laufen hier rum, im Viertel, am Bahnhof, Neustadt, Walle. Für den Großteil der Leute hier wir sind alle gleich. Arme Schweine mit Riesenfamilien in Afrika. Ohne Arbeitserlaubnis und nur auf der Warteliste: Send back to sender«, sie führte den Kaffee mit zwei Händen zum Mund, »die meisten Leute hier fühlen keine Verantwortung für Schwarze. Die gehen bald wieder weg. Die können dealen, klauen, in der Öffentlichkeit Drogen nehmen, kleine Mädchen anmachen, was die wollen. Aber sauer sind die Leute natürlich trotzdem. This is the reason for it.«

Der Kontrast zwischen ihrer dunkelbraunen Iris und dem Weiß des Augapfels war enorm. Sie sah Chavis direkt ins Gesicht. »Und ich bin sehr attraktiv.« Das musste er nicht bestätigen. »Das fand Marcel auch, damals auf dem Elternsprechtag«, redete sie weiter, »er sah ganz gut aus, sure, aber – nicht mein Typ. Darum ging es aber nicht. Das hat er von Anfang an klargemacht.« Chavis verstand gar nichts und wartete. Aber Davina Sookia sagte nichts mehr.

»Was hat Kupiec klargemacht?«, fragte er nach.

»Ich kann das nicht wiederholen, selbst wenn ich wollte. But believe me: Laurence und ich haben mit dem Mord nichts zu tun, nur bin ich sehr sehr erleichtert. I feel good.« Sie musste das nicht singen. Die heisere Stimme von James Brown flüsterte ohnehin in Chavis weiter. »Take me over the bridge«, krächzte es in seinem Inneren. Mit einer fließenden Bewegung stand sie auf, strich über ihre Anzugjacke, öffnete die Tür, drehte sich um, sagte: »Thanks for the coffee, Chavis«, und weg war sie.

Endlich öffnete er das Bürofenster. Was ihr Kleiner wohl auf dem Kerbholz hatte? Er traute der Direktorin des Goethe-Gymnasiums einiges zu, aber ernsthaft glaubte er nicht, dass sie die Klassenzimmer verwanzte. Selbst wenn, wäre er als Polizist so ziemlich der Letzte, den sie eingeweiht hätte. Im

Prinzip war es auch für den Fall gleichgültig, was es war. Was hatte Davina gesagt? Drogendealerei, Verführung kleiner Mädchen... Verdammt, Laurence war fünfzehn! Vielleicht war die Einschätzung seiner Mutter ja richtig und alles fand nur im Kopf der Leute statt, weil Laurence schwarz ist. So wenigstens hatte er die Sookia verstanden.

Die Tür flog zum zweiten Mal heute auf und jetzt war es Stine, die voller Energie ihre Tasche auf den Schreibtisch warf. »Alles gut, Hannah ist im Kindergarten«, sagte sie statt Begrüßung. »Davina Sookia hat mich gerade besucht und wirres Zeug orakelt«, entgegnete Chavis, »sie war, ihrer Meinung nach, nicht freiwillig mit Kupiec zusammen.« Stine kramte in ihrer Tasche und sah auf.

»Schade, dass ich nicht dabei war. Was hat sie denn nun wirklich gesagt, Chavis?« Er hatte sich keine Notizen während des Gesprächs gemacht. Danach auch nicht. Er wiederholte, was er noch wusste. Stine tippte es ein.

»Seine Anmachmethode war nicht sauber, da komm ich ja noch mit«, sagte Stine, »aber dass die Sookia dann von Kupiecs Tochter als seine ›feste‹ Partnerin wahrgenommen wird, obwohl das eigentlich Erpressung ist! Tut mir leid, das kann ich nicht nachvollziehen. Hast du sie gefragt, wie lange sie zusammen waren?« Er schüttelte den Kopf. Stine versuchte, sich den Lufthauch zuzufächeln, der zum offenen Fenster hineinstrich.

»Tut mir leid, da komm ich nicht mit«, wiederholte sie.

Michaela Noss war nicht wieder aufgetaucht. Die Streife vor ihrem Haus war durch ein Zivilfahrzeug ersetzt worden. Er staunte, dass das ohne Dienstanweisung gemacht worden war. In der Einsatzzentrale schien jemand Dienst zu haben, der nicht mit Blaulicht das Weite suchte, wenn Verantwortung auf ihn zukam, wie die Luger sich ausgedrückt hatte.

Stine brauchte länger mit dem Auto bis zur Lessingstraße als er auf seinem Drahtesel. Chavis wartete auf sie vor dem Haus von Sonia Grunenberg und Gerit Kuhlmann. Es war zweistöckig, lichtgrau gestrichen und wirkte unbelebt. Auf der Veranda vor der Eingangstür stand nichts – keine Blumentöpfe, kein Tisch, kein Stuhl. Durch die Glaseinsätze der Eingangstür entdeckte er eine Standuhr mit Pendel im Uhrenkasten, daneben Garderobenhaken, eine Spiegelkommode. Schlicht und altmodisch. Das sollte eine ehemalige Hippie-WG sein? Während der Befragungen von Sonia Grunenberg und ihrer ehemaligen Mitbewohnerin hatte er sich Zimmer, deren Wände voller Widerstandsplakate und Batik-Stoffe hingen, persische Teppiche in mehreren Lagen auf dem Boden und alles bedeckt mit Kram vorgestellt. Die antiseptische Senioren-Umgebung dieses Flures schien ganz und gar unpassend. Stine trat geräuschlos neben ihn.

»Hab keinen Parkplatz gefunden.«

Noch immer irritiert, sah Chavis noch einmal auf das Namensschild, bevor er die Klingel drückte. Grunenberg/Kuhlmann. Bis auf das gleichmäßige Hin- und Herschwingen des Uhrpendels gab es keine Bewegung im Flur. Sie hatten sich mit Absicht nicht telefonisch angemeldet. Als sie sich schon zum Gehen wenden wollten, erschien plötzlich ein großer, kräftiger Mann hinter der Tür. Früher mochte er gut ausgesehen haben, jetzt tat er es definitiv nicht mehr: Er war auf eine schwammige Art übergewichtig, dunkler, ungepflegter Vollbart, fettige Haare. Im Schlafanzug schloss er die Tür auf und vermied durch die Glasscheibe den Blickkontakt. Stattdessen fixierte er einen Punkt hinter Stines rechter Schulter. Er pustete angestrengt. Hinter einer Zimmertür schlug ein Hund an.

»Gerit Kuhlmann?«, fragte Stine. Er nickte und ließ sich ihren Dienstausweis zeigen.

»Kommen Sie wegen Marcel?«, fragte er und seine Anspannung war deutlich zu spüren. Sie steuerten auf eine Tür schräg gegenüber der Eingangstür zu. Er setzte sich schwer auf einen der filigranen Stühle, die um einen Esstisch herum standen. Er schwitzte. Auch im Esszimmer altmodische Möbel, vielleicht Jugendstil, keine Spur von persönlichem Kram. Stine nickte.

»Er ist vergangene Woche ermordet worden«, sagte sie mit klarer Stimme, »haben Sie die Suchmeldung im Regionalmagazin gesehen?«

»Ich habe keinen Fernseher«, presste er zwischen beinahe geschlossenen Lippen hervor, »Julia hat mich gestern angerufen.«

»Gestern war Mittwoch, Herr Kuhlmann«, sagte Chavis eindringlich, »sind Sie sich sicher, dass Sie es nicht schon am Dienstag von Ihrer Mitbewohnerin erfahren haben?«

»Wir sehn uns nicht so oft, wie man das annehmen könnte«, nuschelte Kuhlmann. Einen Moment lang sagte niemand etwas. Der Hund hatte mit seinem Gebell aufgehört. Durch die offene Tür hörte man in der Diele das Ticken der Uhr. Stine packte ihr Laptop aus und warf Chavis einen vielsagenden Blick zu. Sollte heißen: Klassische Rollenteilung – sie tippt, er fragt.

»Sie haben bis vor rund zehn Jahren mit Marcel Kupiec, Michaela Noss und Sonia Grunenberg hier in einer Kommune zusammengelebt.« Kuhlmann zuckte bei dem Wort ›Kommune‹. Er fixierte einen Punkt auf der Häkeltischdecke vor sich.

»We had a dream, ha ha! Wir wollten alle gleichberechtigt die Kinder großziehen, den Haushalt machen, gemeinsam Konzepte für unsere Schüler erarbeiten«, sagte Kuhlmann mühsam, seine Lippen schienen die Wörter zurückhalten zu wollen. »Marcel – der hatte Glück. Der war Tänzer, hatte immer einen Choreografen, der sich nicht reinquatschen ließ. Der hatte auch in anderer Beziehung Glück«, er lehnte sich zurück, als wolle er den Anschein erwecken, dass er sich entspannte. »Der kam aus Frankreich – irgendwo aus der Bretagne. Katholische Gegend. Als er Kind war, wehten nach den Hochzeitsnächten die Bettlaken aus den Fenstern.« Stine sah erstaunt vom Bildschirm auf. »Und auf den Bettlaken sollte das Blut der Braut zu sehen sein, oder was?« Als echte Bremer Protestantin lagen ihr solche Sachen fern. Kuhlmann streifte sie mit einem müden Blick. Ohne die Tonlage zu verändern, setzte er hinzu: »Rasiermesser und Pflaster fand das Paar wohl neben dem Brautbett«, er atmete hörbar aus, »erstaunlich, was aus Marcel anschließend geworden ist. Jedenfalls war er der Einzige in unserer WG, der sein Ding machte. Wir anderen wollten alles teilen – Kinder, Haushalt, Schüler –, aber keiner hat sich so richtig geschert. Wir waren faul, haben herumexperimentiert. Alles ist schiefgegangen. Bis auf Julia. Reiner Zufall in unserem Gruselabor. Zwei Jahrzehnte Mist gebaut! Sie können sich nicht vorstellen, wie sich das anfühlt. Aber damit ist Schluss.« Zum ersten Mal registrierte Chavis die bewegten braunen Augen, bevor Kuhlmann den Kopf wieder wegdrehte und nuschelte: »Was jetzt an den Schulen passiert, da mache ich auch nicht mehr mit.«

»Wie, machen Sie nicht mehr mit?«, fragte Stine in die Pause hinein.

»Ich bin schon das Schuljahr über krankgeschrieben und so wird das auch bleiben. Genug Mist auf meinem Konto. Sollen die Schüler die Schulen abfackeln, die Lehrer erschießen. Hü und hott – das können die auch ohne mich machen.«

»Was hat sich in der Kommune nach dem Tod von Andrée verändert?«, fragte Chavis. Sichtlich irritiert starrte Kuhlmann auf das Luftmaschenmuster in der Tischdecke vor sich. Chavis merkte, dass da etwas nicht stimmte.

»Michaela geht es psychisch gar nicht gut«, murmelte Kuhlmann nach einer Weile, »Marcel und ich, wir hatten, seitdem er ausgezogen war, nichts mehr miteinander zu tun. Kein Streit oder so. Er wusste ja, wo er mich findet«, sprach Kuhlmann vor sich hin, »ich schätze, das hat ihm gereicht.« Der Choreograf vom Theater hatte etwas Ähnliches gesagt. Julia Kupiec auch. Im Viertel wohnte ein Haufen ungepflegter Verbindungen.

»Was haben Sie am vergangenen Wochenende gemacht?«, fragte Chavis abwesend. »Am Wochenende mache ich immer das Gleiche: Meine Anwohnerbar«, sagte Kuhlmann. Aber Chavis beschäftigte das, was Kuhlmann davor gesagt hatte.

Die Hitze schlug ihnen entgegen, als Stine die Haustür öffnete. Kuhlmann roch nach Schweiß.

»Haben Sie Michaela Noss in letzter Zeit gesehen?«, fragte Chavis beiläufig und beobachtete ihn. Der schüttelte den Kopf.

»Ich glaube, der ist nicht ganz richtig. Das passt doch gar nicht zusammen: der fliehende Blick, die gepresste Sprechweise und gleichzeitig diese Offenheit«, Stine redete leise, während sie die Treppe hinunter zum Bürgersteig nahmen.

»Die Möglichkeit, dass er ne Schraube locker hat, besteht«, sagte Chavis und lavierte sein Fahrrad zwischen den Vorgartenzäunen und den parkenden Autos hindurch. Gleichzeitig schätzte er ab, ob Kuhlmann sie noch aus dem Fenster sehen konnte. Dann zückte er sein Handy. »Das Zivilfahrzeug vor dem Haus von Michaela Noss könnt ihr abziehen und in der Lessingstraße vor dem Haus von Grunenberg/Kuhlmann postieren«, sagte er und legte auf. Zwangsläufig musste Chavis an einen Fischkopf denken, als Stine ihn verblüfft mit hervorquellenden Augen ansah. Sonst war sie doch so hübsch.

»Kuhlmanns Offenheit, wie du das nennst, täuscht darüber hinweg, dass er nicht alles gesagt hat. Er schützt Michaela Noss. Ich bin mir sicher, dass sie sich in Kuhlmanns Haus aufhält«, erklärte er schnell, um ihre Neugier zu besänftigen, »und ich habe in dem Zusammenhang den Verdacht, dass Kuhlmanns

Worte über sie nicht zu unterschätzen sind. Ist dir das aufgefallen?« Er sah, dass Stine überhaupt nichts mehr verstand.

»Das finden wir im Präsidium ganz leicht raus, Stinchen.« Chavis war selbst gespannt, ob sich sein Verdacht bestätigen würde. »Schau mal nach dem Namen und vergiss das e«, sagte Chavis, bevor er aufs Rad stieg.

Am Himmel tauchten zum ersten Mal seit Wochen ernstzunehmende Wolken auf. Bei jedem Tritt in die Pedale wurde ihm klarer, warum die Spanier niemals eine Radfahrnation werden würden. Läge Bremen zusätzlich in einem kleinen Gebirgszug wie die Sierra Morena, kämen nur wenige auf die Idee, ein Fahrrad zur Fortbewegung zu benutzen. Die Luft drückte und ließ ihn im Zeitlupentempo durchs Viertel kriechen. Als er im Büro ankam, war Stines überraschter Ausdruck im Gesicht verflogen.

»Hast mal wieder recht gehabt, Chavis. Ein Mädchen namens Andrée Noss habe ich im Geburtsregister nicht gefunden, aber dafür was Ähnliches: den Jungen namens André Noss. Er wurde am 14. Juni 1981 im Krankenhaus St. Jürgen Straße geboren.« Stine sah ihn an, wie ihre Tochter kurz vor der Weihnachtsbescherung: »Die Mutter ist Michaela Noss. Das war ja klar. Aber die Vaterschaft anerkannt hat – Gerit Kuhlmann. Von Marcel Kupiec steht hier kein Wort.« Sie nahm den Zettel und fächelte sich damit Luft zu. »Hast du auch herausfinden können, ob dieser André noch lebt?« Stine legte das Papier zurück auf ihren Schreibtisch. »Bisher gab es keinen Eintrag ins Sterberegister. Er ist seit ein paar Jahren in Findorff, Gustav-Heinemann-Straße, gemeldet.«

Die ersten dicken Regentropfen klatschten aufs Autodach, als sie den Innenhof verließen. Stine tippte auf dem Beifahrersitz des Streifenwagens den Bericht zu dem Verhör mit Kuhlmann in ihr Laptop. Während sie die Hemmstraße entlangfuhren, liefen die Scheibenwischer schon auf Hochtouren. Chavis freute sich plötzlich auf die gelb-braunen Blätter an den Alleebäumen im Herbst. Spanisches Blut hin oder her, er vermisste sein Bremer Schmuddelwetter.

Das Neubaugebiet bestand aus fünfstöckigen, im Halbrund angeordneten Mehrfamilienhäusern, deren Klinker-Fassaden den Anschein von gelbem Backstein erweckten. Dahinter waren zahlreiche Wohnstraßen nach und nach erschlossen worden. Von oben gesehen, musste das Gebiet wie eine Patchwork-Decke aussehen, wo jeder Wohnfleck mit zwei bis drei Fertighaus-Modellen ausgefüllt war. Die Außenwände der Häuser variierten zwischen Pastellgelb und erdigem Rot. Das war – neben der Höhe des monatlichen Abtrags an die Bank – das maximale Maß an Gestaltungsspielraum ihrer Bewohner.

»Die neuen Berge des Flachlands«, er nickte zu den Neubaugebieten, »Schuldenberge«. Stine unterbrach ihre Tipperei nicht für einen Augenblick. Chavis parkte den Streifenwagen direkt vor der Haustür des Backsteintraktes, in dem André Noss gemeldet war. War ja auch egal, was er über Schulden dachte. Noch waren die Kronen der Bäume weit auseinander und hatten runde grüne Kugeln wie im Modell des Landschaftsarchitekten. Der Regen klopfte laut aufs Autodach und der Gehweg war leer. Bis auf eine Frau, die einen mit Plastikhülle bedeckten Kinderbuggy schob. Sie stiegen aus und duckten sich vor dem Regen. Schnellen Schrittes erreichten sie das gläserne Vordach des Hauseingangs. André Noss wohnte im zweiten Stock. Direkt nach dem Klingeln setzte der Türsummer ein. Flur und Treppenaufgang mit dem Lift daneben waren weiß getüncht. Sie stiegen die Treppe hinauf. In zwei Jahrzehnten, nachdem die Wohnungsgesellschaften einige Male gewechselt hatten und das Budget für Reparatur und Pflege der Wohnanlage gekürzt worden war, würde das anders aussehen: Aufzug kaputt, Autolack an den

Wänden, dachte Chavis noch, bevor der ohrenbetäubende Knall eines Schusses seine Gedanken durchschnitt. Jemand schrie laut.

Stine rannte, zwei Treppenstufen auf einmal nehmend, vor ihm her in den zweiten Stock. Im Laufen öffnete sie den Verschluss des Holsters, in dem ihre Dienstwaffe steckte. Im zweiten Stock angelangt, drückte sich Stine links an die Wand. Im Treppenhaus war kein Laut zu hören. Die vier Wohnungstüren auf dieser Etage schienen verschlossen zu sein. Mit Blicken einigten sie sich, dass Stine ihm Deckung verschaffte. Er schlich mit gezückter Waffe an ihr vorbei und drückte mit dem Fuß gegen jede Tür. Bei der Dritten hatte er Erfolg, lautlos schwang sie auf. Bevor er einen Fuß in die Wohnung setzte, kam plötzlich eine schwarz gekleidete Gestalt mit zotteliger Löwenmaske und erhobener Waffe auf ihn zugestürzt. Mit einem Hechtsprung rettete sich Chavis an die Wand des Flurs. Ohne zu zögern, rannte der Mann auf Stines Waffe zu. Sie zielte auf die Beine, aber der Schuss krachte in die Wand. Der Mann drängte sich an ihr vorbei und ließ sich halsbrecherisch die Treppen hinunterfallen. Rappelte sich auf und sprang die Treppenabsätze hinunter. Bemüht, den Vorsprung aufzuholen, folgten die Kripos ihm mit Tempo. Im ersten Stockwerk waren drei Wohnungstüren einen Spaltbreit geöffnet.

»Verlassen Sie Ihre Wohnungen nicht!«, schrie Chavis den Leuten zu, als er vorbeipreschte. Der Regen prasselte ihm ins Gesicht, er hatte die Haustür hinter sich gelassen. Entlang dem Block jagte er dem Mann mit der Löwenmaske nach. Stine schlug die andere Richtung ein, evakuierte zur Sicherheit die Frau mit dem Buggy in den nächsten Hausflur. Sie wollte versuchen, dem Löwen von der anderen Seite den Weg abzuschneiden, und telefonisch Verstärkung anfordern.

Der Löwe rannte ohne Zögern über die Straße in die nächste Einfamilienhaus-Siedlung. Im Gedanken sah Chavis Bilder von Menschen, die als lebendiges Schutzschild dienen. Vorstellungen, wie sich der Löwe auf einen Häuschenbewohner stürzen würde. Doch die Muskeln seiner Beine und die Luft in seiner Lunge schienen die Befürchtungen nicht zu scheren. Chavis schaffte es nicht, den Abstand zwischen ihm und dem Löwen zu verringern.

Glücklicherweise hielt sich so gut wie niemand draußen auf. Er registrierte einen Mann im Carport neben seinem Auto. Der Löwe bemerkte ihn nicht. Oder er dachte gar nicht an Geiselnahme. Als wollte er Chavis' Gedanken widerlegen, zog der Gejagte im Rennen seine Waffe und ballerte zwei Mal in die Luft. Chavis beschleunigte und verringerte den Abstand zwischen ihnen. Er hörte Keuchen hinter den spitzen Zähnen der Maske und schöpfte Hoffnung. An einem Eckgrundstück verkürzte der Löwe den Weg durch einen Vorgarten und sprang ohne zu straucheln über eine hüfthohe Hecke. Chavis nahm den längeren Weg über die Straße und büßte seinen Vorsprung wieder ein. Stine kam mit langen Sätzen nur Meter vor dem Löwen um die Ecke. Hoffentlich würde er sie für eine Joggerin aus dem Wohngebiet halten!

Der Löwe erkannte sie sofort, schrie schrill auf und löste im Laufen die Automatic in seiner Hand aus. Wie von einem Katapult beschleunigt, holte Chavis binnen weniger Augenblicke den Mann mit der Löwenmaske ein, drehte ihm den Arm mit der Waffe nach hinten und oben. Polizeischule vom Feinsten. Er ging in die Knie, die Waffe schepperte auf die Straße. Ohne sich abzufangen, fiel der Löwe der Länge nach vornüber.

Sie befanden sich auf einem Miniaturplatz mitten im Wohngebiet, auf dem drei Straßen zusammentrafen. Der Regen lief ihm über den Kopf, den Nacken und Rücken. Er lag auf dem Löwen und japste »Hijo de puta!« Wegen der spontanen

Spanischkeit sollte ihn das noch Tage später erfreuen. Blut ist eben doch dicker als Wasser. Minuten danach kamen drei Einsatzwagen mit Blaulicht in das Wohngebiet. Die Kollegen zogen dem Irren die Maske vom Kopf, legten ihm Handschellen an und verfrachteten ihn in eine Streife. Chavis nahm die Automatic-Pistole von der nassen Straße. Eine Baretta neun Millimeter Schreckschuss, etwas demoliert bei dem Versuch, den Lauf zu durchbohren. Vollkommen harmlos. Stine machte ein enttäuschtes Gesicht. Für sie trübte die Entdeckung den Erfolg der Verfolgungsjagd ein: echter Irrer mit Spielzeugwaffe.

»Nimm's als Polizei-Übung«, tröstete er sie. Der Regen hatte nachgelassen. Eine Mischung aus Schweiß und Wasser klebte ihm die Kleidung unangenehm an den Körper. Stines Haare hingen wie gekochte Spaghetti von ihrer Kopfhaut. Das oberste Stück Wirbelsäule malte sich durch das nasse T-Shirt ab. Trotz der Wärme hatte er Gänsehaut. Carne de gallina – Hühnerfleisch – fiel ihm ein, nannten sie das in Spanien. Bevor er ins Polizeiauto einstieg, zog er sich die klatschnasse Hose von den Beinen. Stine saß auf dem Beifahrersitz und sah aus dem Seitenfenster.

Kaffee satt

»Wir haben André Noss hier sicher und warm«, meldete die diensthabende Wache telefonisch, als sie im Büro ankamen. Trotz seines Sturzes am Ende der Verfolgungsjagd war er unverletzt geblieben. In der U-Haftzelle hatte man ihm ein Handtuch, T-Shirt und eine Sporthose aus dem Polizeikleidungsfundus gegeben. Die beiden Kripos hatten sich in der Etagentoilette trockene Sachen angezogen. Leichtfüßig ging Chavis die breiten Stufen hinunter, um ihnen in der Kantine Kaffee zu holen. Auf dem Gang im Tiefparterre, der in die Kantine mündete, stand Assi Albert auf halbem Weg hinter der Glastür der hell erleuchteten Pathologie. Als hätte er auf ihn gewartet. Hatte er auch. Er schob die Glastür ein wenig auf.

»Hey Chavis«, flüsterte er um die Ecke, »hab' von Stine gehört, dass du auf dem Weg zur Kantine bist. Wollte euch nur Bescheid sagen«, Albert sah über seine Schulter, schlüpfte durch einen Spalt der Glastür und beugte sich zu Chavis' Ohr herab. Er wisperte: »Ich habe Kumroth den Obduktionsbericht von diesem Tänzer gebracht. Der ist im Prinzip fertig, aber er will ihn noch bis morgen liegen lassen. Ich dachte, das wäre interessant für euch«, wisperte Assi Albert. Chavis nahm hinter ihm durch die Glastür den Kurzhaar-Haarschnitt von Kumroth wahr. »Danke, Assi Albert«, flüsterte er und ging zur Kantine.

Dringend las Chavis auf einem Zettel, als er mit einem Fußtritt die Bürotür schloss. Die zwei aufeinandergestapelten

Kaffeebecher, die Tüte mit den Croissants und ein größeres Schokoladensortiment lud er auf der äußersten Ecke seines Schreibtischs ab.

»Michaela Noss ist wieder aufgetaucht«, empfing ihn Stine und lächelte süffisant, »zumindest am Telefon. Aber sie möchte nur mit dir sprechen. Sie ›erwarte den Rückruf von Kriminalkommissar Christopher Arves‹«, äffte Stine die überkorrekte Aussprache der Biologielehrerin nach, »übrigens kennt sich dieser Spinner mit den Gepflogenheiten bei der Polizei gut aus. Sein Vorstrafenregister ist lang und zeugt von Ideenreichtum. Naja«, verbesserte sie sich, »so kann man das nicht nennen – jedenfalls von hartnäckiger krimineller Energie. Hör zu, Chavis: Dealerei von Haschisch und Kokain, Beteiligung am Aufbau eines Call-Girl-Ringes, Diebstahl in einem Schmuckgeschäft am hellichten Tag, nächtlicher Überfall auf zwei Mädchen nach Diskotheken-Besuch, die auf Körperverletzung klagten. Sie gaben vor Gericht an: ›Er hat uns mit laufender Motorsäge bedroht. Dann hat er »Ausziehen!« gebrüllt und mit seiner Motorsäge vor ihnen herumgefuchtelt. Dann hat uns splitternackt davongejagt und gelacht wie irre.‹« Stine öffnete eine andere Kartei und schaute dann vom Bildschirm auf.

»Wow! André Noss ist einunddreißig Jahre alt und der Typ arbeitet – das glaubst du nicht, Chavis – als Verwaltungsangestellter beim Theater. Aber das stärkste Stück ist: Er ist Schiedsrichter bei Gotcha-Wettbewerben. Mit diesem Strafregister hat er einen Job bei einer öffentlichen Institution und – damit nicht genug – Zugang zu Farbkugel-Waffen, was sagst du dazu?«

»Lass mal sehen«, Chavis überflog die Polizeiakte auf Stines Bildschirm. Er hatte früher im Polizeisportverein ziemlich viele Fechtmeisterschaften für sich entschieden. Das war lange her, aber er hielt sich bei Kampf- und Waffensportarten gerne auf dem Laufenden. Er zuckte mit den Achseln. »Für diese Farbspritzen braucht man keinen Waffenschein. Befürworter sagen, das Verwenden von Autolackdosen ist gefährlicher. Gotcha ist so eine Mischung aus Actionfilm und Kindergeburtstag für Erwachsene. Keine Ahnung, ob das für Psychos wie Noss wenigstens eine therapeutische Wirkung hat. Jedenfalls ...« Das Telefon klingelte. Er erkannte Michaela Noss an der Art, die Wörter gleichmäßig zu akzentuieren.

»Kriminalkommissar Christopher Arves?« Er bestätigte und schrieb auf einen Zettel *Obduktion fertig, Kumroth hält Ergebnisse bis heute Abend zurück,* und hielt ihn in Stines Richtung. Durch den Hörer klang eine sanfte Stimme. »Ich muss Sie warnen, auch wenn André mein Sohn ist. Er reagiert sehr extrem und Sie müssen, wenn Sie ihn zum Verhör aufsuchen, mit allem rechnen.« Mit keinem Wort erwähnte sie ihr Lügentheater. Ihre tote Tochter war ein lebendiger Sohn und damit basta. Chavis war irritiert.

»Was meinen Sie mit ›allem‹?«, fragte er und merkte, wie ihm das Blut ins Gesicht stieg. Vor einer halben Stunde bei der Festnahme hatte er André als »Sohn einer Hure« beschimpft. Spanisch hin oder her, das war ungerecht gewesen.

»Er meint es nicht so – das zu sagen, zwingt mich natürlich auch meine Rolle als Mutter«, ihr sachlicher Ton war der einer Nachrichtensprecherin, »er ist kein Schauspieler, für den sicherlich die Bühne die Welt ist. Für ihn dagegen ist es eher umgekehrt. Für ihn ist die Welt die Bühne. Glauben Sie nicht, Herr Arves, ich würde Ihnen das gesagt haben, wenn es nicht absolut notwendig wäre. Er ist schließlich mein Sohn.« Chavis schaute auf die Sprechmuschel, als wäre da die Auflösung dieses Rätsels zu finden.

»Frau Noss, Sie haben uns gestern belogen«, schwenkte er um und wunderte sich dabei, dass sie es offenbar wichtiger fand, die Polizei vor ihrem eigenen Sohn zu warnen, als sich um ihre eigenen Belange zu kümmern. »Wenn sich das als ermittlungsrelevant herausstellt, werden wir rechtliche Folgen gegen Sie einleiten.«

»Ja, aus Ihrer Sicht ist das verständlich«, gab sie butterweich zurück. Chavis beschloss, es vorerst dabei zu belassen.

»Frau Noss, wo sind Sie?«

»Sie erreichen mich mobil«, sagte sie kurz und legte auf. Die Einsatzzentrale gab an, dass Michaela Noss noch nicht vor dem Haus von Gerit Kuhlmann gesehen worden war.

Der Mann, den der Uniformierte aus der U-Haft zu den beiden Kripos ins Büro führte, wirkte anders als der, den sie festgenommen hatten: Blau-graue Augen, die scheu über den Doppelschreibtisch und die Aktenschränke huschten. Braune, volle Haare. Das T-Shirt aus dem Polizeifundus reichte ihm bis zu den Oberschenkeln, die Sporthose schlabberte an den Beinen. Sein Körper in der Kleidung wirkte wie in der Waschmaschine eingelaufen, doch die Schultern ließen gut trainierte Muskeln erkennen. Ein attraktiver Mann, der uns im Neubaugebiet zum Narren gehalten hat, dachte Chavis, während Noss von seinem Begleiter auf den Besucherstuhl gedrückt wurde. Er trug Handschellen und Chavis beließ es dabei. Der Uniformierte wartete vor der Tür. Bevor Chavis weitere Anzeichen von Sympathie für André Noss finden konnte, öffnete der seinen Mund und rülpste laut.

»Auch nett, Sie kennenzulernen«, sagte Chavis spontan, »habe ich Ihren Namen richtig verstanden – André Noss?«

»Ja«, sagte er mit überraschend dunkler Stimme, »und ohne meinen Anwalt mache ich keine Aussage.«

Mit einem Satz sprang Stine zu seinem Stuhl und zischte ihm direkt ins Gesicht.

»Hör zu, du Nervtöter: Wir hatten heute Morgen ein Verhör mit dir geplant. Bisher hast du drei Erkrankungen der Atemwege provoziert, einen mittleren Einsatz der Polizeikräfte hervorgerufen und dabei den Steuerzahler eine Stange Geld gekostet. Ganz abgesehen von weichen Faktoren wie Nerven und den Spätschäden einer Mutter, die glaubt, ihr Kleinkind wäre nur durch ein gnädiges Schicksal nicht erschossen worden. Du wirst jetzt zuhören und antworten, wie jeder normale Mensch.« Stine atmete laut ein und starrte Noss in die Augen. Er schaute sie mit unstetem Blick an und sah dann zu Boden. Er lächelte schief in sich hinein. Dann blickte er sie an, als wolle er den Kontakt zur Außenwelt wieder aufnehmen.

»Okay.«

Stine ging zu ihrem Schreibtisch zurück und Chavis stellte die erste Frage.

»Wir haben am Dienstag die Leiche von Marcel Kupiec gefunden. Ermordet. Kannten Sie ihn?« Dankbar registrierte er, dass Stine das Aufnahmegerät einschaltete.

»Marcel wohnte früher bei uns in der WG. Was für 'ne Frage, natürlich kenn ich ihn, aber – ich sags Ihnen gleich – mochte ihn nicht besonders. Er war so ein französischer Lackaffe, der alles wusste.« Etwas leiser sprach er weiter. »Immer spielte er den Besserwisser. Mischte sich ein, versuchte meinen Eltern zu sagen, wie sie was mit mir zu machen hätten«, wieder machte Noss eine Pause und brüllte mit einem Atemausstoß: »Aber nicht mit mir!«

»Noch mal von vorne, bitte«, wandte Chavis übertrieben höflich ein, »Ihre Eltern sind Michaela Noss und Gerit Kuhlmann, stimmts?« Noss hielt den Kopf gesenkt, als müsse er sich nach dem Ausbruch sammeln, und nickte.

»Warum tragen Sie eigentlich den Namen Ihrer Mutter, das war doch vor dreißig Jahren gar nicht üblich?«

»Sie hat das beim Kartenspielen gewonnen. Gerit und sie haben gerne Rommé gespielt. Wichtige Dinge ließen sie das

Schicksal entscheiden, den Rest knobeln sie aus. Wie weise von ihnen.« Hatte er den letzten Satz ironisch gemeint?

»Mögen Sie Ihre Eltern?«

Statt einer Antwort brüllte er ohne Luft zu holen los: »Gnade dem, der meiner Mutter oder meinem Vater auch nur ein Haar krümmt!« Noss streckte den Oberkörper nach vorne und spuckte einen Meter vor sich auf den Fußboden.

Sind Sie denn wahnsinnig, dachte Chavis starr vor Schreck und sah zu Stine hinüber. Sie war kurz davor, hinter ihrem Schreibtisch hervorzupreschen und Noss die Leviten zu lesen. Sie tauschten Blicke und taten so, als wäre nichts gewesen.

»Was haben Sie am vergangenen Wochenende gemacht?« Noss hob den Kopf und lächelte Chavis schief an.

»Weiter sind die Leichenschnibbler wohl noch nicht? Ist schwierig, bei der verdammten Hitze zu sagen, wann Marcel dran glauben musste, hab ich recht?« Er lachte laut und sein Lachen klang wie der Ruf einer Hyäne in der Savanne: ausgelassen und frei. Mit Wehmut dachte Chavis an die fehlende Zuarbeit der Pathologie. Er überlegte kurz, ob André Noss wohl die Fähigkeit besaß, negative und positive Schwingungen in Worte zu fassen. Wahrscheinlich nur Zufall, dachte er dann. Stine prüfte das Aufnahmegerät und André Noss erzählte von seinem Wochenende.

»Am Freitag nach Feierabend.«

»Wann genau?«, fragte sie dazwischen.

»Gegen dreizehn Uhr«, Noss ließ eine Pause entstehen, in der er sie anlächelte. »Ihr arbeitet wohl länger, was?« Stine reagierte nicht darauf.

»Also nach 13 Uhr am Freitag?«

»Fuhr ich nach Kevelaer in Nordrhein-Westfalen. Kam gegen siebzehn Uhr dort an, fuhr aufs Gelände, schlug mein Zelt auf. Morgens um acht am Sonnabend startete das Paintball-Wettschießen mit Leuten von überall aus Europa – Sie können Zeugen aus zehn verschiedenen Ländern finden«, sagte er und starrte Chavis an, »Sie werden es nicht glauben, aber ich bin ein gefragter Schiri. Kann so ausdauernd laufen«, er streckte die Zunge raus und hechelte theatralisch. Dann lachte er sein Savannen-Lachen. Bei der Gelegenheit sah ihm Chavis tief in den aufgerissenen Mund. Der Anblick der ungefüllten Backenzähne wäre eine Freude für jeden Zahnarzt gewesen.

»Und wann war der Gotcha-Wettbewerb zu Ende?«, fragte Chavis.

»Paintball heißt das, verdammt noch mal! Am Abend. Erzählten uns noch Räubergeschichten am Feuer. Fuhr dann zurück. Ist'ne ziemliche Gurkerei von da und verpasste 'ne Abfahrt. Bin zufälligerweise in Holland gelandet. Hab da irgendwas Nettes eingeworfen.« In der entstehenden Pause wartete er vergeblich auf die Reaktion der beiden Kripos. Mit dem Drogendezernat hatten sie nichts zu tun. »War erst Sonntagmorgen wieder zu Hause. Hab dann geschlafen, noch mal kurz raus, was zu essen holen. Mein Zeuge ist mein Hamster«, er lachte wieder. Stine überprüfte das Alibi formal im Internet. Sollten die Kripos ihre Büroeinrichtung aufs Spiel setzen und es mal mit André Noss ohne Handschellen probieren? Bei der nächsten Frage könnte ein bisschen Entspannung nicht schaden.

»Kannst du nicht mal die Dinger hier losmachen, Bulle? Ich kneif auch nich', versprochen.« Ausgerechnet Chavis' Gedanken schien Noss lesen zu können. Dem Halbspanier kam es wie ein Indiz dafür vor, dass seine eigene psychische Verfassung nicht weit von Noss' ungesunder entfernt war. Bei Gelegenheit würde er das überdenken. Wortlos lief er zu dem Sicherheitsbeamten vor der Tür und holte den Schlüssel. Kaum hatte er die Handschellen unter den überlangen Ärmeln des T-Shirts ausgegraben und geöffnet, als Noss fragte: »Trinkt denn keiner hier den Kaffee?«, und auf die beiden aufeinandergestapelten

Kaffeebecher deutete, die zusammen mit Schokolade und Gebäcktüte unberührt auf der Ecke des Schreibtischs standen.

»Bedienen Sie sich«, lud Chavis ihn ein und Noss rutschte mit dem Besucherstuhl ungeschickt zu seinem Schreibtisch. Von dem oberen Becher entfernte er mit einer einzigen routinierten Bewegung den Deckel und kippte den Inhalt in sich hinein wie ein Verdurstender. Den zweiten Becher öffnete er mit der gleichen Bewegung, doch der war randvoll und schwappte auf die Schreibtischplatte. Noss vergewisserte sich, dass die beiden Kripos hinsahen, grinste mit einer Gesichtshälfte und fuhr mit der gesamten Länge seiner Zunge über den Schreibtisch. »Bäh!«, schrie er lauthals, sodass der Sicherheitsbeamte die Bürotür aufriss. Chavis hielt seinen Ekel in Zaum, nickte dem Beamten beruhigend zu.

»Welches Verhältnis haben Sie zu Sonia Grunenberg und Julia Kupiec?«, wandte Chavis sich an Noss.

»Sonia und Julia?«, fragte der, als müsse er sich orientieren, wer das ist. Er stürzte sich den zweiten Becher Kaffee ohne Umwege direkt in den Hals, »die sind mir schnurzpiepegal. Ich ihnen übrigens auch.« Ohne den zweiten Satz hätten sie ihm ohne Weiteres geglaubt.

»Na – Appetit?«, fragte Chavis, nachdem der Uniformierte mit André Noss zusammen aus ihrem Büro gegangen war. Noss würde aus der U-Haft entlassen werden, zwei Kollegen übernahmen seine Beschattung. Stine sah auf die Stelle des Schreibtischs, die Noss mit seiner Zunge bearbeitet hatte. »Auf Kaffee jedenfalls nicht«, sie kippte das Fenster zum Lüften, »aber das Büro zu verlassen, dagegen hätte ich nichts einzuwenden.« Je tiefer sie die pompösen Stufen im Flur hinabstiegen, desto dunkler wurde es. Kumroths Abteilung war hinter der Glastür hell erleuchtet, doch Stine und Chavis lenkten ihre Schritte einmütig durch den Gang, an dessen Ende das gelbe Licht der

Kantine lockte. Der immergleiche Geruch nach paniertem Schnitzel und durchgekochtem Gemüse schlug ihnen entgegen, als sie den Raum mit den niedrigen Decken betraten. Die einzige helle Beleuchtung stammte von der Essensausgabe, in deren Vitrinen weiße Neonröhren strahlten. Metall schlug aufeinander, ein Wasserstrahl rauschte. Die Mitarbeiter des Kantinenpersonals wirkten in dem Licht grau und liefen geschäftig durch den Raum. An den langen Tischen saßen vereinzelt Männer und Frauen, teils in Uniformen, teils in Zivil, die ihr Essen still in sich hineinschaufelten. Das Mittagsgeschäft war gelaufen, das Personal räumte geräuschvoll auf und bereitete seinen Feierabend vor. Die verstreuten Esser mussten den damit verbundenen Lärm hinnehmen. Sie warteten an der Kasse, bis eine der aschfahlen Frauen die Preise für Saft, Suppe, belegtes Brötchen und den Trotzdem-Kaffee eintippte.

»Echt pervers, du mit deinem Kaffee«, sagte Stine und erntete einen verwunderten Blick von der Kantinen-Mitarbeiterin.

»Hab gerade keine Zeit, mir ein Trauma zuzulegen«, antwortete Chavis auf dem Weg zum Tisch. »Hast du schon mal eine Sekunde an das Motiv des Mörders verschwendet?«, fragte Stine aggressiv.

»Ja«, er rührte in seinem Kaffee und schaute dem sich träge drehenden Strudel in der Tasse zu. Er hörte die aufsteigende Energie in seinem Gegenüber geradezu, wie eine ihm vertraute Melodie. Eine zögernde, sanfte oder müde Stine wollte er sich nicht mal vorstellen.

»Und was?«, fauchte sie und stöhnte wegen seiner Schwerfälligkeit.

»Hast du schon mal vom Kantinen-Syndrom gehört?«, fragte er statt einer Antwort und Stine stöhnte wieder.

»Kannst du das mal lassen? Gibt es in deinem Gehirn-Universum keine klaren Antworten auf klare Fragen?«

»In deinem?«, fragte er zurück. Stine knurrte und lenkte ein. »Gut, ich fang an: Nein, davon habe ich noch nie gehört.«

»Ich versuche nur deine grauen Zellen anzuregen«, provozierte er weiter, »das Kantinensyndrom ist die Kehrseite der Ästhetik. Wenn alles hässlich ist, findet der Mensch im Hässlichen das Schöne. Das musst du dir nicht merken, Stine, das gilt meistens für Männer und dich betrifft das sowieso nicht.« Stine löffelte ihre Suppe ohne aufzusehen. »Marcel Kupiec war mal Solotänzer, Primaballerina des zeitgenössischen Tanzes am Theater Bremen. Kurz gesagt: privilegiert! Damals war für ihn alles schön. So wie's aussieht, wärmte er sich mit den drei Lehrern, mit denen er zusammenlebte, ab und zu mal die Füße. Im Theater hat er vielleicht auch kein Keuschheitsgelübde abgelegt. Aber irgendwann ist Schluss mit der Tänzerkarriere, wir haben's von Merell gehört: Gelenke verschlissen, zu viele Knie-OPs, der eine oder andere Bandscheibenvorfall. Materialverschleiß eben. Tanzen ist nicht gesund. Es war für Kupiec als Sportlehrer und mit den Mitbewohnern logisch, in den Schuldienst zu wechseln.« Chavis biss in sein Käsebrötchen.

»Na und?«, Stine schob ihre leere Suppenschüssel von sich. »Was hat das eine mit dem anderen zu tun?«

»Seinen Job hat er gewechselt, seine Gewohnheiten wahrscheinlich nicht. Du hast Davina Sookia noch nicht gesehen.« Er pfiff leise. »Die fällt mal ganz und gar nicht unter das Kantinensyndrom. Gerit Kuhlmann sprach von einem erstaunlichen Wandel in Marcels Leben: Und wenn er damit gar nicht die Tänzer-Karriere meinte, sondern den Wechsel vom keuschen Katholiken zum Sexomat? Für uns heißt das: Cherchez la femme. Wir müssen rauskriegen, was mit der Schülerin los war, wie hieß sie noch?«

»Charlotte Heverdingen«, sagte Stine ohne Zögern, »wir brauchen den Nachweis, dass sie diejenige war, mit der Marcel

Kupiec vor seinem Tod so lange in der Sporthalle geprobt hat.«

»Dann hätte sie mir gegenüber eine Falschaussage gemacht«, Chavis dachte darüber nach, ob Stine die Unprofessionalität, die in diesem Satz lag, bemerkt hatte. »Jedenfalls war er«, nahm er schnell den Faden wieder auf, »ein sehr ehrgeiziger Sportlehrer, bei den Lehrern fachlich geschätzt, sagt die Schuldirektorin. Bei den Schülern sah das anders aus: Er förderte die Guten und ließ die Schlechten fallen. Ein unpädagogischer Zug, der aus seiner Zeit als Theaterprofi herrühren dürfte. Einen Schüler ... wie hieß der noch?«

»Karsten Georg«, sagte Stine wie aus der Pistole geschossen.

»... brachte das in Rage. Oder war es etwas anderes? Darüber müssten wir mit ihm, mit Sonia Grunenberg und anderen Lehrern sprechen.« Er nahm einen Schluck aus seiner Kaffeetasse und erntete einen angeekelten Blick aus Stines Riesenaugen.

»Wer erbt denn eigentlich was?«

»Gute Frage. Kläre das doch noch. Außerdem brauchen wir einen richterlichen Beschluss, um morgen früh einige Schüler vernehmen zu können.« Stine lächelte, während sie auf ihrem Handy die Uhrzeit ablas.

»Tut mir leid, Chavis, es ist halb fünf. Die Frotzelei für Frau Luger musst du alleine vorbereiten. Um fünf schließt die Kita.«

Dass der baumlange Assi Albert überhaupt zur niedrigen Deckenhöhe des Untergeschosses passte, lag wohl nur an der menschlichen Anpassungsfähigkeit im Allgemeinen und an Assis im Besonderen. Diesmal stand er vor der Labortür im Flur.

»Chavis, Stine, euch suche ich«, sagte er, als hätte er Chavis nicht gerade vor einer Stunde mit einer Botschaft versorgt,

»es gibt bei der Obduktion noch unklare Punkte, die man nur mittels biochemischer Analyse klären kann. Vor Montag wird das nichts.« Stine sah ihn mit gerunzelter Stirn an.

»Das musst du jetzt nicht sagen, Assi Albert. Von der Verpflichtung zu lügen, steht bestimmt nichts in deiner Arbeitsplatzbeschreibung.« Chavis riss die Tür zur Pathologie auf und bellte: »Kumroth!«

Dessen militärischer Kurzhaarkopf erschien augenblicklich, als habe er hinter der Ecke gelauert. »Es ist hochgradig unprofessionell, die Ermittlungsergebnisse zurückzuhalten, ist dir das klar? Du verzögerst damit die Aufklärung des Falles. Das hat Folgen für dich, das verspreche ich dir.« Das säuberlich rasierte Gesicht des Obduktionsarztes lächelte. Mit einigen Zetteln in der Hand kam er auf sie zu und stoppte erst einen Fußbreit vor Chavis. Der wich gekonnt zurück. Auch wenn das mit der Geschmeidigkeit einer Katze geschah, glücklich war er nicht darüber.

»Schau mal, lieber Kollege«, säuselte Kumroth, »unsere labor-analytischen Möglichkeiten sind beschränkt. Ich hege den Verdacht, dass euer Toter«, Kumroth machte eine wohlakzentuierte Pause, »frisch sterilisiert war. Und das in seinem Alter! Ich will dich nicht mit Details unserer Arbeitsweise langweilen, aber wir haben Material zur Analyse verschicken müssen. Die Laboranten sind langsamer als wir. Deswegen müsst ihr euch bedauerlicherweise bis Montag gedulden. Ich wusste nicht, dass der Obduktionsbericht so ermittlungsrelevant ist. Da könnte ich denken, dass dein Arbeitsplatz als Kriminologe bald entbehrlich ist.« Bei der Aufklärungsrate der Abteilung stünde das auch nicht in einem privatwirtschaftlichen Unternehmen zur Debatte. Aber Chavis spürte die Schmach.

»Entbehrlich?«, zischte er durch die Zähne, »der Teufel soll dich holen, Kumroth. Deine Kollegenschweinerei kenne ich. Dir ist alles zuzutrauen.« Dann besann er sich. »Wann können wir mit dem Bericht rechnen?«

»Ich lasse euch Montagvormittag wissen, wann er fertig ist«, Kumroth lächelte triumphierend. Chavis wandte sich um und ließ die Tür ins Schloss krachen. Assi Albert und Stine hatten mitgehört. Albert wirkte verlegen und Stine sagte mit gespieltem norddeutschen Akzent: »Das waren offene Worte. War auch man an der Zeit.« Stine bog im Erdgeschoss ab in Richtung Straßenbahn, um ihre Tochter abzuholen.

Chavis fand einen Richter, der noch nicht in den Feierabend gegangen war. Auch ohne Zuständigkeit stellte er ihm eine Verfügung für das Goethe-Gymnasium aus, als Chavis ihm Magda Lugers Verhalten beschrieb. So sparte er es, herauszufinden, wer von den Richtern Notdienst hatte. Diese Zusammenarbeit klappte immerhin unbürokratisch. Ein wenig versöhnt mit dem Schicksal bei der Bremer Polizei, stieg Chavis auf sein Fahrrad. Es war noch immer schwül, der Regen hatte aufgehört. Chavis fuhr auf den Werder und legte sich an den Strand. In seinem Hirn waberte eine Blase, die sich genauso feucht-warm anfühlte wie die Luft jenseits der Schädeldecke. Ordnung in seine Gedanken zu bringen, war ausgeschlossen. Bekannte quatschten ihn an. Alles Mütter und Väter, die sich langweilten, während sie ihre badenden Kinder beaufsichtigten. Massenweise Fahrräder standen dicht gedrängt auf der Fähre ins Viertel. Zwei Fuhren lang starrte er auf den trägen Strom, bevor er seinen Drahtesel auf die Fähre stopfte und sich auf die andere Seite transportieren ließ. Das Wasser spiegelte den trüben Himmel. Nicht mal ein Zentimeter Sicht in die Tiefe. Hatte man Kupiecs Leiche auf ihrer Wasserreise von oben überhaupt erkennen können?

Du bist gefährlich

Der Regen platschte laut gegen die Fensterscheiben, als er aufwachte. Am Himmel hing eine zähe graue Masse, aus der noch diverse Liter auf Bremen fallen würden. Die hohen Decken seines Zimmers erzeugten einen Widerhall des fallenden Regens. Zwischen dem Plätschern vermeinte er Seelenschreie zu hören. Seine ersten dreißig Jahre hatte das Haus als Nervenheilanstalt gedient. An Chavis' Wohnung waren sie garantiert nicht spurlos vorbeigegangen. Viele Geräusche klangen wie Schreie, sich wiederholende Laute einer Wahnsinnigen, leises Weinen einer Besessenen. Manchmal hörte er das Klimpern der Wärter-Schlüssel. Eingesperrte Seelen. Pro Raum vier, sechs, acht Frauen, in weiße Anzüge gesteckt. Hier waren sie sowohl ihren Psychosen und Neurosen als auch den Ärzten und Aufsehern hilflos ausgeliefert gewesen. Es roch nach Schweiß und Chloroform. Immer in einer solchen Gespensterstunde kamen ihm Frauen in den Sinn. Man müsste mal nachforschen, was vor hundert Jahren hier wirklich passiert war. Er stand auf, duschte kalt, Kaffee im Glas – ganz spanisch –, Müsli, Regenkleidung über und ab aufs Fahrrad. Keine Zeit mehr für die Frauen in seiner Wohnung während der mechanischen Verrichtungen.

Kurz nach Unterrichtsbeginn rollte der Polizeidienstwagen auf den Schulhof des Goethe-Gymnasiums. Sichtlich enttäuscht, aber wortlos steckte die Luger die Niederlage ein, als Chavis ihr die richterliche Anordnung auf den Tisch legte. Sie erholte sich schnell und sprach mit einem gewollt gespielten Lächeln: »Herr Arves, Frau Vogel, Sie schulden mir eine Anordnung für die Verhöre am Mittwoch. Vergessen Sie das nicht. Wen wollen Sie heute belästigen?« Stine war schneller.

»Nehmen Sie endlich Vernunft an, Frau Luger«, es klang wie eine verbale Ohrfeige, »ein Lehrer dieser Schule ist ermordet worden. Ist Ihnen nie in den Sinn gekommen, dass es weitere Opfer geben könnte?« Unverändert streng sah die Direktorin in Stines Gesicht.

»Und das wollen ausgerechnet Sie verhindern? Falls der Mord in irgendeinem Zusammenhang mit dieser Schule steht – was ich nicht glaube –, dann schnappen Sie sich gefälligst den Täter und verschwinden Sie wieder.« Es war hoffnungslos, das sah auch Stine ein. Wenn es verschiedene Planeten geben würde, auf denen menschliches Leben möglich wäre, Magda Luger würde sich keinen mit der Polizei teilen.

Es stand Remis: Die Schulleiterin stellte den beiden Kripos notgedrungen einen leeren Klassenraum zur Verfügung und Chavis schrieb im Gegenzug die zwei Namen auf einen Zettel, die unbedingt verhört werden mussten: Charlotte Heverdingen und Karsten Georg.

»Unter Schocksymptom kannst du das wohl kaum abbuchen«, sagte Stine auf dem Weg zum leeren Klassenzimmer, »eher unter Pisatest-Syndrom«, hatte sie, ihr Laptop aufklappend, im Klassenraum hinzugefügt und gekichert wie eine Pubertierende.

Ohne ein Zeichen des Erstaunens von sich zu geben, war ihm Charlotte Heverdingen gefolgt und hatte sich neben Stine in den leeren Unterrichtsraum gesetzt, die sich nach einem kurzen Gruß wieder auf den Bildschirm ihres Rechners konzentrierte.

»Wir sind noch einmal wegen Marcel Kupiec gekommen«, verkürzte Chavis, absichtlich ohne das Mädchen mit Wörtern wie Mord oder Tod zu verschrecken. »Im Verlauf unserer Untersuchung haben wir gehört, dass er vor Kurzem relativ wütend war. Ich denke, du kannst uns sagen, warum...« Ratlosigkeit war auf dem blassen Gesicht des Mädchens zu sehen.

»Marcel war wütend? Nein, davon weiß ich nichts.« Ihre Lippen verschlossen sich und signalisierten, dass Charlotte dazu offenbar wirklich nichts einfiel. Er rief sich das Bruchstück des Satzes, das er bei ihrem ersten Besuch in der Schule auf dem Flur hinter ihr herlaufend aufgeschnappt hatte, ins Gedächtnis zurück. »...er war so sauer...« hatte sie zu ihrer Freundin gesagt.

»Das war ein Missverständnis«, korrigierte er sich selbst und probierte, »andersherum. Jemand war sauer auf Marcel...« Er musste nicht lange warten, bis sie die Gelegenheit ergriff.

»Ach so. Das ist doch klar. Ich meine, was würden Sie denn sagen, wenn Ihre Tochter mit fünfzehn ... er hat doch gar nicht mitbekommen, was los war. Für ihn bin ich immer noch das kleine Mädchen ...«

»Du warst schwanger?«, probierte es Stine, die von ihrem Bildschirm aufsah.

»Ja«, sagte Charlotte leise und stellte einen Fuß vorne auf die Sitzfläche ihres Stuhls und krallte sich mit beiden Händen an ihr Knie. »Ich«, begann sie, »Marcel ..., wir haben ziemlich oft in der Sporthalle geprobt. Da kam das irgendwie. Aber nicht so oft, wie Papa gedacht hat. Drei Mal ist es passiert und dann schwanger. Mama ist mit mir zu ihrem Arzt, weil meine Tage nicht mehr kamen. Der hat es dann weggemacht. Papa war total sauer und hat rumgeschrien. Er konnte sich gar nicht mehr beruhigen. Wenn eine von uns nur Sport oder Tanzen oder so was Ähnliches gesagt hat oder er es im Radio gehört hat, dann ist er aufgesprungen und hat wieder von vorne angefangen.«

»Wann war das denn mit der Schwangerschaft?«, fragte Stine, die bei solchen Themen Frauen und Mädchen gegenüber automatisch das Wort führte.

»Das ist noch nicht so lange her. Vor drei Wochen oder so. Nachdem ich mit Mama beim Arzt war, hat Papa gar nichts mehr gesagt. Er hat immer nur geguckt wie versteinert, wenn er irgendwie daran erinnert wurde.«

»Und Marcel?«

»Als ich ihm das mit dem Frauenarzt erzählt hab, hat er mich ganz komisch angesehen und gesagt, dass er mitgehen würde. Wenn ich was bräuchte, sollte ich es ihm sagen. Aber das hat ja alles Mama gemacht. Und dann hat er nie wieder mit mir alleine geprobt.« Charlotte versank in kurzes Schweigen, bevor sie weitersprach.

»Senay war vorher Ersatz für meine Tanzrolle und er hat uns getauscht. Ich würde ja die Rolle beherrschen und ab sofort werde Senay für die Aufführung proben. Das war gemein. Ich bin ihm dann hinterher zum Lehrerzimmer und hab geweint und gefragt, was das soll. Er hat gesagt, dass ich sowieso besser tanzen könnte als Senay. ›Du bist gefährlich und es darf nichts sein zwischen uns‹, hat er gesagt mit seinem süßen französischen Akzent.« Stines Gesichtszüge verhärteten sich.

»Hast du vorher schon mal einen Freund gehabt?«, fragte sie und Chavis merkte, wie viel Aggressivität hinter der harmlosen Frage stand. Charlotte schüttelte stumm den Kopf. Sie legte die Stirn auf ihr Knie und weinte. Stine streichelte ihr sanft über die weißblonden Haare am Hinterkopf. Charlotte überragte Stine um mehr als einen Kopf. Trotzdem überzeugte das Bild, als Stine beschützend ihren Arm auf Charlottes knochige Schulter legte und sie zurück in den Unterricht brachte. Sie kam mit Senay Yürek zurück. Senay stand nicht auf dem Zettel. Sie konnten nur hoffen, dass Frau Luger sie diesmal nicht dabei erwischte.

Senay war stämmig mit rundem, lebhaftem Gesicht. Am Freitagabend habe sie mit Marcel Kupiec bis etwa zwanzig Uhr Tanzszenen geprobt. Der Franzose habe nie versucht, mit ihr auf eine andere Ebene zu kommen als die zwischen Lehrer und Schülerin. Auch nicht, wenn er alleine mit ihr in der Sporthalle gewesen war. Von dem Gerücht, dass er etwas mit Charlotte Heverdingen und der Mutter eines Schülers hatte, hatte sie gehört.

»Als Sportlehrer fand ich ihn gut. Er hat immer den vollen Einsatz gefordert und versuchte, uns alles perfekt beizubringen. Wenn Charlotte sich in ihn verliebt hat, dann hat sie wohl was verwechselt«, sagte Senay. Für eine Fünfzehnjährige ganz schön abgeklärt. Nicht in derselben Clique, unüberwindbar wie gesellschaftliche Grenzen – schon in dem zarten Alter. Chavis dachte an seine eigene Schulzeit zurück und bedauerte, dass sich manche Dinge eben nie ändern.

»Und Karsten Georg, wie steht's um den in eurer Klasse?« Senay machte eine wegwerfende Handbewegung.

»Den fragen Sie mal nach Kupiec. Ich würde sagen: Freunde hat der keine und sein Feind ist jetzt auch noch tot.«

Das letzte Wort von Senay Yürek schien noch zwischen den Wänden wie ein böses Omen hin und her zu schwingen, als Karsten Georg, in eine graue Kapuzenjacke gehüllt und mit schwarzem Tuch vor Mund und Nase, hereinkam. Aus der Kapuze vorne hingen aschblonde Haare, heute war wohl vor der Schule keine Zeit mehr gewesen, um den Iro aufzustellen. Für sein Alter war Karsten groß und schmal. Aber trotzdem wirkte er unauffällig, nichts an seinem Aussehen trat besonders hervor. Viele, die nur kurz Kontakt mit ihm hatten, würden ihn danach nicht mehr beschreiben können, dachte Chavis. Er selbst hatte sich bei der Polizei angewöhnt, Personen so zu registrieren, dass es später wieder abrufbar war. Wie eine lebendig gewordene Provokation hatte sich Karsten auf einen Stuhl gesetzt und die Turnschuhe auf den Tisch gelegt. Als wolle er mit so was, das den normalen Sturm und Drang der Nachpubertierenden deutlich überschritt, sein Nullachtfünfzehn-Äußeres ausgleichen, dachte Chavis.

»Als eure Kunstlehrerin Frau Grunenberg der Klasse mitteilte, dass Marcel Kupiec tot sei, sagtest du ›Jetzt ist er endlich tot, der schwule Franzosensack‹«, las Stine vom Bildschirm ab, Karstens Tuch vor dem Gesicht und seine Füße auf dem Tisch ignorierend. Der zog das schwarze Tuch vom Mund nach unten und ließ eine ebenmäßige weiße Zahnreihe bei einem breiten Grinsen sehen.

»Das habe ich gesagt?«, fragte er und wiederholte zufrieden, »ja, das habe ich gesagt.«

»Und was hast du gemeint?«, fragte Stine mit genervtem Unterton.

»Das habe ich gesagt und das habe ich gemeint«, sagte Karsten seelenruhig. Wie sehr er es genoss, im Mittelpunkt zu stehen, war unübersehbar. Was sie sich jetzt nehmen mussten, das war Zeit. Chavis schwieg.

»Er war eine schwule Tänzerratte, das können Sie mir glauben«, sagte Karsten in die Stille hinein und ließ seine Füße von der Tischplatte auf den Boden poltern. »Die Schwuchtelbewegungen, die Vase«, er malte mit beiden Händen ein V in die Luft, legte beide Handflächen auf seine Brust und stützte schließlich eine Hand in die Taille und sah geziert zur Seite, »kann ich auch. Trotzdem bin ich nicht schwul. Aber der – der hat alles angebaggert, ob schwarz, weiß, Schwanz oder Fotze.«

»Du behauptest also«, sagte Chavis, bevor Karsten weiterreden konnte, »Marcel Kupiec war homosexuell?« Karsten sah auf seine Knie und klappte seine Beine auf und zu.

»Wenn Sie mir nicht glauben, Pech gehabt.« Er war nahe daran aufzustehen und rauszugehen, als Stine besänftigend einwarf:

»Du glaubst wohl Gerüchten nicht. Also hast du es selbst gesehen, oder? Wo war denn das?« Der Junge schwieg, setzte sich aber wieder.

»Hat dich Kupiec angemacht?«, probierte es Chavis.

»Hab ich doch schon gesagt, dass der alles angebaggert hat. Warum sollte er mich dann nicht anmachen?«, sagte Karsten mit einem Stöhnen. »Aber ich kenn die Scheiß-Schwulen. Ich hab zum Sport immer das gleiche durchgeschwitzte T-Shirt und eine Unterhose mit Bremsstreifen angezogen. Damit der Arsch mich in Ruhe lässt. Das können die nämlich nicht ab. Schwule – die haben alle einen weg. Sogar die Pisse von denen riecht nach Haarshampoo. Aber bei denen steckt die Kacke im Hirn…«

»Wann hast du Kupiec zuletzt gesehen?«, unterbrach Chavis Karstens Fäkal-Lawine.

»Am Freitag beim Sport. Das Warm-up«, Karstens Stimme leierte bei dem Wort, »hab ich mitgemacht und dann hab ich den Hopsis von der Bank aus zugesehen. Die wollten sich in der Öffentlichkeit lächerlich machen. Bei so was mach ich nicht mit. Das hatte der Franzosensack zum Glück auch schon geschnallt.«

»Und am Ende der Sportstunde seid ihr alle in die Umkleide und dann nach Hause gegangen und anschließend hast du Kupiec nicht mehr gesehen?«

»Nein.«

»Was hast du denn am Wochenende gemacht?«

»Ich war zu Hause und hab meine Konsole kaputt gespielt. Fragen Sie meine Alte, wenn Sie mir nicht glauben. Die ist total abgedreht. Sonst spiel ich ihr zu viel, aber wenn was trash geht, dreht sie ab.« Stine gab ihm ihre Visitenkarte.

»Wir werden mit deiner Mutter sprechen. Wenn du noch etwas zu Kupiec zu sagen hast, dann melde dich jederzeit bei mir oder komm direkt in mein Büro im Präsidium.« Als er gegangen war und Stine ihren Rechner eingepackt hatte, gingen sie einmütig zu den Schulwaschräumen und wuschen sich gründlich die Hände. Mehrmals. Sie verließen ungesehen das Schulgebäude. Diesmal entwischten sie der allwissenden Schulleiterin.

»Die Alibis von Michaela und André Noss, Gerit Kuhlmann und Karsten Georg müssen überprüft werden, Stine. Und zwar sofort. Lass Johannes bei der Direktorin anrufen. Sie soll ihm sagen, wie sie das Wochenende verbracht hat.« Stine runzelte die Stirn und Chavis erläuterte: »Wenn wir davon ausgehen, dass der kleine Karsten hoch phobisch ist, und alles deutet darauf hin, heißt unser Thema immer noch Cherchez la femme. Ich möchte wissen, warum sich die Luger so verdammt sicher ist. Ich statte derzeit den Eltern von Charlotte Heverdingen einen Besuch ab«, sagte er.

»Chavis, es ist verboten, Befragungen alleine in Privaträumen vorzunehmen«, rief Stine ihm Silbe für Silbe hinterher, aber da saß er schon auf seinem Sattel und überquerte die Kreuzung St.-Jürgen-Straße.

Über der Allee, in der Familie Heverdingen wohnte, sorgten dichte Baumkronen für eine angenehme Kühle. Vor den Häusern blühten Rosen in allen Farben, gigantische Malvensträucher neben den glänzenden Blättern gewaltiger Rhododendren. Zwischen Geh- und Fahrradweg hatten einige Bewohner Stockrosen, Iris und Lilien gepflanzt. Chavis bremste vor einem weißen zweistöckigen Haus, das, behutsam renoviert und sehr gepflegt, aussah wie aus der Kaiserzeit. Die Dekoration in den Fenstern erinnerte an die Auslagen exklusiver Einrichtungshäuser.

Das Gesicht des Mannes in der Eingangstür verriet kein Gefühl, als Chavis seinen Dienstausweis vorzeigte. Er war – ganz im Gegensatz zu seiner Tochter – dunkelhaarig und nicht sehr groß. Unter den Augen und zwischen Mund und Nase verliefen tiefe Hautfalten. An den Füßen trug er dünne schwarze Socken, ansonsten Bundfaltenhose, weißes Hemd.

»Kann ich Sie einen Augenblick sprechen?« Der Mann sah auf seine teure Armbanduhr, dann trat er zur Seite.

»Ein paar Minuten Zeit habe ich, dann muss ich zu einem Termin. Möchten Sie eintreten?«, fragte er höflich. Innen sah es ebenfalls aus wie in einem teuren Einrichtungshaus. Jemand mochte die Farbe weiß, stellte Chavis mit Erleichterung fest. Denn ansonsten waren zwischen dekorativ hingestellten Stühlen, sorgfältig restaurierten Vitrinenschränken und einem überdimensionierten Sofa die Vorlieben der Bewohner nicht zu bemerken.

»Wie ist Ihr voller Name?«

»Ernst Heverdingen«, antwortete der.

»Der Sportlehrer Ihrer Tochter, Marcel Kupiec, ist am Dienstag tot aufgefunden worden«, sagte Chavis, während sie sich synchron auf zwei gegenüberliegende Sofaplätze setzten. Für einen kurzen Moment schlug Heverdingen die Augen nieder, aber seine Miene blieb unbewegt.

»Das tut mir sehr leid. Auch für Charlotte. Sie hat seine Art zu unterrichten sehr gemocht.« Chavis fiel die Distanz auf, die in »seine Art zu unterrichten« lag. »Wie ist er denn gestorben?« An der Art, wie Heverdingen die Frage stellte, war etwas Lauerndes. Er erfuhr gerade eben vom Tod Kupiecs. Das war glaubhaft, ließ aber tief blicken. Chavis schob sich in eine aufrechte Position, so gut das auf dem weichen Sofa ging. Vorsicht, dachte er.

»Herr Heverdingen«, sagte er leise, »haben Sie seit gestern Mittag Ihre Tochter gesehen?« Heverdingen schüttelte fast unmerklich den Kopf. »Waren Sie nicht zu Hause oder ist Ihre Tochter gestern nicht nach Hause gekommen?«

»Sie«, sagte Heverdingen zögernd, »ist ja kein kleines Kind mehr. Es kommt oft vor, dass sie in der Woche bei einer Freundin übernachtet. Meine Frau wird das wissen. Wir wohnen doch weit weg von der Schule. Wir entschieden uns damals wegen des pädagogischen Profils für den längeren Schulweg.« Er klopfte mit der linken Handfläche neben sich aufs Sofa. »Woran ist dieser Sportlehrer denn nun verstorben?«, fragte er nach. Wieder hatte Chavis den Eindruck, dass Heverdingen aus irgendeinem Grund den Unbeteiligten spielte.

»Er ist ermordet worden. Wir haben seine Leiche am Dienstag aus der Weser geborgen«, sagte der Kripo, merkte sich seine Worte, während er erstaunt beobachtete, wie aus Heverdingens Gesicht plötzlich die Farbe schwand.

»Entschuldigen Sie mich«, sagte Heverdingen wachsbleich, erhob sich schnell und schloss eine Tür hinter sich. ›El hijo del gato ratones mata‹ fiel Chavis aus seinem Spanischkurs ein, das dem deutschen ›Der Apfel fällt nicht weit vom Stamm‹ entspricht. Charlotte war in der Schule ebenfalls auf die Toilette gerannt, als sie von Kupiecs Tod erfahren hatte. Was tat Heverdingen hinter der Tür, übergab er sich aufgrund der Vorstellung einer Wasserleiche? Ohne den kleinsten Laut im Bad zu erzeugen, trat Heverdingen Minuten später mit hochgekrempelten Hemdsärmeln wieder zum Sofa. »Entschuldigen Sie«, sagte er, zum ersten Mal klang seine Stimme verbindlich. Chavis winkte ab.

»Nachdem, was Sie mit Marcel Kupiec und Ihrer Tochter durchgemacht haben, müssten Sie über seinen Tod doch erleichtert sein?«, fragte er anscheinend unschuldig. Heverdingens Miene veränderte sich nicht.

»Was meinen Sie?«, fragte er.

»Ich komme gerade von Ihrer Tochter. Sie hat uns alles erzählt.« Aber Chavis biss auf Granit.

»Was erzählt?«, fragte Heverdingen. Es klang ehrlich verblüfft, aber das war unmöglich. Einer so gnadenlosen Lügnerin wie Michaela Noss war Chavis während seiner Laufbahn noch nie begegnet und in diesem Fall gleich zwei?

»Ihre Tochter hatte vor einigen Wochen einen Schwangerschaftsabbruch aufgrund einer Affäre mit Marcel Kupiec«, legte Chavis nach. Heverdingens Gesicht verriet Erregung und seine Stimme tönte drohend.

»Das geht Sie überhaupt nichts an. Das ist unsere Privatangelegenheit. Die kleinen Mädchen träumen sich schon mal was zurecht. Es war nicht Kupiec. Meine Tochter steht wegen des Eingriffs noch unter Schock.« Fest und in direkter Linie ging er vom Sofa zum Hauseingang. Der Regen prasselte, als er die Tür öffnete: »Sie können mich gerne vorladen, doch jetzt möchte ich, dass Sie mein Haus verlassen. Sofort.« An der Tür hielt Chavis ihm seine Visitenkarte hin, doch Heverdingen übersah sie. Hinter dem Kripo schloss sich die Tür. Chavis trat unter dem Vordach heraus und das Wasser traf ihn wie aus einer überdimensionierten Dusche. Beregnet wie die Straße, die Malven, die glänzenden Autos, sein Fahrrad. Der Regen machte keine Unterschiede. Seine Regenkleidung trocknete noch vom Morgen im Präsidium. Zum zweiten Mal an diesem Tag wurde er patschnass und fuhr, während ihm das Wasser die Hose an die Beine klebte, zurück ins Büro.

»Und Noss? Hat der ein Alibi?« Stine winkte ab.

»Auf jeden Fall kein wasserdichtes. Wir sind dabei, es zu überprüfen. Bisher will sich niemand wirklich an ihn erinnern bei dem Gotcha-Wettbewerb.« Stine sah auf den handgeschriebenen Zettel vor sich: »Dagegen gibt es bei der Frage nach der

Erbin keine Unklarheiten. Mit Sonia Grunenberg war Kupiec weder verheiratet noch geschieden, Eltern und Geschwister gibt es nicht, so weit wie die Kollegen im Sozialamt ermittelt haben. Aber die Franzosen haben die Anfrage schon bearbeitet. Deswegen erbt die Eigentumswohnung, rund hunderttausend Euro auf der Bank und die beweglichen Besitztümer alle Julia Kupiec, seine einzige Tochter.«

»Nicht schlecht«, ihn beschlich das Gefühl, etwas übersehen zu haben.

»Sonia Grunenberg hat angerufen, sie möchte sich mit dir treffen, und schlug vor, das heute Abend gegen zehn Uhr im Lessingclub zu tun.«

»Im was?«, fragte Chavis.

»Manchmal frage ich mich wirklich, was du abends so machst«, sagte Stine herablassend, »als Szene-Insider müsste dir die Bar von Gerit Kuhlmann doch was sagen. Außerdem hat Kuhlmann bei unserem Verhör davon gesprochen. Wenn man das, was der macht, ›sprechen‹ nennen kann. Sie liegt im Souterrain des ehemaligen Kommunen-Hauses. Jedes Wochenende tanzt da der Bär. Dass du das nicht weißt«, setzte sie grinsend hinzu. Chavis sah sie verwirrt an und sie lenkte sofort ein. »Kleiner Scherz. Ich wusste doch auch nicht, dass das Lessingclub heißt und eine richtige Bar ist. Aber ich habe das Alibi von ihm überprüft. Das ist wasserdicht. Er hat keine Angestellten und die Bar öffnet um einundzwanzig Uhr. Du sollst die Grunenberg nur anrufen, falls du nicht kommst.«

Man sollte drüber wegkommen

Aus der Dämmerung trat Chavis in den dunklen, von Kerzenlicht erhellten Lessingclub. Von tanzenden Bären keine Spur. Die gesamte Länge des schmalen, langen Raums wurde rechts von einer Theke eingenommen, davor Barhocker. Sie waren nur von zwei Paaren besetzt. Groovige Bar-Lounge-Musik. Zwischen den Leuten auf den Barhockern und der Wand war gerade noch ein Durchkommen. Hinter dem Tresen indirekte Beleuchtung, darauf hohe Kerzen in mit Wachs betropften Flaschen. Sonia Grunenberg hatte leicht die Hand gehoben und ihm zugelächelt. Das Stahlblau ihrer Augen flog im Dunkeln längs durch den Raum bis zum Eingang des Clubs. Wie eine Königin saß sie an der Kopfseite des Tresens auf einer Erhöhung. Chavis erklomm die Bank neben ihr, der Platz reichte bequem für zwei. Erleichtert stellte er fest, dass es hier durch die Tresenbeleuchtung nicht ganz so finster war.

Erst jetzt fiel sein Blick auf den Mann mit Vollbart hinter dem Tresen. Leicht und wendig bewegte er seinen massigen Körper, zog eine Flasche aus einer Kühlschublade, griff mit der anderen Hand nach dem Öffner, drehte sich zum Glasregal und zurück. Er erweckte einen anderen Eindruck als während des Verhörs. Es gab also doch einen einsamen, tanzenden Bär im Club.

»Gerit«, rief Sonia ihn halblaut an, »das ist Christopher Arves von der Kripo.« Sein unnatürlich aufgedunsenes Gesicht mit ungepflegtem Vollbart kam näher. Mit zusammengepressten Lippen brachte er ein einziges Fragewort hervor.

»Waszutrinken?«

Chavis bestellte im Andenken an den Auftritt seines Sohnes André einen Kaffee.

»Ihr Mitbewohner, wir kennen uns«, sagte Chavis zu Sonia.

»Stimmt, Sie haben ihn bestimmt auch verhört. Seit fünf Jahren ist der Privatclub Lessingstraße sein Laden – eine Institution. Und seit mehr als zwanzig Jahren wohnen wir direkt darüber.« Chavis lag komischerweise die Frage ›Schlafen Sie auch zusammen?‹ auf der Zunge, doch bevor er sie aussprach, fiel ihm zum Glück ein, dass das nicht fallrelevant war.

»Wie war Ihr Leben zu viert, als Julia und André noch Kinder waren?« Sonia Grunenberg lächelte fein.

»Diese Zeit in der WG ist der größte Schatz meines Leben. Wir hielten zusammen und waren offen und ehrlich miteinander. Wir haben nicht nur gemeinsam gewohnt, wir haben Inhalte miteinander geteilt: Kinder zusammen großgezogen, über Lehrmethoden an der Schule gesprochen.«

»Wie war denn das Verhältnis zwischen Gerit und Marcel?«, fragte Chavis.

»Es ist die einzige Beziehung zwischen Männern, die ich kenne, die frei von Konkurrenzdenken ist – war«, korrigierte sie sich nach einer kurzen Pause. Der Ton ihrer Stimme war leiser geworden. Sie schaute nach unten. »Ich vermisse Marcel.« Als sie wieder aufschaute, sah er, dass ihr Tränen über die Wangen liefen. Sie wischte sie nicht weg. Chavis hatte noch keine getroffen, die so hartnäckig probierte, ihre Trauer zu ignorieren, wie Sonia. »Wir trafen uns eigentlich nur noch in der Schule zufällig, aber trotzdem – die Möglichkeit, das Leben wieder miteinander zu teilen, sich auszutauschen, bestand. Das ist nun vorbei. Und gerade, wo …« Sie schluchzte laut auf. »Entschuldigen Sie«,

sie stand auf und drängelte sich an Chavis vorbei und verließ den Club.

Sein Kaffee stand wie eine Erscheinung vor ihm. Er hätte schwören können, dass Kuhlmann nicht in seiner Nähe gewesen war, um ihn zu bringen. Dabei schärfte er seine Sinne regelmäßig bei Polizei-Fortbildungen. Ohne die Absicht zu haben, ihn zu trinken, brachte Chavis mit dem Löffel die dunkle Flüssigkeit in der Tasse in Bewegung. Hier, in vertrauter Umgebung, wirkte Sonia Grunenberg verletzlich und zeigte nicht nur die an Höflichkeit erinnernde Trauer, die sie den beiden Kripos beim Verhör in der Schule präsentiert hatte. Vermutlich hatte sie den Toten noch geliebt und gehofft, dass sie eines Tages wieder zusammenkommen würden. Hatte sie seit seinem Auszug auf ihn gewartet? Das wollte Chavis nicht in den Kopf gehen. Zu altmodisch, zu romantisch. Dass sie sich derweil mit Gerit Kuhlmann die Zeit im Bett vertrieben hatte, war auch unvorstellbar. Oder wollte er es sich nicht vorstellen? Sein Blick fiel auf Kuhlmann, dessen schwammiger Körper mit den Bewegungen eines Zwanzigjährigen cool und routiniert Flaschen öffnete, einschenkte, ausschenkte.

Kuhlmann hatte zu tun, der Club war inzwischen mit lauten Männern und Frauen mittleren Alters gefüllt. Der schmale Gang war gequetscht voll, die Leute quatschten gegen die laute rauchige Stimme der Sängerin an. Die Bässe des Sounds überforderten die Boxen. Der akustische Dilettantismus erzeugte eine private Atmosphäre wie in einem Wohnzimmer. Das Geschäft lief gut. Der Tresen stand voll mit rustikalen Gläsern, in die Kuhlmann roten und weißen Wein füllte, Sektgläser, Bierflaschen, Mischgetränke in verschiedenen Farben, Cocktails mit Früchten dekoriert, silberne Mixer mit kleinen Schnapsgläsern. Hier wurde mal nicht zu knapp Alkohol konsumiert. Dazwischen füllte Kuhlmann immer wieder kleine Schalen mit Salzgebäck und Nüssen. »Ist doch immer wieder nett bei Gerit?«, stach eine Frauenstimme durch den Raum. Kein Wunder, dass Kuhlmann nicht erpicht darauf war, in den Schuldienst zurückzukehren.

Chavis' schweifender Blick blieb an dem feuerroten Schopf von Sonia hängen. Die Tür am Eingang hatte ein kleines Fenster auf Gesichtshöhe und war von außen nicht zu öffnen. Jemand von den Gästen hatte Sonia wieder hineingelassen. Offensichtlich geübt, drängelte sie sich durch die stehenden und sitzenden Menschen. Schließlich erklomm sie die Bank.

»Hatten Sie gehofft, dass Marcel wieder zu Ihnen zurückkehrt?« Noch immer trug ihr Gesicht einen leidenden Ausdruck. Sie schüttelte den Kopf.

»Dazu hatte er sich zu sehr verändert.«

»Inwiefern?«, fragte Chavis.

»Er hatte schon immer einen ausgeprägten Sinn für Sex. Die ganze Atmosphäre war vor der weltweiten Aids-Welle anders. Aber vielleicht hat sich meine Wahrnehmung verändert und Marcel war immer so. Jedenfalls, seit er am Goethe-Gymnasium war, überschritt er eindeutig die Grenze des guten Geschmacks. Davina Sookia lernte er über ihren Sohn auf dem vorletzten Fachlehrersprechtag kennen. Dass die Schule auch für Erwachsene ein Kontakthof ist, habe ich akzeptiert. Nur bei Davina ist es so, dass ich aus sicherer Quelle weiß, wie das zustande gekommen ist.«

»Und wer ist diese sichere Quelle?«, Chavis rührte in dem kalten Kaffee vor sich und verbarg seine Spannung.

»Davina selbst. Beim nächsten Elternsprechtag kam sie zu mir. Sie wusste, dass ich lange mit Marcel zusammen war, und sie dachte, dass ich ihr helfen könnte. Davina hatte sich von ihm auf dem Sprechtag belästigt gefühlt. Sie sieht zwar nicht so aus, aber sie ist ein richtiges Seelchen.« So sah die

Sookia wirklich nicht aus und Chavis erwog, ob eine Frau in der Hinsicht überhaupt urteilsfähig war.

»So weit, so gut: Er hat sie angemacht und sie hat ihn zurückgewiesen«, fasste er lakonisch zusammen.

»Ja, wenn es dabei geblieben wäre. Marcel muss das Gerücht in Umlauf gebracht haben, dass Drogen auf dem Schulhof verkauft werden. Von einem Schüler der Klasse 8a. Daraufhin ließ Frau Luger die Schultaschen aller Schüler dieser Klasse durchsuchen und siehe da – bei Laurence Sookia fand man ein ordentliches Stück Haschisch, gut getarnt in einer Halsbonbondose. Auf der Lehrerkonferenz beschlossen wir, Laurence noch eine Chance zu geben: unter Einzel-Pausenaufsicht und mit einem Kontaktlehrer, bei dem er sich täglich an- und abmelden musste. Und raten Sie, wer sein Kontaktlehrer wurde?« Sonia blinzelte ihn an und zuerst dachte er, sie sei schadenfreudig. Aber es war Verzweiflung. So schlimm war das doch auch nicht! Kinder werden überall für die Interessen von Erwachsenen benutzt. »Marcel hielt Davina mit Laurence am Haken. Er drohte ihr damit, Anzeige zu erstatten, mit unangenehmen Einzelheiten auf der Lehrerkonferenz aufzuwarten und so weiter. Davina glaubt nicht an Gerechtigkeit. Auf der Karibikinsel, von wo sie kommt, mag es auch schwierig sein, diesen Glauben aufzubauen. Für sie war es das kleinere Übel, mit Marcel ins Bett zu gehen.« Seine Tasse Kaffee war auf die gleiche obskure Art verschwunden, wie sie vor Chavis aufgetaucht war. In puncto Heranschleichen konnte sich Kuhlmann mit Kollegin Vogel messen.

»Aber dann wehrte sie sich doch, als sie auf dem Sprechtag Sie um Hilfe bat?«, nahm er den Faden wieder auf.

»Ja, aber ich fürchte – nicht sehr effektiv. Auf der nächsten Konferenz fragte ich, ob wir Laurences Kontaktlehrer nicht entlasten sollten. Tatsächlich löste ein anderer Lehrer Marcel ab. Ich wollte einfach warten, bis der Verdacht bei den Kollegen vergessen war. Aber, ehrlich gesagt«, mit einem

Kopfnicken grüßte sie jemanden auf der anderen Seite der langen Theke, »ich glaube nicht, dass das gelungen ist. Dieser Drogenverkauf liegt wie ein Kainsmal auf dem Jungen. Mit Davina habe ich seitdem nicht mehr darüber gesprochen.« Es wäre also durchaus möglich, dass sich die Mutter oder der Sohn, oder Mutter und Sohn gemeinsam, ein zweites Mal effektiver zur Wehr gesetzt hatten, dachte Chavis.

»Haben Sie gehört, dass Kupiec eine Schülerin verführt haben soll?« Sonia seufzte nur.

»Ja, Charlotte Heverdingen, ich weiß. Sie hat es hart erwischt. Die Eltern wollten sie eigentlich von der Schule nehmen. Nun wird wenigstens sie uns erhalten bleiben, schätze ich.« Chavis dachte einen Moment darüber nach.

»Und Michaela Noss? Sind Sie mit ihr noch befreundet?« Sonia seufzte tief, bevor Chavis seine nächste Frage stellte.

»Es ist etwas schwierig mit ihr.«

»Sie ist heute nicht zum Unterricht erschienen«, sagte Chavis, ohne den seltsamen Blutfingerabdruck-Brief zu erwähnen, den sie Marcel geschickt hatte.

»Magda Luger wird drüber wegkommen. Michaela ist eben psychisch labil. Das weiß die Schulleitung auch.«

Blendend traf ihn der Schein der Straßenlaterne, als er aus dem düsteren Club kam. Von Regenwolken war keine Spur mehr am Himmel zu sehen, die Sterne funkelten. Eine laue Sommernacht mit dem Geruch feuchter Erde lud ihn zu einem Nachtspaziergang ein. Sonia Grunenberg war im Lessingclub geblieben, sie sprach mit jemandem, als er sich an der Tür noch einmal zu ihr umgedreht hatte. Klar, sie kannte viele der Leute, der Laden bestand ja nahezu aus Stammkunden. Chavis lenkte seine Schritte zur Humboldtstraße, überquerte sie, lief geradeaus weiter ins Fesenfeld. Die breite, aber doch wenig befahrene Feldstraße und die hohen Häuser beruhigten ihn. Er hatte das Gefühl, als brauche er viel Raum für klare Gedanken. Mehr als fünfzehn Jahre war Sonia Grunenberg älter als er und trotzdem brachte sie ihn aus der Fassung.

»Die macht den ganzen Tag nur Yoga!«, sagte er laut in die Nacht hinein und versuchte, sich in die Frau hineinzuversetzen: Die Beziehung zu Marcel war schon vor Jahren beendet, aber sie hing trotz allem noch an ihm. Warum nur? Sein Bild von Kupiec hatte sich in den letzten Stunden mehr und mehr eingetrübt: Vorher war er für Chavis ein überehrgeiziger Lehrer gewesen, der, weil von seiner Karriere nichts mehr übrig geblieben war, seinen Narzissmus an den Schülern ausgelassen hatte. Jetzt sah es so aus, als habe er, während er am Theater gearbeitet hatte, alles ›Menschliche‹ aus sich herausgeholt. Danach schien sein Egoismus Nachholbedarf gehabt zu haben: Er erpresste die Mutter eines Schülers. Gleichzeitig verlustierte er sich mit einer fünfzehnjährigen Schülerin und setzte sie im Unterricht zurück, als er erfuhr, dass sie von ihm schwanger geworden war. Kupiec war einer, der nicht nur eine gesellschaftliche Fiktion aufgegeben hatte. Sondern einer, der rücksichtslos ausschließlich an sich selbst gedacht und – noch schlimmer – genauso gehandelt hatte. Er hatte den Neoliberalismus für sich privat interpretiert.

Chavis schlenderte die Feldstraße entlang und genoss es, allein zu sein. Sonia Grunenberg dagegen war rücksichtsvoll und kontrolliert. Hatte sie nur aus alter Gewohnheit an ihm gehangen? Angenommen, sie hätte Kupiec am Deich getroffen, aber mit Charlotte Heverdingen im Arm. Mit etwas Glück und rein physisch gesehen, war Sonia Grunenberg leicht fähig, ihrem Ex-Mann das Messer in den Rücken zu jagen. Aber es gelang Chavis nicht, sie sich eifersüchtig und – erst recht nicht – in Rage geratend vorzustellen. Sie musste schon während der Beziehung in Sachen Untreue einiges mitgemacht haben. Außerdem tanzte die türkische Schülerin schon seit Wochen anstelle von Charlotte Heverdingen. Chavis nahm gerade noch ein kleines Geräusch links hinter einer Reihe in Töpfen gepflanzter Bambusstauden wahr. Aus ihrem Schatten heraus trat eine Gestalt und im nächsten Augenblick traf ein harter Faustschlag seine Nase. Kawoum! Zielgenau.

Chavis spürte das warme Blut auf seinen Lippen und konnte einen Arm schützend vor sein Gesicht halten, als der zweite und dritte Schlag folgten. Mit der Linken versuchte er einen Gegenangriff in die Magengrube seines Gegners, doch der wich gekonnt aus wie ein Boxer. Und setzte sofort wieder an, ihm ins Gesicht zu schlagen. Doch nun konnte Chavis ausweichen. Der Angreifer war nicht sehr groß, ungefähr einen halben Kopf kleiner als Chavis, Motorradmaske, schwarze Kleidung. Mit einem Fußtritt schaffte sich Chavis den Kerl für einen Moment vom Hals. Aber dann kam der mit einem Hechtsprung zurück und haute kräftig zu. Der Schlag traf ihn an der linken Augenbraue oberhalb seiner Fäuste, die er gerade noch schützend vor die Augen halten konnte. Dann rannte der Angreifer an ihm vorbei die Straße hinunter.

Über dem Auge pochte es, aus der Nase lief Blut. »Feierabend Chavis«, sagte er laut, nachdem er kurz darüber nachgedacht hatte, die Streife zu rufen. Sein Nasenblut roch penetrrant nach Eisen. Er sah zu, dass er nach Hause kam. In seiner Anstaltswohnung zeigte ihm der Spiegel, dass der letzte Fausthieb eine ansehnliche Platzwunde über der Augenbraue hinterlassen hatte. Die drückte er minutenlang zusammen und fixierte sie mit einigen Pflastern. Bis zum Jochbein war die Seite angeschwollen und teilweise tiefrot. Die Nase hatte aufgehört zu bluten, doch ihre gerade Linie endete in einem Knubbel. Insgesamt war sein Gesicht total entstellt. Wenigstens musste er sich keine Gedanken mehr darüber machen, wie er es schaffen sollte, sich Sonia Grunenberg nicht zu nähern, dachte er, als er sich ins Bett legte und sich sein Gesicht mit ihren Augen vorstellte.

Dafür würde sie jetzt selbst sorgen. Über seiner Augenbraue hämmerte die Wunde, an Schlaf war vorerst nicht zu denken.

Irgendein Verrückter hatte ihm was auf die Nuss gegeben. Am Wochenende gehörte das Viertel nun mal den Idioten. Die kamen dann von überall her. Oder? Ehrlich, er hätte einen Verfolger trotz seiner guten Polizeiausbildung heute Abend nicht bemerkt. Gegen einen gezielten Angriff auf seine Person sprach auch, dass der Angreifer keine Nachricht hinterlassen hatte. Vielleicht reichte er sie noch nach. Wer hätte schon wissen können, dass Chavis eine Verabredung mit Sonia Grunenberg im Lessingclub gehabt hatte? Oder wer hatte ihn erkannt? Er schmiss sein Kissen ans Fußende und rollte sich auf den Bauch. Dann verlagerte er sein Gewicht allmählich auf die Augenbraue und drückte sie vorsichtig gegen die Matratze. So schlief er ein.

Juli-Gemüse-Curry

Über Nacht waren die Trefferstellen in Chavis' Gesicht stark angeschwollen. Sein linkes Auge war hinter einem dünnen Schlitz nur zu erahnen, die Platzwunde blutete, sodass sich das Pflaster unappetitlich verfärbt hatte. Chavis dachte an den US-Schwergewichtsboxer Lamon Brewster, nachdem Wladimir Klitschko seine Niederlage gegen ihn wieder ausgebügelt hatte, als er in den Spiegel sah. Zwei Tage Bettruhe würden ihm guttun. Am späten Samstagvormittag war er sich allerdings nicht mehr sicher, ob er das zwei Tage aushalten würde.

In der Küche glotzte er einäugig TV. Dann öffnete er das Fenster, legte sich auf den Boden und las spanische Vokabeln. Immerhin war es knapp zwei Wochen her, seit er im Instituto Saavedra gewesen war. Sein Kopf schmerzte und er machte ein paar Lockerungsübungen auf der Matte. Dann duschte er, so gut es ging, und wechselte das Pflaster. Schließlich machte er im tiefen Schatten der Häuser einen kleinen Gang durchs Viertel. Mit seiner Lamon-Brewster-Visage erfreute er sich an den Schreckensrufen derjenigen, die ihn überhaupt erkannten. Er erlaubte sich das Wochenendvergnügen, einen Kaffee zwischen vielen anderen zu trinken. Vorbeigehenden Einkäufern und kurz verweilenden Klönenden am Ostertorsteinweg zuzusehen, das Steintor entlang in die Mecklenburger Straße zu schlendern. Er sah den Ökomarkt-Händlern zu, wie sie ihre Stände zusammenpackten und dabei schnackten. Am belebten Osterdeich beobachtete er die Hunde und Kinder, wie sie am Hang entlang spielten und rannten. Viele Leute hatten ihre Decken mitgebracht und verliehen der Stadt ein wohltuendes Sommerurlaubsflair. Von der Terrasse eines Lokals aus blickte er auf Jugendliche, die eine Frisbyscheibe quer über die Weserwiese warfen, während er sich umständlich Salatblätter zwischen die geschwollenen Lippen schob.

Wie ein Blitzschlag traf ihn der Gedanke: Wenn Sonias Aussage richtig war, hatte sie Kupiec am Freitag genau hier zum letzen Mal getroffen. Es bestand also die Möglichkeit, dass er an diesem Ort umgebracht worden war. Da – hinter den Wiesen im Gebüsch direkt an der Weser? Er ließ über die Zentrale die Spurensicherung verständigen. Begeistert waren die Kollegen von dem Wochenendeinsatz bestimmt nicht. Kaum zu glauben, dass das niemand gesehen hatte. Oder gehört. Kurz vorher hatte Sonia Marcel Kupiec getroffen, geplaudert und sich mit ihm verabredet. Sonia Grunenberg. Sie machte immer einen reflektierten Eindruck, direkt und ehrlich. Sollte er sich doch geirrt haben? War er der Falsche, um die Glaubhaftigkeit dieser Frau realistisch beurteilen zu können? Vielleicht gefiel sie ihm zu gut. Er blieb noch auf zwei alkoholfreie Biere sitzen, bis er sich selbst gedanklich weich gekocht hatte. Das Eintreffen der Spurensicherung wollte er nicht abwarten, er hatte ihnen den Uferabschnitt leicht genau beschreiben können. Das Ergebnis würde er am Montag im Büro noch früh genug erfahren. Zeit, den Platz zu räumen, die Terrasse des Lokals hatte sich gefüllt. Die Gäste würden in der nächsten Stunde tatsächlich in der ersten Reihe sitzen. Auch ohne ihre GEZ-Gebühren gezahlt zu haben.

Er stieg die Stufen in der Lessingstraße zum Haus von Sonia und Gerit hoch. Wieder erschienen ihm der völlig leere Treppenbereich und der unbelebt wirkende Vorbau des Hauses unpassend zu Sonia Grunenbergs Gemüt und der Wohngemeinschaft, die hier über Jahre Partys gefeiert und Gäste empfangen hatte. Diesmal ohne Zögern drückte er den Klingelknopf unter dem Namensschild. Nichts tat sich und er brauchte eine Zeit, um die leise, aber gut hörbare Stimme von Josephine Baker mit der offenen Tür des Privatclubs in Einklang zu bringen. Hinter der Theke drehte sich der Bär behände und wischte die Oberflächen der Schränke ab. Mit Entsetzen starrte Kuhlmann Chavis in sein entstelltes Gesicht. Und sagte nichts.

»Na? Guten Tag«, grüßte Chavis auffordernd und Kuhlmann quälte ein »Sie waren zufällig in der Gegend?« hervor.

»Nein, das kann ich nicht behaupten«, lehnte dieser ab, »bekomme ich ein Wasser?« Kuhlmann nahm ein Glas aus dem Regal, füllte es mit Leitungswasser und stellte es vor Chavis auf die Theke. Das speckige Gesicht des Lehrers war wieder ausdruckslos. Bei jedem anderen wäre Chavis der Verdacht gekommen, dass er sich schuldig fühlte, aber Kuhlmann konnte ihn unmöglich gestern Nacht vertrimmt haben. Als Chef des Lessingclubs hatte er zur Tatzeit hinter der Theke gestanden. Außerdem war der Körper seines Angreifers weder groß noch massig gewesen.

»Ich habe noch eine Frage an Sie: Wie haben sich Julia und André eigentlich in ihrer Kindheit verstanden?« Kuhlmann sagte nichts, dachte aber offensichtlich nach.

»Julia und André«, wiederholte er bündig. Machte den Mund einen Millimeter auf und dann wieder zu. Drehte sich um und plötzlich war Ruhe. Josephine hatte Pause. Chavis hörte ihn laut ausatmen.

»Wir Erwachsenen suggerierten ihnen ständig, dass sie Geschwister wären und sich zu verstehen hätten. Psychologisch gesehen war das ein Schachmatt-Zug für den Beziehungsaufbau zwischen ihnen. Ich hatte eine empfindliche Frau und daraus resultierend ein verwirrtes Kind. Als ob das nicht gereicht hätte, gab es eine Schwester mit anderen Eltern und zwei Mütter und zwei Väter, die abwechselnd bei Bedarf die Bindung abbrachen oder auf jemand anderen verwiesen. Wir hätten uns das ganze Kuddelmuddel sparen können. Von uns sechs Personen reden heute alle nur noch mit Sonia. Ansonsten war das alles kalter Kaffee.« Kuhlmann drehte sich zur Anlage und stellte die Musik wieder an.

»Wo finde ich Sonia?«, fragte Chavis durch das rauchige Timbre der Baker. »Sie ist bei Julia. Sielwallkreuzung. An der Klingel steht Sommer Kupiec.« Wortlos erhoben beide zum Abschied jeweils eine Hand wie Marionetten.

Am Sielwall-Eck schien das Wochenende noch nicht angekommen zu sein, die Autos und Straßenbahnen schoben sich wie wochentags zwischen parkenden Autos, Fahrradfahrern und Fußgängern über die Kreuzung. Wie tiefe Narben durchpflügten die Bahnrillen die Straße. Die unterschiedlichen Oberflächen, Kopfsteinpflaster, Asphalt und eine schwarze Fugenmasse, wirkten wie schlecht verarztete Wunden. Chavis fiel die Ähnlichkeit zwischen der Straßenoberfläche und seinem Gesicht auf. Er fand die Klingel von »Sommer Kupiec« in einer Collage von ausgedruckten, handgeschriebenen und mit rotem und silbernem Klebeband überklebten Namensschildern. Als er die Treppe im breiten Flur zum ersten Stock hinaufstieg, war eine der fünf Türen einen Spaltbreit geöffnet. Plötzlich flog sie auf und ein riesengroßes zottiges Monster kam auf ihn zugestürzt. Seine feuchtglänzenden Lefzen zogen sich bei jedem Bellen bis zu den Unterlidern der Augen und entblößten spitze weiße Zähne. Zwischen den lauten Tönen grunzte das Monster, um Luft zu holen.

»Oudry-Hund!«, rief jemand schrill im Hintergrund, doch das Monster fühlte sich nicht angesprochen. Das Wort »Hund«

auf es angewendet, schien eine Art Beschwörung zu sein, nicht vollkommen zu etwas zu mutieren, das dem Menschen als Haustier nicht zuzuordnen ist. Es gibt sie wirklich – die Mischung aus Monster und Hund der Baskervilles, dachte Chavis und schrie »STILL!«

Für einen Augenblick vergaß das Tier zu bellen, dann beugte es sich auf dem Treppenabsatz stehend zu ihm herunter und keuchte. Ob vor Anstrengung oder um noch bedrohlicher zu wirken, konnte Chavis nicht sagen. Letzteres gelang ihm jedenfalls. Aus tiefer Angst heraus, rief Chavis militärisch »SITZ!«, woraufhin das Monster tatsächlich demütig das Hinterteil gen Boden neigte. Erst jetzt registrierte er das blaue Augenpaar, das von der Tür aus die Szene verfolgte.
»Hallo Kommissar Arves, das hat noch nie jemand Fremdes geschafft.«
»Wahrscheinlich hatte auch noch nie jemand so viel Angst vor ihm wie ich«, antwortete Chavis und spürte bedauernd, dass ihm die Schweißtropfen in Rinnsalen unter den Armen entlangliefen. Sein Deo jedenfalls hatte den Kampf verloren.

Als Sonia in der Altbau-Küche neben ihrer Tochter stand, gab es keinen Zweifel, woher Julia diese außergewöhnlich tiefblauen Augen hatte. Warum war ihm dieser einfache Zusammenhang nicht bei dem Verhör in der Schule aufgefallen? Dann erinnerte er sich, dass die Noss mit ihren Lügen diesen Mittwoch dominiert hatte. Erst als er sich gesetzt, die Frage über seine Gesichtsverletzungen beantwortet und ein Glas Weißwein-Schorle vor sich stehen hatte, sah und hörte er sich um. Sambamusik und hinter der frei stehenden Küchentheke prostete ihm ein Mann mit strohblonden wild abstehenden Haaren und einem ungewöhnlich schmalen Gesicht über die Entfernung zu. Sonia war noch einmal hinausgegangen, um den Monsterhund zu beruhigen.

»Das ist Küchenchef Sven Sommer«, sagte Julia. Die hohen Decken in der Küche wirkten wie ein Verstärker. Als sich Julia mit einer Kaffeetasse zu Chavis an den langen Tisch setzte, übertönte das Geräusch der Stuhlbeine kurz die brasilianische Musik. Leichte, warme Klänge, die abendliche Wärme und diese Küche – passt alles gut zusammen, fand Chavis.

»Essen Sie mit? Es gibt irgendetwas mit Gemüse und Fisch«, sagte Julia lapidar. Sven Sommer grinste über die Theke und den Tisch hinweg und sagte auf Französisch mit deutlich deutschem Akzent:

»Sole de la mer avec légume de Julie.« In dem Moment kam Sonia in die Küche hinein und lachte.

»Hör auf Mäcki, das Juli-Gemüse ist zu jung, das bleibt bis zum Herbst im Bauch.« Chavis fühlte sich fehl am Platz und ließ Julias Einladung unbeantwortet. Mit seinen Fragen würde er ihnen die gute Stimmung jedenfalls verderben. Julia lehnte sich zurück und er hatte das Gefühl, dass sie ihn durchschaut hatte, denn sie sah ihn ernst an.

»Christopher Arves – Sie sind doch ein echtes Viertel-Gewächs, oder?«

»Naja«, murmelte er verlegen, »Halbspanier, aber ohne Vater hier aufgewachsen. Fragen Sie mich nur nicht, wie ich zur Polizei gekommen bin.« Das war sein üblicher Spruch zu diesem Thema. Normalerweise ließ der jegliche Kommentare und Nachfragen verstummen. Andererseits: In den ersten Jahren, noch während des Studiums, hatte er sich gerade im Viertel so viel Kritik zur Polizei anhören müssen, dass er einen lebenslangen Vorrat an Argumenten dafür mit sich herumtrug. Im Viertel quatschte er mit niemandem über seinen Beruf und im Präsidium vermied er, über sein Wohnumfeld zu reden. »Nennen Sie mich Chavis.«

»Chavis! Na klar«, rief Julia und sofort begannen sie mit dem alten Viertel-Spiel: »Bestimmt kennst du auch Firat, der hat damals im Wehrschloss richtig Alarm gemacht.«

»Warst du mal auf den legendären Partys von der Haus-WG in der Besselstraße?« Sven rief über die Küchentheke: »Das waren kultige Zeiten. Hast du dir damals das Graffiti-Atelier an den Brückenpfeilern in Sebaldsbrück angeguckt? Was heute davon übrig ist, nennt man ›Street-Art‹, gibt die Stadt n Haufen Geld für aus, total lächerlich!« Chavis fiel ein, dass er Sven Sommer von Punk- oder Metall-Formationen aus seinerzeit besetzten Häusern und Jugendhäusern kannte. Sven hatte das Glück gehabt, Musik an der Kunsthochschule studieren zu können, und spielte zurzeit größtenteils als Partymusiker. »Notgedrungen, um Geld zu verdienen«, betonte er. Bei seinen Punk-Freunden hatte er Mäcki geheißen. Mäcki wie der Igel und das kam nicht, erinnerte sich Chavis wieder, weil er sich die Haare mit Zuckerwasser zu harten Stacheln aufgestellt hatte. Sondern weil er dafür bekannt gewesen war, in der Band »sein Ding durchzuziehen«. Mäcki hatte in früheren Jahren den Teamgeist eines Igels. Inzwischen ging ihm die Teamarbeit offensichtlich leichter von der Hand, er schnitt Fisch und Gemüse, während Sonia den Tisch auf der Seite, auf der Julia und er nicht saßen, deckte.

»Es ist nett, dass ihr mich zum Essen einladen wollt. Aber – ich möchte auch nett sein: Deswegen lehne ich ab. Ich habe noch ein paar Fragen zu Marcel Kupiec. Es ist wohl besser, wenn wir das am Montag im Büro klären«, Chavis rückte mit dem Stuhl, der ein lautes Brummen von sich gab, nach hinten.

»Ach, was soll das denn?«, sagte Julia unwirsch. »Darüber können wir auch hier reden. Oder, Sonia, macht es dir was aus?« Sonia sah ihm herausfordernd in die Augen.

»Nein«, sagte sie und verteilte das Besteck.

»In der Schule sagtest du, dass du deinen Vater kaum noch gesehen hast, seit er eine feste Beziehung hatte. Meintest du die zu Davina Sookia?«, fragte Chavis an Julia gewandt. Die zuckte die Achseln.

»Ja«, sagte sie schließlich leise.

»Frau Sookias Aussage nach war die Beziehung aber eher eine unverbindliche Liebschaft, bereits im Auflösen begriffen«, legte Chavis nach. Julia wurde rot. Sie nippte an ihrer Tasse, bevor sie ihre Mutter erneut anblickte.

»Sonia, sag du was dazu.«

»Das habe ich dir schon im Lessingclub erklärt. Marcels Bedürfnis nach Sex war groß. Julia hat sich als Kind deswegen geschämt. Im Laufe der letzten Jahre schien das bei Marcel noch zuzunehmen und im gleichen Maß nahmen seine moralischen Hemmungen ab. Davina ist von ihm erpresst worden. Wusstest du das gar nicht, Julia?« Die Naivität von Sonia erstaunte Chavis immer aufs Neue. Wäre das gestern ein offizielles Verhör gewesen, hätten die Kripos erwägen müssen, die Sookia auf Verdacht festzunehmen. Warum erzählte Sonia ihm das dauernd? Julia zog eine Augenbraue hoch.

»Natürlich wusste ich von Laurence und dieser Haschischgeschichte. Aber ich glaube nicht, dass jemand darauf reingefallen ist. Wenn einer vom Drogenhandel weit entfernt ist, auch weil seine Mutter ihn überbehütet, dann Laurence. Für den Jungen würde ich in der Beziehung meine Hand ins Feuer legen«, beteuerte Julia. »Davina wird heilfroh sein, dass Marcel bald unter der Erde liegt«, schloss sie arglos. Mäcki drehte sich am Herd stehend um.

»Stopp Julia! Das ist immer noch ein Bulle, der hier in unserer Küche sitzt.« Chavis winkte ab, die Wirkung der Weinschorle machte die Geste zu groß.

»Wisst ihr schon, wer was erbt?« Wieder antwortete Sonia.

»Wir waren nie verheiratet, aber er hatte die Vaterschaft anerkannt. Wir glauben deshalb, dass Julia Alleinerbin sein wird. Ob das ein Segen ist oder ein Fluch, wird sich noch herausstellen.« Chavis verstand nicht und spürte bei dem Versuch, die Augenbrauen zusammenzuziehen, den Wundschmerz.

»Über die finanzielle Situation von Marcel wissen wir nichts«, warf Julia ein, »er hat auf Geld nicht geachtet und es immer einfach ausgegeben. Es könnte also sein, dass nur Schulden übrig geblieben sind. Vielleicht musste er in den vergangenen Jahren noch mehr Vaterschaften anerkennen.« Sie grinste bei diesen letzten Worten, als sei das ein Scherz gewesen. Chavis überließ es dem Notar bei der Testamentseröffnung, dem jungen Paar mitzuteilen, dass zumindest für mehr als für die Erstausstattung des Babys gesorgt war.

Der Schmerz in seinem Gesicht brachte ihn auf die nächste Frage.

»Kennt ihr zufällig Andreas Kumroth?« Köpfe schütteln, Ratlosigkeit. Kumroth im Viertel, das konnte er sich eigentlich auch nicht vorstellen. Kumroth, wie er in einer dunklen Ecke in Bahnhofsnähe einen Schläger engagiert, der ihm kräftig auf die Nuss haut, auch das schien ihm, bei aller Abneigung, mit Kumroths Rechtsverständnis nicht vereinbar zu sein. Eine Wanze im Diensttelefon, das traute ihm Chavis ohne Weiteres zu, aber Wanzen waren unzeitgemäß, seit Jahrzehnten eine Seltenheit. Von der Körpergröße und Statur kamen zwei Männer und ein Junge infrage, die mit dem Fall Kupiec zu tun hatten: Ernst Heverdingen, André Noss und Karsten Georg. Allen dreien unterstellte er die Skrupellosigkeit, aber ihm fehlten sowohl der Beweis als auch ein Motiv. Wenn er den Fall Kupiec nur schon gelöst hätte! Er verwarf den Gedanken an den nächtlichen Schläger wieder. Julia stand auf und klemmte ihren melonenförmigen Bauch drei Stühle daneben wieder vor die Tischplatte. Mäcki brachte eine weiße Auflaufform mit einer ansehnlichen Farbmischung aus grünen, rosafarbenen und roten Gemüsestücken, durchsetzt von weißen Fischstücken zum Tisch. Pünktlich zur Hauptspeise wäre die Frage dran, die allen bitter aufstoßen könnte, dachte Chavis, und verschob sie auf das Dessert.

Mäckis selbst hergestellte Curry-Mischung war exzellent gewesen. Sie saßen mit türkischem Kaffee in Goldrand-Gläsern am offenen Fenster und sahen auf die Sielwallkreuzung, auf die im abendlichen Dämmerlicht langsam Bewegung kam. Die Stühle auf dem Gehweg vom Café gegenüber waren belegt, Leute kamen aus dem Kino, aus den Döner-Läden oder von ihren ersten Kneipenbesuchen in dieser Nacht. Das holprige Rauschen von Autoreifen auf dem Straßenpflaster-Mix, und manchmal das schrille Pfeifen einer erleuchteten Straßenbahn, wie jetzt gerade als Chavis Julia fragte:

»Wie war dein Verhältnis zu André Noss, als ihr Kinder wart?« Selbst im Dämmerlicht konnte er erkennen, wie Julia errötete.

»Ich habe dir doch schon in der Schule gesagt, dass das nichts ist, was man mich fragen kann«, antwortete sie. Chavis schwieg.

»Das klingt geheimnisvoll«, kam ihr Mäcki zu Hilfe, »es ist einfach so, dass Julia keinen Kontakt mehr zu André hat und mit ihm ungute Erinnerungen verbindet. Gerade während der Schwangerschaft möchte sie nicht an ihn denken.« Was hat sich zwischen den beiden nur abgespielt? Die offenen Worte von Gerit Kuhlmann schienen Chavis dagegen seichtes Geplänkel gewesen zu sein.

»Ich weiß nichts von dem Mord an Marcel«, sagte Julia plötzlich in die nächtlichen Geräusche hinein, »aber ich persönlich glaube, André blufft nicht nur. Er wäre zu allem fähig.«

Das Rot auf Sonias Kopf leuchtet in der Nacht, stellte Chavis fest, als er mit ihr und Oudry auf die Sielwall-Kreuzung trat.

»Zur Sicherheit bringe ich dich mithilfe des Monsters der Baskervilles nach Hause«, hatte sie gesagt, als er sich von Sommer Kupiec verabschiedet hatte.

»Würde mich das Monster auch während eines nächtlichen Spaziergangs am Weserufer beschützen?« Sie verließen das nächtliche Treiben und bogen in die stille Grundstraße ab. Sonia wollte reden.

»Als sie ganz klein waren, fanden wir das niedlich. Die beiden waren im selben Jahr zur Welt gekommen und Michaela zog André genauso an wie ich Julia. Wir kauften zusammen ein. Oder – wenn ich ein hübsches Kleid entdeckte, kaufte ich gleich zwei und sie machte es genauso. Gleichstellung, Emanzipation, Egalität – heute klingt das altmodisch. Damals klangen unsere Gründe gut. Wir wollten Gleichheit in der Erziehung, damit die Welt ein bisschen gerechter und besser werden würde. Heute kommt mir das naiv vor, aber jede Generation hat ihre eigene Vision.« Sie lenkten ihre Schritte einträchtig nach rechts in die Berliner Straße. »Ich hätte Julia auch wie einen Jungen angezogen, aber Michaela hatte sich so sehr ein Mädchen gewünscht.« Oudry zog an der Leine, er schien ganz verrückt nach Wasser zu sein und offensichtlich konnte er die Weser schon riechen. »Bis ins Vorschulalter war nichts dabei, nur konnte sich Michaela André gegenüber immer weniger durchsetzen. Er bekam hemmungslose Wutanfälle. Er machte alles um sich herum kaputt, schmiss mit Gegenständen, schlug wild um sich. Es war sehr heftig und Michaela wusste überhaupt nicht darauf zu reagieren. Sie entfernte sich von ihm. Das hatte vielleicht mit den Mädchensachen nichts zu tun, aber es zeigt, wie wenig sie bereit war, sich auf seine Persönlichkeit einzulassen. Auch wir, Gerit, ich und Marcel sowieso, gingen den Weg des geringsten Widerstandes. Leider.«

Sie überquerten den Osterdeich. Sonia löste die Leine und Oudry wieselte den Deich hinunter. Chavis sah einen dunklen Flecken Fell, der ohne Zaudern zwischen dem Dickicht der Uferböschung verschwand.

»Zu Beginn war das Verhältnis zwischen Julia und André okay. Doch je mehr sich Michaela von André zurückzog, desto schlechter wurde auch sein Verhältnis zu Julia. Er war mit jeder Faser seines Körpers eifersüchtig. Zu Recht. Er kämpfte gegen Julia um die Liebe seiner Mutter.« Sie waren auf dem Weg stehen geblieben und Sonia sah auf das dunkle Weserwasser. Sie versuchte, Oudry ausfindig zu machen. Chavis dachte an Kupiec, dessen Leiche vor einer Woche hier langgetrieben war.

»Glaubst du denn auch, dass André Marcel umgebracht hat?«, fragte er.

»Ich …«, sie zögerte und wandte sich ihm voll zu, »wenn man jemanden als Kind kannte, kann man das nicht beurteilen, finde ich.«

»Hätte André denn einen Grund gehabt?«

»Hör mal, Chavis, gibt es irgendeinen Grund, einen anderen Menschen zu töten?« Darauf konnte er unmöglich antworten. Wie gerne würde er voller Inbrunst den Kopf schütteln können. Damals als politsch-korrekter Vierteliauer hätte er es getan, aber als Polizist wusste er es einfach besser.

»Es gehört sich jedenfalls nicht«, sagte er ausweichend und lachte. Sie lachte auch.

»Achtung!«, rief Sonia. Chavis hörte lautes Platschen am Ufer und kurz darauf kam Oudry mit tropfendem Fell zu ihnen auf den Weg getrottet. Sonia griff nach seinem Arm und zog ihn im letzten Augenblick zur Seite, bevor der Hund in einem perfekten Kreis massenweise Weserwasser in der Luft und auf dem Boden verteilte. Sonia ließ den Arm nicht mehr los und zog ihn zu sich heran. In der Nacht sah das Blau ihrer Augen aus wie Vergissmeinnicht. Mit Bedacht näherte er sich ihrem Gesicht. Er nahm ihre Hingabe wahr. Sie nicht zu küssen, wäre eine Beleidigung gewesen. Es wurde ein intensiver langer Kuss. Weder sie noch er waren bereit aufzuhören. Jede Schaltstelle seines Körpers schien in diesem Augenblick mit den warmen weichen Lippen von Sonia verbunden zu sein. Dann drehte er sich abrupt von ihr weg.

»Lass uns warten, bis die Polizei das mit deinem Ex-Mann bewältigt hat.« Sie musste lachen und hakte sich bei ihm unter.

In seiner Wohnung tastete er mit den Fingerspitzen den Wulst unter der Augenbraue, die geschwollene Wange, schließlich seinen Mund ab. Der war noch warm von Sonias Lippen. Dass sie die Initiative ergriffen hatte, machte ihm gute Laune. Ein leidenschaftlicher Kuss von einer schönen Frau. Ihm fiel nicht ein, sich schlecht zu fühlen, weil er sein privates Vergnügen mit einem Fall vermischte. Er drückte auf den Lichtschalter, die Deckenlampe erhellte den großen Raum. Eine Schüssel und das leere Kaffeeglas vom Vormittag standen unverändert auf dem Tisch. Keine Nachricht von dem nächtlichen Schläger. Seine Bettdecke lag zerknautscht in Schlafhaltung auf der Matratze. Keine echte Nachricht und keine imaginären Stimmen aus der ehemaligen Nervenheilanstalt. Die Wohnung schwieg. Irgendetwas hatte er übersehen. Etwas war ganz in der Nähe gewesen, und er hatte nicht danach gegriffen.

Bengel mit Fernzündung

Am Mittag wachte Chavis auf, drehte sich um und schlief weiter. Am Nachmittag stellte er fest, dass die Schwellung genauso katastrophal aussah wie am Vortag, nur die Farbe hatte sich verändert: Sie war teilweise grün-rot gescheckt. Und er hatte geglaubt, dass ihn seine Entstellung vor Sonia schützen würde! Er erinnerte sich an die Süße, die in ihrem begehrenden Kuss gelegen hatte. Unter der Dusche pfiff er mit kribbelnden Lippen ein spanisches Kinderlied, das er ganz am Anfang am Instituto Saavedra gelernt hatte. Der Altersunterschied zwischen ihnen würde nicht ins Gewicht fallen, beschloss er.

Das Klingeln seines Diensthandys hörte er erst, als er sich vor der Dusche stehend mit einem Handtuch abrieb. Stine rief nicht zum ersten Mal in den letzten fünfzehn Minuten an.

»Bei deinem Familienstand hast du am Wochenende eindeutig die schlechteren Karten«, sagte sie munter. Dann fügte sie hinzu: »Ich komme hier echt nicht weg, keine Betreuung für Hannah. Meine Mutter ist auf einer Finissage. Karsten Georg hat bei mir angerufen. Ich weiß, wegen seiner Schwulenphobie wäre es angebracht, wenn ich hinginge. Aber es geht eben nicht. Ich habe Karsten informiert und er war einverstanden, dass du kommst.«

»Was hat er denn gesagt?«

»Drama, erster Akt, Vorhang auf, O-Ton K Punkt Georg: Ich packe jetzt aus, was mit Kupiec los war! Kommen Sie zur

Keplerstraße, Ecke Feldstraße.« Chavis warf einen Blick auf die Uhr. Die zeigte zwanzig nach vier, sein Magen knurrte.

»Danke«, sagte Stine dazwischen.

»Nicht dafür«, seufzte er ins Telefon. War mal wieder typisch: Immer würde er eine vielleicht-aufklärungsrelevante Aussage einem belegten Bagel vorziehen, auch wenn er keine Ahnung hatte, warum das so war.

Die angesammelte Hitze fast eines Tages schlug ihm entgegen, als er aus dem Hausflur nach draußen trat. Kein vernünftiger Mensch trieb sich ohne Grund bei dieser Bullenhitze in der Stadt herum, die Straße war wie leer gefegt. Freibad, Kleingärten, Baggerseen oder der Weserstrand waren heute angesagt. Oder man verbrachte den Tag am Meer. An der Ecke Keplerstraße war von Karsten Georg keine Spur. Chavis kreuzte in den Schatten auf der anderen Seite. Kein offener Kaffeeladen in Sichtweite. Wenn er sich recht erinnerte, wohnte der Junge hier in der Nähe. Nur hundert Meter von dem Ort des nächtlichen Überfalls auf ihn selbst entfernt.

Karsten schlurfte auf Chavis zu, er musste ihn aus dem Fenster seiner Wohnung gesehen haben. Sogar der Halb-Spanier schwitzte angesichts der schwarzen Klamotten. Karsten hatte sich in seiner Prüderie nicht erlaubt, ein kurzärmeliges T-Shirt, geschweige denn eine kurze Hose anzuziehen. Er starrte in das verbeulte Gesicht von Chavis, enthielt sich aber jeden Kommentars.

»Sind Sie allein?«, fragte er stattdessen. Chavis gähnte.

»Ich hab zwei Mannschaftswagen angefordert. Müssten gleich da sein.« Für einen Augenblick guckte Karsten erschrocken aus seinen farblosen Augen. Dann grinste er und bleckte sein Vorzeige-Gebiss. »Ist wohl ein gutes Gefühl, anderen Leuten Angst einzujagen, was?«

»Du musst es ja wissen«, konterte Chavis.

»Also, Kupiec war ein echtes Schwein.«

»Hast du wegen dieser Erkenntnis meine Kollegin am Sonntag gestört?«

»Er hatte was mit der Mutter von einem Schüler aus der Achten.«

»Und wie heißt dieser Schüler?«

»Keine Ahnung. Das ist ein Neger, der regelmäßig auf dem Schulhof dealt.« Ignorieren war nicht einfach bei so einem dreisten Dreikäsehoch. Das spanische Pendant dazu bedeutete ›Er hebt keine zwei Füße vom Boden‹. Passte gut dazu, wie Karsten angeschlurft gekommen war.

»No levanta dos pies del suelo«, sagte Chavis laut und Karsten sah ihn an, als hätte er nicht alle Tassen im Schrank. Ansonsten hatte Karsten eher das Problem, auch nur einen Fuß auf den Boden zu bekommen.

»Laurence Sookia«, sagte Chavis, »seine Mutter war seit Monaten mit Kupiec zusammen, damit du das richtig verstehst. Die Information lockt niemanden hinter dem Ofen hervor. Ist dir noch gar nicht aufgefallen, dass das schlecht zu der Homosexualität passt, die du Kupiec angedichtet hast? Es sei denn, die Mutter von Laurence ist ein Mann, aber das ist wenig wahrscheinlich«, fügte er schadenfroh hinzu. Profi war er gerade nicht, dazu war er viel zu hungrig.

»Wenn du beim nächsten Mal das Bedürfnis hast, mit jemandem zu sprechen, dann ruf die Seelsorge an. Wir haben Wichtigeres zu tun.« Er wartete nicht, bis Karsten antwortete, und ging. Er hätte doch lieber den belegten Bagel nehmen sollen.

Am Montagmorgen kam Chavis eine Stunde vor Dienstbeginn im Büro an. Noch war es kühl und er öffnete das Fenster weit. Stine kam kurz nach ihm, ebenfalls eine Stunde zu früh.

»Guten Morgen Frau Übereifrig«, sagte er und stellte fest, wie die enge Jeans und die weiße Bluse ihre körperliche Schmalheit unterstrichen. Unvermittelt traf ihn die Erkenntnis, dass Stine das Gleiche anhatte wie Kupiec an seinem Todestag. Er schauderte.

»Meine Güte, Chavis!«, Stine glotzte ihn entsetzt an. »Lustige Kneipe, die du mir Freitag empfohlen hast«, sagte er leichthin, setzte sich und erzählte ihr, was passiert war.

»Willst du auch einen Kaffee?« Entschieden schüttelte Stine den Kopf, sodass ihre dünnen Haare zur Seite flatterten. Sie hatte sich von dem Verhör mit Noss junior noch nicht erholt.

»Wenn du mich fragst, der wollte nur mal testen, ob wir springen, wenn er ruft«, schloss er seinen Bericht über das Treffen mit Karsten Georg am Sonntag. »Er ist in Charlotte verliebt, aber sie ist für ihn so unerreichbar wie die Königin von Saba. Das macht ihm gehörig zu schaffen.«

»Wusste er denn von ihrer Affäre mit Kupiec?«, fragte Stine, die wieder aufnahmebereit die Finger auf die Tastatur ihres Rechners legte. »Das müssen wir ihn fragen«, er ärgerte sich darüber, dass er den Zusammenhang nicht selbst gesehen hatte.

»Vielleicht wollte er eigentlich irgendwas sagen und hat sich dann nicht getraut, als du kamst«, sagte Stine. Es klang so, als würde sie Verständnis für ihn aufbringen. »Wie kommt er denn eigentlich auf die Idee, dass Kupiec schwul ist, wenn er wusste, dass er mit Davina Sookia zusammen war?«

»Das habe ich ihn auch gefragt. Er hat Angst vor Schwulen, vor Schwarzen und vermutlich noch ein paar andere Ängste. Eine ganze Palette phobischer Störungen. Er fühlt sich von Feinden umzingelt. Vielleicht wollte er eigentlich um Polizeischutz bitten – ehrlich, Stinchen, er hat mir nicht den Eindruck gemacht, als hätte er mir irgendwas anderes mitzuteilen, als das, was er gesagt hat.« Stine sah nicht überzeugt aus.

»Wenigstens hat er diesmal nicht versucht, sich verdächtig zu machen.«

»Wann hat der sich denn verdächtig gemacht?« Stine haute sich ungeduldig mit der Handfläche gegen die Stirn.

»Das macht er die ganze Zeit. Erinnere dich: Als er den Klassenraum betrat, hatte er sicher gehört, dass die Polizei da ist, und trotzdem rief er ›Jetzt ist er endlich tot, der schwule Franzosensack‹, bei der Vernehmung im Klassenzimmer erzählte er uns ekelhafte Details, die nahe legten, wie sehr er Kupiec verabscheut hat.«

»Er versucht die ganze Zeit, uns zu sagen, er sei der Täter, und ich kriege das nicht mit?«, fragte Chavis und schüttelte gleichzeitig den Kopf. Andererseits zweifelte er nicht einen Augenblick daran, dass er es gewesen sein könnte, der ihn nachts zusammengeschlagen hatte.

»Hallo Chavis, guten Morgen!«, rief Stine. »Wir haben Amokläufe in Emsdetten, Winnenden, Erfurt und an anderen deutschen Schulen hinter uns. Schüler laufen bewaffnet in die Klassenzimmer und erschießen ihre Mitschüler und Lehrer. Und das Perverse daran ist: Sie scheinen zu wissen, was sie tun. Sie senden vorher Zeichen. Einer hat während seines Amoklaufs ein T-Shirt mit dem Aufdruck ›made in school‹ an.« Stine redete sich in Rage. »Guck sie dir doch an, die Kinder und Jugendlichen: Sie dürfen alles, was Erwachsene dürfen. Welchen Reiz hat es dann, in die Welt der Zwänge und Pflichten der Erwachsenen einzutreten? Die Baby-Attentäter sind nur wenig radikaler als ihre Mitschüler. Sie entfliehen der Realität vollständig und zerstören am Ende sich und andere. Ihre Umgebung nehmen sie als virtuelles Spiel wahr. Jetzt frage ich dich: Glaubst du ernsthaft, dass Karsten Georg einen Bezug zur Realität hat?« Sie hatte recht. Karsten Georg setzte sich ständig in Szene.

7.32 Uhr zeigte die Uhr auf dem Bildschirm. Chavis griff zum Telefon. Er hatte Glück, Sonia frühstückte gerade erst.

»Antworte mir möglichst schnell, andererseits soll die Antwort gut überlegt sein: Ist Karsten Georg gefährlich oder tut er nur so?« Sonia nahm am anderen Ende des Telefons einen Schluck indischer Gewürzteemischung zu sich.

»Das kann ich dir sofort beantworten«, sagte sie, »aus meiner Sicht ruft Karsten Georg um Hilfe. Er hat ein ernst zu nehmendes Problem, eine Mischung aus erblicher Veranlagung und der Konstellation zu Hause. Er ist hochgradig gefährdet und damit vielleicht auch tatsächlich gefährlich. Wir Lehrer haben das bereits unter uns thematisiert, können aber ohne Anlass nichts tun.« Sonia nahm einige Schlucke Tee.

»Warum hast du mir nicht vorher gesagt, dass wir ihn als Täter in Erwägung ziehen sollten?«

»Es fiel mir schwer, mich zu entschließen, jemanden bei der Polizei zu denunzieren.« Er legte auf und dachte darüber nach, dass der Kuss ihn in ihren Augen von einem Polizisten in einen Vertrauten verwandelt hatte. Vom blauen Frosch zum Prinzen. Dabei war er sich sicher, kein Prinz geworden zu sein, auch durch diesen hinreißenden Kuss nicht.

»Ihr seid beim Du«, unterbrach Stine seine Überlegungen.

»Ich habe am Wochenende gearbeitet«, entgegnete Chavis wenig aufschlussreich.

»Wir fahren zuerst zu Heverdingen, dann zu Karsten.« Das Telefon klingelte und Dr. Andreas Kumroth ließ durch Assi Albert in sein Labor zum Obduktionsberichtsvortrag einladen, endlich. Stine bestellte in Gegenrichtung, jetzt hätten sie Wichtigeres zu tun, und kurz darauf saß sie am Steuer des Dienstwagens. Eine Wolkenschicht hielt gnädig die sengende Sonne von der Stadt ab und es war ideales Fahrradfahr-Wetter, wäre da nicht das Pochen in seiner rechten Gesichtshälfte gewesen, das ihn veranlasste, auf den Beifahrersitz zu rutschen.

»Das Alibi von André Noss haben wir bisher noch nicht bestätigt bekommen. Er war gelistet, hat aber nicht gegengezeichnet.

Aus Sicherheitsgründen haben sie immer einige Schiedsrichter zu viel, die mit durchs Feld rennen. Die sind maskiert, sodass ein Spieler die Schiedsrichter nicht ohne Weiteres erkennt. Auch zu dem Treffen am Feuer abends gibt es nur unklare Aussagen. Entweder alle Gotchas sind so pervers wie Noss oder er war nicht da«, sagte Stine, während sie an der Kunsthalle vorbei hinter einer Straßenbahn ins Viertel im Schritttempo fuhren. Als er das Theater durch die Autofensterscheibe wahrnahm, fiel ihm ein, dass er John Merell danach fragen musste, ob André seinen Arbeitsplatz am Theater Marcel Kupiec zu verdanken hatte.

»Vermutlich weiß er sich auch unauffällig zu benehmen, er ist schließlich seit Jahren in der Theaterverwaltung tätig. Das schließt nicht aus, dass er gar nicht in Kevelaer war.«

Mit nichts verriet er, ob ihr Besuch ihn überraschte oder ob er ihm willkommen war. Wieder kam es Chavis vor, als trüge Heverdingen eine unsichtbare Maske, als er die Tür seines schneeweißen Hauses öffnete. Seine Stimme klang freundlich.

»Ach Kommissar Arves, diesmal mit Verstärkung. Sie liegen allerdings falsch, wenn Sie annehmen, dass ich Sie zu zweit nicht auch rausschmeißen kann«, wie beim letzten Mal trat er höflich zur Seite und ließ die Kripos eintreten. »Möchten Sie einen Kaffee?«, fragte er Stine mit einer gehörigen Portion Charme.

»Ja gern«, antwortete Chavis an ihrer statt, der das Wort allein noch immer zuwider war. Sie sanken in die wolkige Sofalandschaft und tauschten sich stumm aus. Heverdingen kam mit einem Kaffee zurück.

»Was machen Sie beruflich?«, eröffnete Chavis dann das Verhör, als Heverdingen die Beine seiner perfekt gebügelten dunklen Hose ein wenig hochschob, um sich zu setzen. Allein an der winzigen Bewegung der gepflegten kleinen Hände konnte Chavis sehen, dass er ihm mit dieser Frage einen Gefallen getan hatte.

»Ich analysiere Unternehmen auf ihre Effektivität. Oft geht es um die Rettung großer Betriebe. Kaum ein Unternehmer holt sich einen Wirtschaftsprüfer vor einer finanziellen Schieflage ins Haus«, sagte er und die Liebe zu seinem Beruf war unüberhörbar, »es sind oft die mittel bis gut verdienenden Angestellten, die den Betrieb mehr kosten als ihm zu nutzen. Nach Abschluss der Analyse sitze ich mit genau diesen Angestellten im Konferenzraum. Sie sehen also, mit der Mitteilung schlechter Nachrichten habe ich mindestens genauso viel Übung wie Sie.« Das erinnerte Chavis an Heverdingens heftige körperliche Reaktion, als er erfuhr, wie Marcel Kupiec ermordet worden war.

»Und was macht Ihre Frau?«, fragte er und Heverdingen lächelte mild.

»Sie hält hier alles zusammen. Sie ist gelernte Tourismusmanagerin und veranstaltet Events für einen ausgewählten Personenkreis. Nach englischem Club-Muster. Aber zurzeit«, sagte er gedehnt, als müsse er sich erst erinnern, »macht sie mit einigen Freundinnen ihren Wellness-Vormittag. Ach, einen Moment bitte, ich habe noch was für Sie«, sagte er, verließ schnellen Schrittes den Wohnraum und kam mit einer Liste zurück, die er unterschrieb und Stine reichte. Dann richtete er sich an Chavis und sagte: »Sie wollten bei Ihrem letzten Besuch wissen, was ich zur Tatzeit gemacht habe.« Chavis konnte sich nicht erinnern, vor dem Rausschmiss dazu gekommen zu sein. »Am letzten Wochenende jagte ich in der Gegend um die Oldenburger Geest. Alleine, zumindest die meiste Zeit. Ich habe neben dem Auto übernachtet, einige Male in Gasthöfen gegessen. Meine Route während der Jagd finden Sie auf der Liste.« Als er sich wieder gesetzt hatte, wandte er Chavis sein ausdrucksloses Gesicht wieder zu.

»Sagt Ihnen der Name Karsten Georg etwas?«, fragte Chavis. Heverdingens Gesicht veränderte sich nicht, sein Ton blieb gehalten.

»Ist das dieser Flegel, der Charlotte vor einigen Monaten verfolgt hat?« Chavis hatte gerade Zeit, die Achseln zu zucken. »Dieser Kleine, von dem seine Eltern bestenfalls denken, er sei der wiedergeborene Michael Jackson?«, fragte Heverdingen weiter. Stine meldete sich wie in der Schule.

»Wie dürfen wir das verstehen?« Doch Heverdingen nahm sich keine Zeit für Erklärungen.

»Das wird der sein, der im letzten Winter Charlotte nach der Schule mit dem Fahrrad verfolgt hat. Vor unserer Haustür wurde er zudringlich. Schon in der Schule fragte er sie, ob sie alleine zu Hause sei. Als sie mir davon erzählte, stellte ich den Lümmel zur Rede. Dann war er so klein«, der Unternehmensberater sah auf seinen Daumen und seinen Zeigefinger, die einen Abstand von höchstens einem Zentimeter zeigten, »er erdreistete sich zu behaupten, er sei in sie verliebt. Davon hat der nun wirklich keine Ahnung! Ich drohte ihm mit einer Strafanzeige, wenn er sich noch einmal meiner Tochter nähert. Das hat gefruchtet. Seitdem lässt er sie in Ruhe. Es reicht ja schon, wenn sie mit solchen Bengeln in einer Klasse sitzen muss.«

»Was hat Ihnen denn am Konzept des Goethe-Gymnasiums so gefallen, dass Charlotte den längeren Weg und solche Mitschüler in Kauf genommen hat?«, fragte Chavis arglos. Heverdingen sah ihn ausdruckslos an, mit seinen Gedanken woanders.

»Ach wissen Sie, Herr Arves, im Grunde genommen war es Charlottes Idee. Sie hatte in der Grundschule Schwierigkeiten mit dem Verhalten der etablierten Kinder hier aus der Gegend gehabt und das fanden wir sympathisch. Zudem steht ja das Goethe-Gymnasium im Ruf, sich von der Hippie-Idee ›jeder macht, was er will, aber nur, wenn er Lust dazu hat‹ verabschiedet zu haben. Deswegen haben wir Eltern den Schritt gewagt.« Zum ersten Mal empfand Chavis Sympathie für Heverdingen. Das mochte er an dieser Stadt, dass die Konservativen immer wieder ihrem Hang zu Pilotprojekten folgten.

»Er nimmt Karsten Georg überhaupt nicht ernst«, sagte Stine, als sie unter drohenden Regenwolken zum Auto gingen.

»Ja«, pflichtete Chavis ihr bei, »im Fall von Ernst Heverdingen ist der Name nicht Programm. Deine Frage ernst zu nehmen, gab er sich auch keine Mühe«, äffte er Heverdingen nach.

»Ich habe mitgeschrieben, er nannte Karsten Lümmel, Flegel und Bengel«, sagte Stine, als sie den Wagen startete. »Meine Hannah ist vier Jahre alt und wenn sie ein Junge wäre, würde ich durchaus mal zu ihr Lümmel oder Flegel sagen. Aber doch nicht zu einem fünfzehnjährigen Mitschüler meiner Tochter, der ihr offensichtlich mit der Frage ›Bist du allein zu Hause?‹ Angst eingejagt hat«, empörte sich Stine. Penibel achtete sie auf die vielen die Scharnhorststraße kreuzenden Vorfahrtsstraßen.

»Er hat Karsten mit einer Strafanzeige gedroht und das sollte das Flegelchen dann von Charlotte abgebracht haben«, warf Chavis ein, »nein, nein, Stine. Heverdingen ist Stratege und ich halte es für wahrscheinlicher, dass er Karsten eine Bombe mit Fernzünder transplantiert hat, als ihm nur mit irgendwas gedroht zu haben. Andersherum gesehen, ist das natürlich auch die Höhe, Karstens Liebesgeständnis so mit Füßen zu treten.« Stine bog in die Schwachhauser Heerstraße ab.

»Ich glaube, wenn Karsten irgendwas von Schlimmerem zurückhält, dann ist es seine Angst«, sagte Stine. In dem Punkt waren sich Sonia und Stine also einig. Chavis glaubte das nicht. Für ihn war Karsten Georg ein Windei.

»Heute nicht ohne meine Mittagspause«, er rekelte sich auf dem Sitz, als sie durch die Durchfahrt auf den Hof des Präsidiums rollten.

»Zwei Männer mit Waffenschein und das Opfer ist erstochen worden – ist doch komisch, oder?«, bemerkte Stine, während sie ihren Schlüssel in das Türschloss des Büros steckte. Erschrocken blickte sie über ihre Schulter zu ihrem Kollegen: »Die ist gar nicht abgeschlossen!«

In einem ausgezeichneten Gesundheitszustand

Schwungvoll wurde die Tür von innen aufgerissen, bevor sich Stine und Chavis darauf verständigt hatten, welche Strategie sie anwenden, um ihr eigenes Büro zu stürmen. Hinter Neubauers muskulöser Schulter sah Chavis Sonia sitzen. Sie sah verändert aus, woran das lag, wusste er nicht.

»Frau Grunenberg wollte mit euch sprechen«, sagte Neubauer unbestimmt und schlüpfte hinaus.

»Ich habe nach unserem Telefongespräch heute Morgen noch einmal nachgedacht«, Sonia richtete sich an Chavis. »Ich weiß nicht, was mir eingefallen ist, Karsten Georg zu beschuldigen. Er war es jedenfalls nicht.« Ihre blauen Augen waren so unergründlich wie Weserwasser.

»Woher wollen Sie das so genau wissen?«, fragte Stine. Chavis war froh darüber, dass sie die Befragung übernahm. Es war nicht sauber gewesen, sich während der Ermittlungsarbeiten von den drei engen Familienangehörigen des Toten zum Essen einladen zu lassen. Er zog das Aufnahmegerät aus der obersten Schublade von Stines Schreibtisch, stellte es an und kontrollierte sorgfältig, ob es aufnahm. Sonia hatte gewartet und Stine derzeit mit ergebenem Blick angestarrt. Dann sagte sie: »Weil ich Marcel umgebracht habe.« Chavis riss den Kopf herum.

»Was soll das denn jetzt?« Sonia tat so, als habe sie ihn nicht gehört. Unbewegt sagte sie zu Stine: »Ich bin am Freitag noch einmal zurückgegangen. Ich wusste, dass Marcel gar nicht die Absicht hatte, mit mir etwas trinken zu gehen. So war es immer. Er war nie da. Auch wenn er es versprochen hatte.« Chavis biss sich auf seine Unterlippe, die vor weniger als achtundvierzig Stunden Sonias Mund liebkost hatte. Das mit dem Essen ging ja vielleicht noch an, aber den Nachtspaziergang hätte er sich sparen müssen. Aus welchem Grund erzählte Sonia nur solchen Blödsinn?

»Und die Tatwaffe, woher hatten Sie die?«, hörte er Stine fragen. Sie hielt sich ja gerne an die Fakten. Sonia zuckte die Achseln. »Sie werden es vielleicht nicht glauben, aber für Oudry habe ich immer ein Taschenmesser dabei. Am Weserufer gibt es viel Gestrüpp und er hat sich schon mal mit dem Halsband darin verfangen.«

»Und dann schneidest du das Halsband mit einem Messer durch«, stellte Chavis trocken fest. Sonia ging nicht darauf ein und nickte.

»Oder das Gestrüpp, je nachdem.«

»Sonia«, sagte Chavis eindringlich, »warum solltest du Marcel umgebracht haben?« Sie saß unverändert aufrecht auf dem Besucherstuhl und richtete sich wieder an Stine.

»Sie als Frau können vielleicht beurteilen, wie ich unter ihm gelitten habe.« Stine nickte verständnisvoll. Chavis konnte sehen, dass sie bereit war, Sonia zu glauben.

»Ihr seid seit mehr als neun Jahren nicht mehr zusammen«, warf er ein.

»Aber als ich Marcel am Deich sah, war plötzlich alles wieder da.« Chavis schüttelte stumm den Kopf. »Wir müssen das natürlich ernst nehmen«, sagte er dann und Stine fügte hinzu: »Sie dürfen bis auf unseren Widerruf die Stadt nicht verlassen und wenn, dann sind Sie verpflichtet, Ihren Aufenthaltsort und die Aufenthaltsdauer bei der Polizeizentrale telefonisch anzugeben.«

»Warum hast du sie nicht in Gewahrsam genommen?«, fragte Stine Chavis, als sich die Tür hinter Sonia geschlossen hatte.

»Weil das lächerlich ist«, wehrte der ab, »im Gegenteil«, er legte das Aufnahmegerät in Stines Schreibtischschublade zurück, »dieses Geständnis – oder was das auch immer war – legen wir erst mal auf Eis.« Er wartete keine Reaktion von Stine ab und zückte das Telefon, um sie beide bei Assi Albert anzumelden. Dr. Kumroth könne ihnen erst in einer Stunde den Obduktionsbericht darlegen, sagte Assi formal, offenbar war er nicht alleine im Raum.

»Das glaube ich ja wieder nicht!«, rief Chavis aus, nachdem er aufgelegt hatte. Der Fall stagnierte auf allen Ebenen, erst Karstens alte Kamellen, dann Sonias Falschaussage. Kumroths Sabotage an ihm ließ ihn normalerweise kalt, aber gepaart mit schlechter Laune, vertrug er sie überhaupt nicht. Wie das Verhältnis zwischen Elefant und Mücke, wenn die Mücke sticht, oder der Elefant …

»So kommst du zu deinem Mittagessen in der Kantine«, versuchte Stine ihn zu trösten, während sie die Verhöre im Rechner ordnete. »Wir haben mittlerweile zwölf Vernehmungsprotokolle, Sonia Grunenberg ist dann die wilde Dreizehn«, meldete sie stolz.

»Das ist schön, hilft aber nicht wirklich weiter«, sagte Chavis in Gedanken versunken, »wir haben keinen Schimmer, Stine. Überleg doch mal: Marcel Kupiec ging sexuell ganz schön ran. Das wissen wir jetzt. Aber auch wenn es enthaltsamere Menschen gibt, die weltweite Überbevölkerung spricht dafür, dass Kupiec mit seinem Sexualverhalten nicht alleine war. Und nicht jeder wird daraufhin mit mutwilligen Stichen beseitigt.«

»Also wars der Gynäkologe«, meinte Stine. »du hast recht, bisher fehlt das auslösende Moment. Auch die Grunenberg hat keins. Und wenn Charlotte Heverdingen recht hat, dann ist seit Wochen nichts mehr zwischen ihr und Kupiec passiert.«

Sie machte eine Pause. »Andererseits: Wie viel Wut kann sich anstauen, wenn das Mädchen plötzlich versteht, dass der erste Mann ihres Lebens nichts anderes als Triebbefriedigung im Sinn hatte?«, fragte sie.

»Und ihr Vater...«, setzte Chavis an. Dann verlor er sich in stummen Spekulationen darüber, warum Sonia ein Geständnis abgelegt hatte.

Wieder griff er zum Telefon. Als sich der Choreograf mit einem schwungvollen »John Merell« meldete, vergaß er seine schlechte Laune.

»Sagt Ihnen der Name André Noss etwas?«, fragte Chavis.

»Let me see«, sagte Merell, »Noss ... meinen Sie den jungen Mann aus der Administration? Ich bin nicht sicher, wie er mit erstem Namen heißt.«

»Das ist er bestimmt. Wissen Sie, ob Kupiec daran beteiligt war, dass er beim Theater eingestellt wurde?«

»Let me see, das war vor langer Zeit. Ja, irgendwas ... I guess, absolut. Noss hatte einige Schwierigkeiten, aber sorry, ich weiß nicht mehr, was das war. Ja, Marcel half ihm, den Job zu bekommen. Ich habe keine Idee, wie Noss seinen Job macht. Möglicherweise kann Ihnen der Intendant darüber Auskunft geben.«

»Danke nein, wir wollen Noss ja nicht übernehmen«, sagte Chavis und Stine sah ihn über den Schreibtisch erschrocken an. »Ich habe noch eine andere Frage zu Marcel Kupiec. Hatte er auch homosexuelle Kontakte?« Die Ausgelassenheit, mit der Merell ins Telefon lachte, erinnerte entfernt an das Savannengelächter von André Noss.

»Sie sind gut, sorry, das ist komisch. Mich hat noch nie jemand auf diese Art gefragt, ob einer der Tänzer schwul ist!«, er lachte wieder ins Telefon. »And you are right. Haben Sie eine Katze? Katzen und Tänzer haben etwas gemeinsam: Sie benutzen die Muskeln für elegante Sprünge, gezielte Bewegung, flow motion with drive. Aber niemand würde deswegen auf die Idee kommen, dass Kater schwul sind. Aber Tänzer ja. Über Marcel wollen Sie das wissen? Ich kann mich nicht wirklich daran erinnern. Homosexuell war er sicher nicht. Ich meine, er mochte Frauen gern, aber – wenn ich mich richtig erinnere – er war absolut nicht fanatisch in Bezug auf das Geschlecht. Wie sie in Cologne sagen: Kein Kind von Traurigkeit.«

»Das hatte ich auch nicht erwartet«, sagte Stine trocken, als Chavis ihr Merells rheinländische Formulierung wiederholte. »Marcel hat André im Theater einen festen Arbeitsplatz vermittelt. Nicht schlecht dafür, dass die beiden seit Jahren keinen Kontakt mehr hatten und André Marcel in seiner Kindheit als Störenfried empfand, der immer alles besser wusste!«, sie überlegte kurz, »also, mal abgesehen von dem Geständnis, habe ich Sonia Grunenberg so verstanden, dass sie von der Zeit in der Wohngemeinschaft angetan war. Die Ansichten darüber weichen stark voneinander ab: Die beiden damals erwachsenen Frauen verklären sie geradezu, Julia äußert sich aus irgendeinem Grund nicht und die beiden Männer, die noch leben – Gerit und André –, erinnern sich ebenfalls nicht gerne daran«, sie stiegen die Steinstufen ins Kellergeschoss hinunter. »Wie das der Tote wohl beurteilt hat?«, fragte Stine.

Der Geruch von verkochtem Mischgemüse stieg Chavis heute geradezu verführerisch in die Nase, als sie in den Hades der Polizeigötterwelt hinabstiegen. Stine stieß die Glastür der Pathologie auf und der Geruch veränderte sich abrupt von ›gemütlich‹ zu einer Mischung aus Formalin, Chlor und anderen Desinfektionsmitteln. Gleichzeitig wechselte das gelbe Schummerlicht in krasse Neonbeleuchtung. Assi Albert schaute aus der Labortür heraus und schlenkerte mit seinen langen Gliedmaßen vor ihnen her in den fensterlosen Saal, in dem bis zu sieben Leichen nebeneinander obduziert werden können. Heute war die Leiche von Marcel Kupiec die einzige, die aus den Kühlcontainern herausgezogen auf dem hohen Metalltisch lag. Die Haut war gelb und wächsern, die Aufgedunsenheit vollständig verschwunden, die Schnitte der Obduktion waren genäht worden. Neben dem Rumpf lag die Haut wie ein zusammengefaltetes Lederhemd auf dem Metalltisch. Chavis überprüfte die Kurzhaarfrisur an Kumroths Hinterkopf auf Haare, die sich nicht der Genauigkeit des Pathologen unterworfen hatten. Aber in Kumroths Haarkolonie gab es keinen Widerstand. Der stand vor der nackten Leiche und schien noch einen Punkt des Berichtes zu kontrollieren. Ohne sich umzudrehen oder zu grüßen, fing Kumroth an zu reden.

»Ja, Frau Vogel, Herr Arves, da seid ihr ja beide. Albert, schreib genau mit, was ich jetzt erläutere, nicht dass uns die Kollegen später daraus einen Strick drehen. Wäre ja nicht das erste Mal«, fügte Kumroth hinzu, ohne aufzusehen. »Männliche Leiche, 1,75 cm groß, Todeseintritt mit achtzigprozentiger Sicherheit am Freitag zwischen einundzwanzig Uhr und Sonnabend, sechs Uhr früh. Todesursache ist die Durchtrennung der Aorta durch einen von elf Stichen mit der Tatwaffe. Sie traf drei Mal die Lunge, drei Mal andere umliegende Organe und ein Mal das Herz. Vier Mal glitt sie an den Rippenbögen ab. Wie wir schon vermutet haben, war die Tatwaffe mit dreiundneunzigprozentiger Sicherheit ein handelsübliches einschneidiges Küchenmesser mit einer Klingenlänge von elf Komma drei Zentimetern. Die extrem scharfe Klinge ist vollständig an verschiedenen Stellen im Rücken versenkt worden. Es besteht eine geringe Wahrscheinlichkeit, dass eine Substanz am Messer klebte und so in die Wunden gelangt ist. Das chemische Labor mutmaßt, dass es sich um Natriumorthophenylphenol handelt. Andererseits sind die Schnittwunden fast vier Tage mit Wasser ausgespült worden und es gibt zahlreiche andere Substanzen in den Wunden, die wir nicht ansatzweise der Tatwaffe zuordnen können. Vermutlich sind sie durch das Weserwasser hineingelangt. Eine vollständige Liste der Stoffe, auf die wir überprüft haben, findet ihr in den Obduktionsunterlagen.

Kein Wasser in der Lunge, das heißt, der Zeitpunkt des Todeseintritts lag – mit hundertprozentiger Sicherheit – vor dem Zeitpunkt, als der Körper in Kontakt mit der Weser kam. Allerdings scheint die Leiche direkt nach Todeseintritt durch«, hier machte Kumroth eine kurze Pause, »die Durchtrennung der Aorta ins Wasser eingetreten zu sein. Diese Angabe unterliegt einer Ungenauigkeit von maximal einer Stunde. Keine Abschürfungen an Beinen, Rücken oder Armen nach Todeseintritt deuten ebenfalls auf einen wassernahen Tatort hin. Der Gesundheitszustand des Toten war ausgezeichnet, nur acht Füllungen, kein Zahnverlust. Alte, vollkommen ausgeheilte Fraktur im Fußgelenk, gesunde Atmungsorgane etc. Er hatte ein paar Gelenk-, Sehnen- und Knie-OPs, nichts Frisches. Interessant ist vielleicht, was ich euch am Freitag andeutete und was sich durch den externen Labortest bestätigt hat: Kupiec hat sich vor sechs bis zwölf Monaten einer Sterilisations-OP unterzogen.« Für kurze Zeit schien Chavis zu fallen wie in einem Fiebertraum als Kind. Das bisschen, was sie über ihn herausgefunden hatten, entwich wie heiße Luft. Erst als er, den Bericht zusammengerollt in der Hand, mit Stine zusammen den Flur zum Ausgang entlangging, kam es Kumroth in den Sinn, widerwärtig zu werden.

»Bist mal wieder mit einem blauen Auge davongekommen, Arves? Du solltest vielleicht bei deinen nächtlichen Streifzügen nicht unbedingt Beruf und Freizeit vermischen.« Chavis stieß die Tür auf und wandte sich um.

»Wie meinst du das?«

»Ich hab so meine Informationen«, sagte Kumroth angeberisch, »aber – locker bleiben. In drei Tagen ist die Schwellung zurückgegangen und die Blutergüsse sind nur noch gelb – leichenfarben.« Chavis hörte Kumroth über seinen eigenen Scherz lachen, bevor die Tür zuschnappte. Ihn beschlich ein seltsames Gefühl, als er Stine in Richtung Kantine folgte. Natürlich gab es Tausende, die irgendwann am Wochenende das Viertel kreuzten. Aber bei Kumroth und seinen Freunden (hatte der so was überhaupt?) konnte er sich das schlecht vorstellen. Grillen in Schwachhausen oder eine Hochzeitsfeier in Worpswede, das traute er ihm zu. Aber einen Besuch im ›Nachtjackenviertel‹ von Bremen? Nein, wirklich nicht. In den gemütlichen Duft von Panade eingehüllt, grübelte er wieder darüber nach, ob er in der Nacht das zufällige Opfer eines Psychos geworden oder ob das ein gezielter Anschlag gewesen war. Wenn ja, warum?

Er nahm das Tablett und folgte Stine. Er dachte nach und sah kaum auf den Teller. Keine Ahnung, was er sich in den Mund steckte. Keine Ahnung, was er aß: bemerkenswert, dass allein durch Schmecken die Zutaten des Kantinenessens nicht zu identifizieren waren. Er schloss die Augen und probierte aus, ob die Struktur des Happens ihm verraten würde, welcher Klasse das Essen angehörte: Fleisch, Fisch oder Gemüse. Keine Chance. Der Happen war weich, faser- und geschmacklos.

»Du gehst jetzt zum Arzt und lässt deinen Schädel überprüfen. Kumroths Diagnose macht mich misstrauisch. Wenn der sagt, deine Verletzungen seien harmlos, müssen sie unbedingt von einem Fachmann untersucht werden. Anschließend legst du dich ins Bett. Frau Noss schaffe ich schon alleine.« Sie hatten sie für vierzehn Uhr ins Büro bestellt.

Stines Misstrauen erwies sich als unbegründet, Auge, Nasen- und Jochbein intakt, keine Gehirnerschütterung. Salbe und gute Worte sollten bei der Heilung reichen, meinte der Unfallarzt. Als Chavis sein Fahrrad vor der Haustür abschloss, brach die Sonne durch die Wolkenschicht. Er ging zu dem türkischen Spezialitätengeschäft in seiner Straße. Kaufte Oliven, Milchhörnchen, Sardellen im Glas, Chili- und Knoblauchsaucen und einige Flaschen Limonade. Seine ganz persönlichen Basics. Der Abend konnte kommen. Zurück in seiner Wohnung, schlief er trotz des Lärms von der Straße auf dem Teppich vor dem geöffneten Fenster ein. Im Schlaf stand über ihm ein riesiger Schatten, der sich schwimmend bewegte. Die Haut des Schattens war verschrumpelt. Ein uralter Mensch, oder doch nicht? Dann erkannte er weit entfernt von ihm einen langen Schlauch, der in einem rosa Etwas mit zwei Löchern darin endete. Dann traf ihn die Erkenntnis, dass er unter einem Elefanten lag. Bevor er um Hilfe schreien konnte, hob der Elefant seinen Pinselschwanz über ihm und ... das Telefonklingeln riss ihn aus dem Schlaf.

»Chavis, bist du ansprechbar?«, fragte Stines Stimme an seinem Ohr. Er lag verschwitzt in T-Shirt und Hose auf dem Teppich. Die Sonne war gewandert und blendete ihn. Kein Wunder, dass er wortwörtlich solchen Mist träumte.

»Frau Noss hat mich sitzen lassen. Sie kam weder um zwei noch danach.« Er setzte sich auf und sah auf die Uhr in der Küche. Es war kurz nach sieben.

»Mensch Stine, ich dachte der Kindergarten schließt um fünf.«

»Ich habe gehofft, dass Ordnung vielleicht zum Erfolg der Ermittlung führt. Dabei habe ich alle Alibis auf die Tatzeit überprüft, mit der Kumroth jetzt rausgerückt ist. Aber da ist nichts Neues bei rausgekommen. So, ich bin weg. Kommst du morgen?«

Er saß in seiner Küche, starrte auf den Fernseher unter der Decke, aß grüne, braune und schwarze Oliven. Es gelang ihm sogar, die Farbe der Oliven herauszuschmecken. Dazwischen die eine oder andere Limonade. Was machten sie nur mit dem Essen in der Polizeikantine? Stine hatte noch erwähnt, dass der Kollege Johannes nach dem Urologen suchte, der Kupiec sterilisiert hatte. Und dass Kumroth endlich die Leiche freigegeben hatte. Wurde auch wirklich Zeit bei der Hitze. Was nun mit ihr geschehen sollte, regelten entweder das Testament oder die Angehörigen – also Sonia und Julia. Es würde bestimmt schnell gehen bei den Power-Frauen. Auf die Trauerfeier war er gespannt.

Leiden sind Erkenntnisse, meint Herr Steiner

Eine graublaue Quellwolkenschicht lag wie ein Federbett über dem Ostertor und der Stadtmitte. Fahrradfahren und Gesichtsverletzungen vertrugen sich nicht, unter seiner Augenbraue pochte es, als er den Drahtesel im Fuhrpark des Präsidiums anschloss. Ihm fiel die kleine Gestalt der Direktorin des Goethe-Gymnasiums ein. Als Erstes würde er sich mal wieder um eine richterliche Anordnung kümmern müssen. Stine betrat das Büro, gerade als er den Richter endlich ans Telefon bekommen hatte. Es war die zweite Anordnung, die er für diese Schule in den vergangenen Tagen unterschrieben hatte, und er wunderte sich. Das sei eigentlich bei normalen Verhören an Institutionen wie Schulen nicht üblich, aber durchaus rechtens, wandte er vorsichtig ein. Chavis hätte viel darauf zu erwidern gehabt, aber er fasste sich kurz.

»Die Schulleitung besteht darauf. Es wäre nett, wenn Sie die Anordnung sofort rüberschicken könnten.« Der Richter versprach es. Stine öffnete ihren Mund, um etwas zu sagen. Das Klingeln von Chavis' Handy hielt sie davon ab.

»Chavis?«, fragte eine Stimme unsicher, »warum hast du mich gestern eigentlich nicht verhaftet?« Sonia gab am Dienstagmorgen wohl nicht gleich in der ersten Schulstunde Unterricht.

»Erst musst du meine Frage ehrlich beantworten«, sagte Chavis, »warum solltest du Marcel umgebracht haben?« Sonia schwieg dazu.

»Wir waren gestern ziemlich erleichtert, dass die Polizei Marcels Leiche freigegeben hat«, sagte sie stattdessen, sachlich wie ihre Tochter, dachte er, und im nächsten Moment durchfuhr es ihn: Da war wieder der Gedanke, irgendetwas zu übersehen. Und wieder fiel ihm nichts dazu ein. Erklärend fügte Sonia hinzu: »Wegen der Hitze...«, sie brach ab, »Marcel war doch katholisch. Das Bestattungsinstitut will es möglich machen, dass die Beerdigung schon morgen stattfindet. Julia und ich haben alle telefonisch erreicht, von denen wir denken, dass sie gerne dabei wären.« Sie machte eine Pause. »Ich dachte, das würde die Polizei auch interessieren. Die Beerdigung findet um zehn Uhr auf dem Friedhof Buntentor statt. Kommst du?« Er versicherte es.

»Ich wollte dir gestern den frühen Feierabend nicht versauen, aber zur Luger fällt mir was ein«, begann Stine, kaum hatte er aufgelegt, »wegen dieser fehlenden Anordnung hat sie sich tatsächlich bei der Polizeidirektion beschwert.«

»Und?«

»Das wird eine Ermahnung vom Chef geben.« Das traf Chavis überhaupt nicht. Im Gegenteil.

»Wenn ich wegen solcher Sachen irgendwann nicht mehr arbeiten darf – also richtig ins Frei geschickt werde –, dann verleih ich der Bremer Polizei einen Orden.« Stine seufzte. Über solche Sachen war mit Chavis nicht vernünftig zu reden. Sie selbst würde eine Suspendierung in die Verzweiflung treiben.

»Ich wollte dich nur vorwarnen«, sagte sie, »komm, lass uns in die Schule fahren.«

Stines eingetrübte Stimmung passte zum Himmel und sie fuhren, ohne ein Wort zu wechseln, zum GG. Als die Luger im Flur vor dem Lehrerzimmer auf die beiden Kripos zukam, war Stine Profi genug, keine Miene zu verziehen.

»Grüß Sie, Frau Vogel, Herr Arves«, sagte Magda Luger so freundlich, dass Chavis überlegte, ob darin Übertreibung oder Ironie lag, »darf ich Sie hier hineinbitten?«, sie öffnete die Tür des Lehrerzimmers. Auf dem Konferenztisch lagen offene Taschen, Plastiktüten und Papiere häuften sich. Nur die Lehrer fehlten. Die Direktorin hielt sich sehr gerade, als würde sie sich zu Chavis hochstrecken wollen. »Sie haben bestimmt eine richterliche Anordnung für mich«, er gab sie ihr, einen Moment lang schaute sie aufs Papier. »Das ist sehr schön. Wie ich schon erwähnte, gibt es einen gehörigen Aufruhr unter den Schülern, wenn sie merken, dass die Polizei im Haus ist. Ich würde Sie deshalb bitten, Frau Noss hier – und ich betone noch einmal – nur hier zu verhören und danach gehen Sie bitte direkt aus der Tür, zu der Sie hineingekommen sind. Vielen Dank und einen schönen Tag.« Sie bewegte sich mit kleinen, schnellen Schritten zum Ausgang und sagte, ohne sich umzuwenden: »Ich werde Frau Noss zu Ihnen schicken«, und klinkte die Tür hinter sich fest zu. Am liebsten hätte sie die bestimmt abgeschlossen. Dagegen stand Michaela Noss plötzlich im Raum, als wäre sie hineingeschwebt, ohne die Klinke berührt zu haben. Dabei wirkte sie ganz und gar nicht wie eine Fee. Die Wangen waren fahl und sackten zu den schmalen Lippen hinab.

»Bei unserer letzten Begegnung im Präsidium haben Sie nicht die Wahrheit gesagt«, eröffnete Chavis das Gespräch, »darum möchte ich Sie heute bitten.« Durch die Zähne gesprochen, fügte Stine leise hinzu:

»Wir haben sonst keine andere Möglichkeit, als dem Staatsanwalt, der den Fall betreut, einen Hinweis in Hinblick auf die Gerichtsverhandlung zu geben. Dann würde wahrscheinlich eine Anzeige wegen Falschaussage folgen.« Demonstrativ legte sie das Aufnahmegerät auf den Konferenztisch und schaltete es an. Er musterte Stine, um abzuschätzen, wie viel Selbstkontrolle sie aufbrachte, um ihre schlechte Laune und ihren Groll zu beherrschen. Viel.

»Es tut mir leid, Frau Noss, aber ich muss zwei für Sie unangenehme Themen ansprechen«, sagte Chavis höflich, um einen Gegenpol zu Stines Zähnefletschen zu schaffen. »Zunächst zu André. Sie wissen ja, dass wir ihn verhört haben.« Sie unterbrach ihn und zeigte sich nun endlich reumütig.

»Mir tut es leid. Sie müssen sich vorkommen, als habe ich Sie an der Nase herumgeführt. Aber glauben Sie mir, das war nicht meine Intention. André ist selbstverständlich Gerits und mein Sohn, eine Tochter Andrée gab es nie. Ich habe mir das zu sehr gewünscht.« Es war fast hörbar, wie ihre Gedanken weiterflossen, aber sie sagte nichts mehr.

»Und der Brief, den wir bei Marcel Kupiec gefunden haben?«, Chavis vermied bewusst das Wort Blutfingerabdruck.

»Der Prozess der Bewusstwerdung zwischen Gerit und mir kam vor einigen Jahren an einen Punkt, an dem wir keinen intimen Kontakt mehr brauchten. Die Ebene des Verstehens zwischen uns ist sehr innig. Marcel dagegen war immer ein Körpermensch. Wir hatten den gleichen Arbeitsplatz und die Gelegenheit, uns zu sehen, war jeden Tag aufs Neue gegeben. Deswegen trafen wir uns so gut wie nie und ich litt unter seelischer Armut.« Stine starrte auf das rote Licht des Aufnahmegerätes. Sogar von ihrem Haaransatz konnte Chavis ihre Ungeduld ablesen. »›Leiden sind Quellen der Erkenntnis‹«, führte Frau Noss unbeirrt weiter aus, »›deren Bedeutung sich in der Zukunft zeigt‹, schrieb Rudolf Steiner. Die Abdrücke sollten Marcel meinen Leidensdruck zeigen...« Stine hob den Kopf und unterbrach sie.

»Wie viele solcher Briefe gab es denn?«

»Drei.« Kupiec schien die Briefe nicht gewürdigt zu haben, denn die Kollegen hatten trotz sorgfältiger Durchsuchung seiner Sachen nur diesen einen gefunden. Er musste die anderen weggeworfen haben. Möglich, dass er die Botschaft von Michaela Noss gar nicht verstanden hatte. Oder – und das hielt Chavis nach zwei Jahrzehnten Zusammenlebens für wahrscheinlicher – er hatte sie sehr wohl verstanden und mit Ignoranz beantwortet.

»Hat Marcel Kupiec denn auf einen der Briefe reagiert?« Michaela Noss schüttelte den Kopf.

»Er war noch nicht bereit, Bezug darauf zu nehmen. Ich habe zu viel von ihm erwartet.«

»Waren Sie deswegen nicht wütend auf ihn?«, fragte Stine.

»Wütend?«, wiederholte Michaela Noss, als müsse sie sich an den Klang des Wortes gewöhnen. »Warum denn?« Ob sie noch mehr gesagt hätte, ist schwer zu beurteilen. Energisch ging die Tür auf und die Direktorin ergriff das Wort.

»Heute ist der letzte Schultag vor der Zeugnisausgabe. Ist Ihnen das klar?«, fragte sie. Stine nickte, aber Chavis konnte sehen, dass sie einer Explosion nahe war. »Ich wollte Sie nicht stören«, sagte die Luger dann überraschend verbindlich, »ich lade Sie herzlich zu unserer Abschlussveranstaltung heute um 17.30 Uhr in der Turnhalle ein. Vielleicht können Sie weitere Fragen an Frau Noss auch dorthin verlegen.«

»Wir waren sowieso gerade fertig«, entgegnete Chavis, bevor Stine zu Wort kam. Bisher war ihm die widerständische Luger trotz allem nicht unsympathisch gewesen. Jetzt änderte sich das schlagartig. Wie man das Wort ›Hiob‹ auf Spanisch wohl aussprach? ›Botschaft‹ hieß, wenn er sich recht erinnerte, ›mensaje‹. Ob das dem biblischen Wort entsprach, wusste er nicht. Seinen Spanischlehrer im Instituto Saavedra konnte er heute Abend jedenfalls nicht fragen. Mit einem lauten Knall donnerte er die Tür der Schule zu.

»Muss denn alles immer kompliziert sein bei dieser Noss?«, platzte es aus Stine heraus, als sie die Autotüren geschlossen hatten. »Kann sie nicht einfach sagen: ›Ich habe ihn geliebt‹?«

Es regte sich kein Lüftchen, als sie in der Feldstraße aus dem Dienstwagen stiegen. Chavis sah die Straße hinab und fühlte die Bedrohung, die vom Wetter ausging. Vom Wetter? Sie parkten mit dem Auto gegenüber den Bambus-Blumenkübeln, wo sich der Schläger am vergangenen Wochenende versteckt gehalten hatte. Wieder fragte er sich, ob er erwartet worden war oder ob er zufällig ein unglücklicher Passant gewesen war.

Auf der gegenüberliegenden Straßenseite, keine hundert Meter weiter, wohnte Familie Georg in einem Mietshaus mit vorgebauten Balkonen aus den siebziger Jahren. Durch einen nüchternen Hausflur gelangten sie in den zweiten Stock. Stine hatte die beiden Kripos telefonisch angekündigt und im Türrahmen der Wohnung stand eine ernst, fast traurig dreinblickende Frau, schmal mit breitem Becken, um die fünfzig Jahre alt, braune glatte halblange Haare. So ungekünstelt ihr äußeres Erscheinungsbild war, als sie die beiden Kripos hereinbat, klang ihre Stimme unerwartet affektiert. Als gehöre sie einer Frau mit hohen Schuhen, toupierten Haaren, das Gesicht mit Schminke abgedeckt. Hinter der Wohnungstür begann die Enge. Die Tapeten mit gedecktem Muster an den Wänden und die vielen Schränke ließen kaum Platz für drei Erwachsene. Frau Georg führte sie in ein ebenso dunkles mit Möbeln überladenes Wohnzimmer. Wenn sie sprach, näselte sie.

»Mir fehlen die Worte, wenn ich daran denke, dass Karstens Sportlehrer ermordet wurde. Es ist ein herber Verlust für Karsten, die Klasse, die Schule. Herr Kupiec war sehr beliebt bei meinem Sohn, ach was sage ich: bei allen Schülern.« Stine gab Chavis mit einem Blick ein kurzes Zeichen, das ihn davon abhielt, zu widersprechen. Er dachte darüber nach, ob Realitätsferne wohl zur Erbmasse gehört. Oder hatte es Karsten für nötig gehalten, seine Mutter an der Nase herumzuführen? Hatte er ihr vorgegaukelt, dass er seinen Sportlehrer geschätzt hatte?

»Was erzählte denn Ihr Sohn von Herrn Kupiec?«, fragte Chavis vorsichtig.

»Wissen Sie«, sagte Frau Georg und richtete sich ein wenig aus dem Sessel auf, in dem sie saß, »Karsten ist fünfzehn, er spricht wenig über schulische Dinge. Aber ich weiß, dass Herr Kupiec vorher Tänzer am Theater war, das ist ganz wunderbar. Karsten ist ja beinahe auf den Brettern, die die Welt bedeuten, aufgewachsen, er wusste schon früh, was Bühnenpräsenz ist. Er hat auch eine so ausgesprochen klare Körpersprache. Das hat er oft unter Beweis gestellt. Deswegen denke ich, dass Herr Kupiec für Karsten der ideale Lehrer war. Sie werden diesen Menschen, der ihn umgebracht hat, wohl finden, oder, Frau Vogel?«

»Sicherlich finden wir ihn«, brummelte Chavis ungeduldig, »wie ist Ihr Kontakt zu Ihrem Sohn?« Sie sah ihn überrascht an.

»Wie meinen Sie das?«

»Wissen Sie zum Beispiel, wann Ihr Sohn die Wohnung verlässt und wo er dann hingeht?« Sie zuckte die Schultern, als wisse sie noch immer nicht, was er meinte. »Dann gebe ich Ihnen ein Beispiel: Wo war Karsten gestern Nachmittag?«

»Nein, das kann ich wirklich nicht sagen. Er isst oft mit uns zu Abend, wenn mein Mann von der Arbeit kommt, und er ist nachts zu Hause. Vormittags geht er zur Schule. Ansonsten bin ich froh, wenn er sein Zimmer verlässt und rausgeht.«

»War er in der Nacht von Freitag auf Samstag in der vergangenen Woche auch zu Hause?«

»Warten Sie, da hatte ich Nachtschicht. Ich bin Krankenschwester. Das kann ich nicht sagen, aber ich nehme es an.« Er brauchte einen Moment, um den Widerspruch zu formulieren. Stine war schneller.

»Also ist er nachts doch auch mal unterwegs?«

»Karsten lebt sehr zurückgezogen«, sagte Frau Georg zögernd, »oft verbringt er Tage nur in seinem Zimmer. Er kommt dann raus, holt sich aus dem Kühlschrank Milch, Müsli, eine Packung Salami, irgendwas und verschwindet, ohne auf meine Fragen zu reagieren. Er spielt in seinem Zimmer tagelang am Computer. Deswegen bin ich froh, wenn er rausgeht und Kontakt zu seinen Mitschülern hat. Es ist ein bisschen schwierig mit ihm zurzeit.« Das konnten sich die beiden Kripos gut vorstellen. Sie konnten sich vorstellen, dass das eine derbe Untertreibung war.

»Wir würden gern sein Zimmer sehen«, sagte Chavis.

Sie lavierten sich zwischen den umherstehenden Möbeln hinter Frau Georg her. Karsten Georgs Zimmer erinnerte Chavis an eine Tierhöhle, obwohl er den Eindruck nicht an der Lieblosigkeit der Einrichtung festmachte. Bett, Schrank, Tisch. Eine schiefe Jalousie ließ schummriges Licht auf das Gewirr auf dem Fußboden. Frau Georg knipste das Licht an. Einige Landschaftspostkarten hingen scheinbar willkürlich an den Wänden, eine auf Bauchnabelhöhe. Ansonsten gab es kein Poster. Zu einem dieser Urlaubsbilder ging Frau Georg und löste es ab. Dahinter verbarg sich ein faustgroßes Loch in der Wand.

»Sehen Sie, Frau Vogel? Bis vor einigen Monaten hat er noch Experimente mit Silvesterraketen gemacht. Die haben wir ihm nach dieser Explosion weggenommen. Er war allein in der Wohnung, als es passierte, aber jemand im Haus hat die Feuerwehr gerufen. Da hätte ja wer weiß was passieren können.«

Haustür und Anwohnerparkplätze befanden sich im Innenhof, zur Straße zurück gingen sie durch eine lange Durchfahrt. Der Eingang der unter Punks und Autonomen bekannten, alteingesessenen Kneipe Sackmans war beinahe gegenüber auf der anderen Straßenseite. Am Ende des Tunnels trafen sie auf Karsten Georg. Schwarze Kleidung, Turnschuhe – er wirkte wie ein kleiner Junge. Dabei hatte der die Jahre der Unschuld längst hinter sich, dachte Chavis. Stine musste Ähnliches denken und ihre Laune war immer noch schlecht.

»Na, ist die Schule schon aus?« Karsten blieb stehen und strich sich über den Nacken.

»Ich wüsste nicht, was die Polizei das angeht.«

»Da hast du recht«, bestätigte Stine mit schlecht verstecktem Ärger im Ton, »ich wundere mich einfach über die heutige Generation von Lehrern und Schülern. Wann lernt ihr denn eigentlich? Die einen kommen schon am Vormittag aus der Schule und die anderen tanzen den ganzen Tag und wenn sie nicht tanzen, dann steigen sie mit ihrem Lehrer ins Bett.« In der Düsternis war nicht zu erkennen, ob sich Karstens Gesichtsausdruck veränderte.

»Was meinen Sie damit?«, fragte er.

»Komm Stine, das darf er doch wissen. Er wollte uns schließlich neulich auch mit Informationen helfen«, sprang Chavis ein und führte aus: »Im Zuge unserer Ermittlung ist herausgekommen, dass Charlotte Heverdingen bis vor einigen Wochen ein sexuelles Verhältnis mit Marcel Kupiec hatte. Aber nicht weitersagen, versprochen?«, er verkniff sich, ihn Kumpel oder Compañero zu nennen, das hätte den Bogen überspannt. Ohne ein Wort des Abschieds ging Karsten Georg in Richtung Hauseingang. Es war kindisch, aber die Laune der beiden Kripos hatte sich schlagartig verbessert. Chavis fuhr die Feldstraße entlang, Dobben, Rembertiring.

»Sag mal, meinst du, es ist dem Frauenmonster Marcel Kupiec entgangen, dass die Luger ziemlich attraktiv ist?« Stine langweilte sich offensichtlich auf dem Beifahrersitz.

»Ist sie das?«, unter dem Gesichtspunkt konnte Chavis die Schulleiterin heute, weil er ihretwegen seine Spanischstunde an den Nagel hängen musste, nicht sehen.

»Wer soll das denn wissen, wenn nicht du als Mann!«, rief sie ungeduldig durchs Auto. »Sie ist zwar klein«, Stine machte eine bedeutungsvolle Pause, »aber ein sexy Machtmensch. Sie strahlt Klarheit und Intelligenz aus. – Meine Güte, hast du den Eindruck, Kupiec nahm es so genau mit der Attraktivität?« Ja, dachte er, sagte aber nichts. Er erinnerte sich an Michaela Noss und ihre Blutbriefe. Wie sie voller Hoffnung, dass Kupiec im Grunde doch ein tiefsinniger, zu echter Liebe fähiger Mann war, sich selbst verletzte. Sie hatte fest daran geglaubt, dass er seine Liebe zu ihr nur erkennen müsse. Dazu sollten ihn die Fingerabdrücke bewegen. Ein Liebesbrief mit eigenem Blut geschrieben. Was kann essenzieller sein? Diese Frau war aufs Ganze gegangen und – hatte verloren. Auch wenn sie nicht den Eindruck einer Killerin machte, wütend war sie sicher gewesen. Und sie besaß kein Alibi für das vergangene Wochenende. Er bog in den Innenhof des Präsidiums ein.

»Jedenfalls würden sich die Schikanen der Luger erklären lassen, wenn sie selbst einen guten Grund hätte, die Polizeiarbeit zu behindern«, meinte Stine. Er stellte den Motor ab.

»Da ist was dran.«

Sie waren kaum auf dem letzten Treppenabsatz im Präsidium angelangt, als ihnen Johannes Neubauer auf dem dunklen Flur vor ihrem Büro entgegentrat.

»Ich habe den Urologen gefunden, bei dem sich Marcel Kupiec hat sterilisieren lassen.« Chavis schob Neubauers sportlichen Rücken ins Büro und schloss die Tür.

»Super«, sagte Stine gespannt, »und?«

»Ich fand den Urologen, der Kupiec in seiner Kartei hatte«, sagte Johannes ohne erkennbaren Eifer. »Aber als Privatperson die Bankdaten von ihm einzusehen, wäre bestimmt einfacher gewesen, als Informationen über seine Sterilisation zu bekommen. Der behandelnde Arzt Dr. Bendisch rief die Zentrale an und ließ sich von Polizeidirektor Herrn Toras persönlich meinen Namen und Dienstgrad bestätigen«, Johannes vertiefte sich in seine Notizen. »›Das ist ein Tabu-Thema, Sterilisation am Mann ist unsexy. Was meinen Sie, was ich hier alles erlebe?‹, fragte Dr. Bendisch dann, als wir wieder sprachen. ›Herr Kupiec ließ sich am zweiten März bei uns ambulant sterilisieren, zwei Schnitte bei örtlicher Betäubung. Die Samenzuleitungen an beiden Seiten der Hoden wurden unterbrochen. Leider übernimmt die Kasse die Kosten nicht mehr, dafür gibt es einen Sondertarif…‹«

»Das führt zu weit, Johannes, wir wollen jetzt keine Sterilisationsberatung«, sagte Chavis und ohne ein Wort des Widerstandes überlas der angehende Kriminalpolizist seine Notizen und stieg wieder ein.

»Es gibt nach der OP zwei Untersuchungen der Spermienmasse, eine nach vier Wochen und eine drei Monate danach. Erst wenn nach der zweiten Probenabgabe keine Spermien mehr vorgefunden werden, gilt die Sterilisation als gelungen. Viele Männer verzichten allerdings auf die zweite Probe … und so auch – nach den Angaben von Dr. Bendisch – Marcel Kupiec. Er absolvierte pünktlich am vierten April seine erste Nachuntersuchung, aber die zweite, Anfang Juni, hat er telefonisch abgesagt.«

Kupiec hatte das getan, was – laut Urologe Dr. Bendisch – die normale Reaktion nach der Sterilisation ist. Der erste Spermientest war negativ gewesen. Zum zweiten Termin war er nicht mehr erschienen. Er hatte sich in Sicherheit gewiegt.

Erst als Charlotte Heverdingen ihm mitgeteilt hatte, dass sie schwanger war, war ihm klar geworden, dass die Sterilisation misslungen sein musste. Eine der beiden unterbrochenen Verbindungen zu den Hoden war wieder zusammengewachsen und hatte angefangen, befruchtungsfähige Spermien beizusteuern. Es musste ein schwerer Schlag für den sexuell bedürftigen Marcel Kupiec gewesen sein. Den Entschluss, sich sterilisieren zu lassen, hatte er vermutlich nicht ohne Bedrängnis gefasst. So wie Chavis Kupiec inzwischen einschätzte, war er weder auf weiteren Nachwuchs noch aufs Alimentezahlen erpicht gewesen. Oder war die Sterilisation sein Beitrag dazu gewesen, dass er bald Opa geworden wäre?

Stine winkte Johannes Neubauer, dass er sich einen Stuhl nehmen und sich zu ihr an den Schreibtisch setzen möge. Sie wollte ihm bei dem Verfassen des Berichtes über die Recherche helfen. Johannes saß in orthopädisch korrekter Haltung mit Stine am Schreibtisch. Chavis las die Berichte, die sie bereits verfasst hatte, als das Telefon klingelte.

»Gehst du ran, Chavis?«, fragte Stine.

Zur Abwechslung mal italienisch

Zuckersüß drang es in das Ohr des Kriminalpolizisten: »Sind Sie der junge Mann, der heute Morgen mit der netten Frau Vogel zusammen bei mir war?« Wer von den beiden Kripos der Chef ist, stand Chavis' Meinung nach nur auf dem Papier. Sowieso hätte er Frau Georg deshalb nicht korrigiert. Er bejahte.

»Karsten ist weg«, sagte sie mit belegter Stimme. Beinahe hätte er ihr nahegelegt, zwischen den Möbeln noch mal genau nachzusehen, schließlich gab es reichlich Verstecke in ihrer Wohnung. Aber sie klang nicht so, als wäre sie zum Scherzen aufgelegt.

»Wir haben Ihren Sohn vor knapp zwei Stunden vor Ihrer Haustür getroffen. Was heißt denn ›weg‹ für Sie?«

»Das weiß ich nicht genau«, gab sie zu, »er war kurz hier und ich dachte, er sei in seinem Zimmer. Ich habe ein ungutes Gefühl. Ich habe Ihnen ja erzählt, dass es momentan etwas schwierig mit ihm ist. Aber er hat mir noch nie Geld geklaut.« Das klang schon anders.

»Ihr ganzes Bargeld?« Sie bejahte, Scheine und Münzen, ungefähr achtzig Euro. »Haben Sie nicht gemerkt, dass er die Wohnung wieder verlassen hat?«

»Ich habe in der Küche aufgeräumt, das Radio war an, die Tür zu. Dann bekomme ich nicht mit, wenn jemand kommt oder geht.«

»Vermissen Sie noch andere Gegenstände? Bankkarten, weitere Wertgegenstände, Karstens Ausweis, Kleidung,

Taschen.« Sie versprach, sofort nachzusehen und auch ein aktuelles Foto von ihrem Sohn herauszusuchen. »War er anders als sonst, als er die Wohnung betrat?« Ihr war nichts aufgefallen. Wie üblich hatte er sie weder gegrüßt noch sich mit ihr unterhalten. Wenn Chavis gefragt worden wäre, er hätte nicht beantworten können, ob die Georgs mit ihrem Jungen irgendwas falsch gemacht hatten. Von der Erbmasse allein konnte diese frühe Verkorkstheit sicher nicht herrühren. Er legte auf und sein Blick fiel auf den jungen Kollegen Johannes Neubauer. Er saß noch immer mit geradem Rücken, aufmerksam bemüht, auf Stines Rechner alles nachvollziehen zu können. Er musste ungefähr zehn Jahre älter sein, aber auch damals hatte der wohl keine Ähnlichkeit mit Karsten gehabt. Oder vielleicht doch? Chavis schickte eine Fahndungsmeldung innerhalb Bremens raus und bat die Kollegen von der Streife, Karstens Foto bei seiner Mutter abzuholen.

»Karsten hat das Portemonnaie seiner Mutter geplündert. Sie hat das Gefühl, dass er weggelaufen ist«, erklärte er Stine und Johannes. Etwas wollte bedacht werden. Stine konnte mit Johannes zusammen auf den Anruf von Karstens Mutter warten, Chavis ging hinunter in die Kantine. Er verzog sich mit einer Limonade an den hintersten Tisch. Mit dem Rücken zur Tür, um die Wahrscheinlichkeit, von Kollegen angeschnackt zu werden, weiter zu senken. Die war sowieso nicht sonderlich hoch, denn die wenigsten Polizisten wollten Kontakt zu ihm haben. In der Kantine saß er meistens alleine am Tisch. Er galt als barsch und eigenbrötlerisch. Bisher war er noch bei keinem Polizeiball und bei keiner Weihnachtsfeier aufgekreuzt. Das nahmen viele Kollegen persönlich und reagierten auf Kriminalkommissar Christopher Arves reserviert.

Karsten Georg war auch kein angenehmer Zeitgenosse, wenigstens am Ende der Pubertät nicht. Er hatte kein erkennbares

Ziel. Er heischte nach Aufmerksamkeit, auch wenn der Preis dafür war, dass er sich unbeliebt machte. Wenn er abgehauen war, dann gab es eine Verbindung zu dem, was die beiden Kripos ihm vor der Haustür gesteckt hatten: dass der Tanzlehrer und seine Schülerin Charlotte eine Affäre gehabt hatten. Karsten hatte Angst vor Kupiec gehabt. Das hatten sie wenigstens bisher angenommen. Vielleicht war es aber viel weniger gewesen: nur ein Schmierentheater, um auf sich aufmerksam zu machen. Danach würde Chavis ihn jetzt gerne fragen. Er nahm einen großen Schluck aus der Limonadenflasche. Der Lärmpegel in seinem Rücken nahm zu, die ersten Grüppchen kamen zum Mittagessen. Bisher hatte Karsten die Realität nicht verdreht. Wie das Michaela Noss getan hatte. Sein Handy klingelte.

»Frau Georg hat angerufen«, sagte Stine durch den Hörer, »der Kinderpass und die Bankkarten liegen an Ort und Stelle. Bei ihrer Suche hat sie aber einiges nicht gefunden: Karstens Schlafsack und Isomatte, eine Taschenlampe und eine große Sporttasche. Was Karstens Kleidung anlange, da kann sie nicht genau sagen, ob was fehlt. Ich glaube, Frau Georg liegt richtig mit ihrem Gefühl. Der ist abgehauen«, schloss seine Kollegin.

»Lass dir die Sporttasche genau beschreiben, vielleicht findest du ein Bild davon im Internet. Schick das an die Fahndungsleitung.« Danach wollte Stine in die Kantine kommen. Er musste also nur warten. Am Automaten füllte er sich einen Kaffee in ein Wasserglas, die Kassiererin kniff die Lippen zusammen und guckte das Glas misstrauisch an, als würde sie im nächsten Augenblick mit einer Explosion rechnen. Die Bombenleger-Versuche von Karsten Georg sprachen für eine nicht gelungene Entwicklung in der Pubertät. Die Schwulenphobie kam wohl eher von seiner kleinbürgerlichen Herkunft, vielleicht war das der einzige Grund. Aber warum hatte er behauptet, Kupiec sei homosexuell? Sicher, alle Tänzer sind schwul, sagt man. Und Merell hatte bestätigt, dass Marcel in der Beziehung kein Kind von Traurigkeit gewesen sei. Um eine andere derbe Formulierung zu bemühen: Er war nicht schwul, aber wenn ihm jemand gefiel, stieß er ihn nicht von der Bettkante, nur weil es sich um einen Mann handelte. Wen hatte er wohl nicht von seiner Bettkante gestoßen? Chavis knallte das Glas auf den Tisch vor sich. Nein! Das war unmöglich. Andererseits erklärte das, warum Karsten Georg abgehauen war. Er erinnerte sich an die aufgedunsene Leiche in strahlendem Sonnenschein, als sie in Rablinghausen angeschwemmt worden war. Heute genau vor einer Woche. Dieses Schwein! Zum ersten Mal in diesem Fall ging Chavis freiwillig eine Tür weiter im Gang – zu Kumroth. Der streifte sich gerade ein Paar OP-Handschuhe von den Händen. Chavis hätte keinen Augenblick früher kommen wollen.

»Na Arves, was führt dich her? Gut, dass die Beerdigung morgen ist, der Ausländer war am Ende schon ganz schön mürbe.« Selbst wenn er einen guten Spruch dazu auf den Lippen gehabt hätte, die aufsteigende Gallensäure in seinem Mund verhinderte jeglichen Kommentar. Chavis schickte sie zurück.

»Habt ihr eigentlich auch seinen Anus untersucht?«, fragte er in möglichst neutralem Ton.

»Meinst du auf Sexualkontakt?«, Kumroth lachte künstlich. »Ein schwuler Kanake! Ich sags ja, Arves, sogar die Leichen, die du anschleppst, sind echte Knaller.« Dann räusperte er sich. »Wir haben die Leiche von außen und innen untersucht und wenn wir Auffälligkeiten am Anus festgestellt hätten – also unverhältnismäßig große Wunden oder Narben –, dann hätte das im Obduktionsbericht gestanden beziehungsweise – ich hätte euch gestern darauf aufmerksam gemacht.«

»Also war das nicht der Fall«, stellte Chavis fest, »das heißt aber nichts«, sagte er zu sich selbst, nicht zu dem Pathologen.

»Das ist wieder typisch, dass du die Bedeutung der Fakten infrage stellst. Du bist nicht Fisch nicht Fleisch, Arves!«, rief ihm Kumroth hinterher, als Chavis die Tür aufstieß.

Stine stand mit dem Rücken zu ihm im Eingangsbereich und suchte offensichtlich an den Tischen nach ihm. Die Kantine war inzwischen belebt, laufend kamen Leute durch die Tür hinter Stine hinein. Zu ihrer angeborenen »Spionage-Ausstattung« gehörten wohl Sensoren zur Personenerkennung am Hinterkopf. Jedenfalls drehte sie sich, ohne dass Chavis etwas gesagt oder getan hätte, zu ihm um.

»Hast du mich erschreckt«, sagte sie. Das hätte er auch behaupten können.

»Der wahre Buhmann lag bis gestern bei Kumroth«, lenkte Chavis aufs Thema und ersparte ihr das unappetitliche Detail, das ihm noch aus der Pathologie im Ohr war. »Er hat nicht nur Davina Sookia erpresst.«

»Sondern?«, fragte Stine drängend, sie stand Folterqualen aus.

»Wenn mich nicht alles täuscht, hat sich Karsten Georg aus gutem Grund aus dem Staub gemacht.« Stine sah ihn mit ihren Riesenaugen erwartungsvoll an. »Setzen wir uns lieber«, sagte er. An der Essensausgabe der Kantine stand eine Schlange geduldiger Staatsbeamter. Stine setzte sich schnell an den nächsten freien Tisch. »Kupiec hatte nicht nur ein Verhältnis mit Charlotte Heverdingen. Sondern gleichzeitig mit ihrem Vater.«

»Was?«, schrie Stine so laut, dass sich alle Gesichter in der Schlange zu ihnen drehten. »Woher weißt du das?«

»Es ist die einzige Möglichkeit. Karsten Georg muss Kupiec und Heverdingen vor längerer Zeit zusammen beobachtet haben. Deswegen bezeichnet er Kupiec so hartnäckig als schwul. Und Heverdingen wusste genau, dass es Kupiec war, von dem Charlotte schwanger geworden ist. Aber er hat das bei meiner Befragung hartnäckig geleugnet.« Die beiden Kripos hatten schon viel gesehen in ihrem Job. Sie ließen sich deshalb nur schwer schockieren, aber das ging über das gewohnte Maß hinaus: ein Lehrer, der seine fünfzehnjährige Schülerin verführt, bad taste, keine Frage. Das mit der Schwangerschaft war keine Absicht gewesen. Obwohl Stine in dem Punkt bestimmt anderer Meinung war. Aber dass er sich erdreistete, zusätzlich mit dem Vater des Mädchens ins Bett zu steigen! Stine hatte recht, das war – zum Schreien. Wie ein geölter Blitz erhob die sich und rannte, zwei Stufen nehmend, nach oben zum Büro. Chavis ihr hinterher.

»Wir müssen ihn festnehmen«, sagte sie, während sie nervös den Schlüssel im Schloss drehte, »warum hat dieser Bengel denn nichts gesagt?«

»Warte, Stine«, sagte er und schloss die Bürotür hinter ihnen, »dass uns Karsten nicht um Hilfe gebeten hat, das haben wir uns teilweise selbst zuzuschreiben. Wir waren ganz schön unprofessionell. Und Heverdingen lassen wir zunächst beschatten.« Chavis sah in das fragend-misstrauische Gesicht seiner hübschen Kollegen und erklärte es ihr. »Typen wie Heverdingen kennen meistens einen aalglatten Anwalt, der sie mit allen Tricks wieder aus der U-Haft rausholt. Und dass Heverdingen einen Vertragskiller engagiert, glaube ich nicht. Auch ohne moralische Hemmschwelle muss man dazu erst mal wissen, wie man an so jemanden rankommt. Das heißt, wir müssen nur sicherstellen, dass Heverdingen den Jungen nicht trifft. Das tun wir doppelt, wenn Karsten gesucht und Heverdingen beschattet wird.«

»Hoffentlich hast du recht, Chavis«, sagte Stine verunsichert. Er tippte die Nummer der Fahndungsabteilung.

»Seid ihr verrückt, den Mörder ausgerechnet jetzt zu finden?«, rief der Fahndungsleiter ins Telefon, als Chavis ihm den Zusammenhang erklärt hatte. »Wollt ihr mit siebenundsechzigtausend Schülern zusammen im Stadionbad eure Überstunden abbummeln? Mensch, Arves, morgen fangen die Sommerferien an. Das will man gut überlegt sein.« In den letzten Stunden war es Chavis gelungen, das Jahresabschlussfest am GG erfolgreich zu verdrängen. Jetzt fiel es ihm wieder ein. Im Stillen verabschiedete er sich feierlich von seiner Spanischstunde: Adiós al Instituto Saavedra.

»Ich bin mir da auch nicht sicher«, gedankenverloren legte er den Hörer auf. »Sangue e onore«, sagte er laut. »Hör doch mal mit diesem spanischen Gequatsche auf«, kommentierte Stine genervt. Er grinste.

»Ist zur Abwechslung mal italienisch. Das ewige sizilianische Cosa-Nostra-Lied von Blut und Ehre – umgeschrieben auf einen Bremer Unternehmensberater Anfang des einundzwanzigsten Jahrhunderts. Kannst du dir das vorstellen?« Sie zuckte die Schultern. Der Fakt, dass ein Familienvater feststellt, dass sein heimlicher Liebhaber seine Tochter geschwängert hatte, wog schwer. Das gab Chavis zu. Er rief Stines »Lieblingsschulleiterin« an.

»Karsten Georg wird vermisst. Sollte er auf dem Schulgelände auftauchen, melden Sie uns das sofort. Und weisen Sie auch das Lehrerkollegium dazu an.« Frau Luger räusperte sich.

»Es ist ja nicht die erste Person, die wegen Ihrer Ermittlungen untertaucht. Wollen wir mal hoffen, dass Karsten genauso unspektakulär wiederkommt wie Frau Noss.« Das sollte jedoch eine bloße Hoffnung bleiben.

Die Kantine war noch geöffnet und eigentlich hätten sie sich von Panaden- und Mehlschwitzegeruch umhüllen lassen können, um ihren Hunger zu stillen. Doch das brachten sie nicht fertig.

»Lass uns die Alibis zur Tatzeit noch einmal gemeinsam durchgehen«, sagte Chavis. Stine hüpfte von ihrem Bürostuhl.

»Ich hol uns kurz was zu essen hoch. Pass auf das Telefon auf.« Er suchte den Obduktionsbericht aus den Unterlagen. Kumroth hatte den Todeszeitpunkt von Marcel Kupiec mit achtzigprozentiger Sicherheit auf Freitag ab einundzwanzig Uhr bis Samstagmorgen um sechs Uhr geschätzt. Sonia Grunenberg war zweifelsohne dem Ermittlungsstand nach als Einzige in diesem Zeitraum dem Tatort sehr nahe gewesen, als sie Oudry an der Weser ausführte. Zu allem Überfluss hatte sie Marcel Kupiec nicht nur getroffen, sondern sich mit ihm verabredet. Aber er war nicht gekommen. Sonia persönlich schätzte ihn als wenig zuverlässig ein und deswegen hatte sie sich nicht darüber gewundert. Sonias Geständnis legte nahe, dass sie etwas darüber wusste oder glaubte zu wissen. Das würde bedeuten, dass er auf dem Weg von der Weser zu seiner Verabredung umgebracht worden war, also nach zweiundzwanzig Uhr und vor Mitternacht.

Die Tür flog auf und Stine kam mit einem Tablett zurück. Auf zwei Einwegtellern aus Aluminium trug sie den Großküchengeruch ins Büro. Offenbar wollte sie Chavis zwingen, Hühnerfrikassee mit Reis zu essen. Als Nachtisch hatte sie für Chavis einen Kaffee geplant.

»Mit den Alibis, das ist so eine Sache«, sagte Stine zwischen zwei Bissen. Er winkte ab und schluckte widerwillig die soßige Mischung hinunter.

»Das mag ich mir nicht ausmalen, wenn die Leute ihr Tun auf die totale Überprüfung ausrichten.« Sie lächelte ihn mütterlich an. Es dauerte eine Weile. »Ich hab auch echt'n Vogel!«, rief er dann und gab der Aluschale einen abschließenden Stups.

»Dir gegenüber«, sagte Frau Vogel trocken und schob ihre Plastikgabel in den Reis. Er schnappte sich den Kaffee vom Tablett, stand auf und öffnete das Fenster weit. Die Wolkenschicht hatte sich verzogen und die Sonne brannte vom Himmel. Lieber einen dieser Automatenkaffees als den Mehl-Reis-Pamps mit Hühnerklein zu sich zu nehmen.

»Julia Kupiec war zu Hause und hat sich von ihrem Freund bekochen lassen. Das machen die wohl jedes Wochenende«, Chavis setzte sich mit seinem Kaffee an den Schreibtisch.

»So ist das, wenn eine Frau ein Baby erwartet«, bemerkte Stine, »Michaela Noss hat Duftkerzen angezündet und ein Interview mit einem siebenjährigen Jungen gelesen, dem existenzielle Fragen gestellt werden und der ständig solche Sachen sagt wie: Da ist noch eine zusätzliche Tür...«

»Woher weißt du denn so was?«, der Kaffee war noch immer zu heiß, roch aber um Längen besser als die Pampe vor ihm.

»Ich habe die Alibis überprüft, Chavis!«

»Schon gut. Gerit Kuhlmann hatte in seinem Lessingclub zu tun. André Noss war eventuell als Gotcha-Schiedsrichter in Kevelaer.«

»Frau Luger war mit Freunden im Kino, das hat Johannes Neubauer gestern für uns abgefragt«, Stine knickte sorgfältig ihren leeren Teller zusammen, »Charlotte hat mit ihrer Mutter in Dangast in einer Pension übernachtet und Heverdingen lag irgendwo auf der Pirsch im Wald westlich von Bremen. Er hat für diese Nacht keine Zeugen. Er ist erst am Samstagmorgen gegen zehn Uhr in der Gaststätte ›Landkrug‹ in der Oldenburger Geest eingekehrt. Dort hat er ausgiebig gefrühstückt und sich gewaschen. Die Wirtin hat danach das Männerklo trockenlegen müssen, deswegen konnte sie sich noch genau an ihn erinnern«, schmunzelte Stine. »Heverdingen hat also kein Alibi, aber für Karsten Georg und Davina Sookia sieht es auch nicht besser aus.« Chavis sah in die Unterlagen.

»Davina war in diesem Fotostudio für Speiseaufnahmen, aber sie war gegen 22.30 Uhr zurück zu Hause. Das Studio liegt in Hastedt. Sie hätte durchaus den Weg an der Weser entlang nehmen können.« Sein Blick fiel auf die Schale mit dem Hühnerfrikassee auf seinem Schreibtisch. Die Soße hatte eine dicke hellbraune Haut gebildet. Wie Froschaugen aus einem trüben Tümpel glupschten einige grüne Erbsen aus der Mehlschwitze. Das war beileibe nichts fürs Kochbuch.

»Sie gibt an, mit der Straßenbahnlinie zehn bis zu sich nach Hause durchgefahren zu sein. Und ehrlich, Chavis, das ist auch praktischer.« Er wiegte den Kopf hin und her.

»Diese Strecke legt sie oft zurück. Vielleicht hat Kupiec sie angerufen und sich mit ihr verabredet. Irgendwer muss ihn schließlich umgebracht haben.«

»Oder es waren alle. Es mangelt uns weder an Motiven noch an fehlenden Alibis«, wandte Stine ein, »und ob Karsten Georg zu Hause war oder nicht, weiß auch nur er selbst.«

»Ihn können wir schlecht fragen«, sagte Chavis noch, als wie gerufen das Telefon klingelte. Stine stürzte sich auf den Apparat. »Frau Kupiec«, sagte sie zu seiner Orientierung und schaltete den Lautsprecher ein.

»... dass Sie nach einem unserer Schüler suchen. Das ist auch der Grund, warum ich anrufe. Ich hatte Pausenaufsicht und kam nicht sofort weg, um Sie zu informieren. Aber er war es ganz sicher. Er hat mit Charlotte gesprochen und vor rund zehn Minuten den Pausenhof durch das Haupttor wieder verlassen.«

»Karsten Georg?«, rief Stine ins Telefon. Chavis befürchtete, sie würde den Hörer auf die Gabel knallen und mit wehendem Haar in Richtung Dienstwagen sprinten, doch sie stellte zum Glück vorher die Frage, die auch ihm wichtig schien: »Hatte er eine Tasche dabei?«

»Nein, eine Tasche habe ich nicht gesehen.«

Weder Stine noch Chavis noch die Streife fanden Karsten in den nächsten Stunden. Er schien sich in Luft aufgelöst zu haben. Chavis suchte mit dem Fahrrad die kleinen Durchgänge, Innenhöfe und Sackgassen im Viertel ab. Keine Spur von Karsten. Charlotte Heverdingen wusste jetzt schätzungsweise über ihren Vater Bescheid. Er hatte eine Affäre mit ihrem Liebhaber gehabt. Sollte er ihr polizeipsychologischen Beistand beschaffen? Chavis war auf dem Weg zurück zum Präsidium, als er Julia Kupiec erkannte, wie sie ihren prallen Bauch gerade über die Sielwallkreuzung schob.

»Na, habt ihr ihn gefunden?« Er schüttelte den Kopf. »Sehen wir uns später im GG?«, sie gingen vertraut miteinander um, wie gute Bekannte. »Das lass ich mir jedenfalls nicht entgehen«, sagte Julia, »bei der Tanzaufführung wird es ein bisschen so sein, als würde er wieder lebendig. Wie ein letzter Gruß.« Sie sagte das mit einem verlegenen Lächeln. Zum ersten Mal spürte Chavis, dass ihr der Tod ihres Vaters anscheinend viel näher ging, als sie bisher gezeigt hatte. »Ich habe mich überwunden und André angerufen, um ihm wegen der Beerdigung Bescheid zu sagen. Eigentlich hat er Marcel viel zu verdanken. Von der Aufführung habe ich ihm auch erzählt. Mal schauen, ob er kommt.« Ein kurzes Frösteln empfand Chavis bei dieser Nachricht trotz des Tiefdrucks, der schwül-heiß über Bremen hing. André Noss ohne eine eigene improvisierte Gastrolle konnte er sich nicht vorstellen.

»Wie kommt denn dieser plötzliche Sinneswandel?«, fragte er dann verwundert. Von der anderen Seite der Kreuzung kam eine Horde Fußgänger über die Ampel, die sich empfindlich nah an ihnen vorbeidrängelte. Julia drehte ihren Bauch aus der Enge und legte gleichzeitig ihre Hand auf seine Schulter wie eine Ertrinkende.

Sie blieben stehen und Chavis ahnte, dass seine intuitive Frage etwas in Julia tief Verborgenes berührt hatte.

»Letzte Nacht hatte ich wieder diesen Traum«, begann Julia zu antworten, und sie gingen weiter den Dobben entlang. »Ich bin wieder Kind und in unserer Wohnung und es ist alles ganz verqualmt. Sonia, Marcel, Michaela und Gerit sind da und noch andere, von denen ich nicht alle kenne. Einige sind nackt. In meinem Rücken höre ich Lachen und Stöhnen. Ich probiere, die herausgezogenen Schubladen unserer Kommode hochzuklettern, mein Fuß verheddert sich im Nachthemd. Lachen die Leute über mich? Sie grölen, juchzen, schreien, einige piepen wie Luftpumpen während ihre Körper zusammenklatschen. Ich will mich irgendwo festhalten, rutsche ab und falle.« Sie sah Chavis an, den es innerlich graute, als sich die Bilder, die Julia gemalt hatte, in seinem Kopf weiter formten.

»Diese Fieber-Fall-Träume«, schob sie sachlich erklärend ein, »kennst du bestimmt aus deiner Kindheit. Mit dem Unterschied, dass ich das erlebt habe und bis heute immer wieder träume. Michaela kommt summend mit Blumen im Rock aus dem Garten, und bewirft alle damit. Ich erinnere mich noch, dass ich als Kind immer dachte, die rauchen Schokolade, weil es so aussah und so roch. Keiner von denen merkte, dass ich gefallen war, außer Michaela. Dabei schrie ich wie am Spieß, weil ich dachte, dass der Lärm und der Fall nie wieder aufhören würden. Michaela hat mich dann auf den Arm genommen und ins Bett gebracht.« Julia drehte um und sie schlenderten zurück zum Sielwall-Eck. »Das war alles nicht so schön in meiner Kindheit. Jetzt wo ich selbst Mutter werde, spüre ich das noch deutlicher. Als ich heute Morgen aufwachte, wurde mir klar, dass ich nur sauer auf André bin, weil er nie zu mir gehalten hat. Wenn wir uns verstanden hätten – das hätte einiges erträglicher gemacht.« Sie waren wieder vor Julias Haustür gelandet. »Vielleicht hilft es dir für die Aufklärung des Falles, das zu wissen«, sagte sie wieder leichthin, »wir sehn uns gleich in der Schule«, und verschwand im Hauseingang zu ihrer Wohnung.

Chavis fuhr nach Hause. Eine kalte Dusche half ihm, den Gedanken an Julias Traum zurückzudrängen. Was hieß eigentlich ›eigentlich‹ auf Spanisch? Usualmente vielleicht? Er konnte nur sagen: Me voy a ir a la lección española al Instituto Saavedra. Aber was er brauchte, war: ›Eigentlich würde ich genau jetzt zum Spanischkurs am Instituto Saavedra gehen‹, dazu reichten seine Kenntnisse nicht aus. Wenn das mit dem Fall so weiterging, würde sich das nicht so schnell ändern.

Er stellte die Dusche ab und seufzte. Letzte Woche musste genau an einem Dienstag die Wasserleiche in Rablinghausen am Strand angeschwemmt werden. In dieser Woche gab die Leiche ihren letzten Fingerzeig ausgerechnet wieder an einem Dienstag. »Du hattest damit keine Probleme, Kupiec. Du konntest deine Muttersprache fließend«, sagte Chavis und zog sich an. Der Tote als Choreograf, so als wäre er noch lebendig. Wie hatte sich Julia ausgedrückt? Ein letzter Gruß.

Er ist nicht tot, er riecht nur komisch

Als er Ernst Heverdingen im weißen Licht der Sporthalle entdeckte, erschrak Chavis. Aschfahl, die Augen eingesunken. Heverdingen sah gruselig aus. Tapfer stand er neben einer knochigen blonden Frau, die deutlich größer war als er und die sich angeregt mit einer anderen Frau unterhielt. Zwischen den Stuhlreihen standen Eltern und Lehrer, einige Schüler hielten, sich den Anschein von Lockerheit gebend, zwei bis drei Stühle reserviert. Auf den Sitzflächen in den ersten drei Reihen lagen Zettel, auf denen »Besetzt« stand. Das Bühnenpodest war von einem Vorhang verdeckt. Hinter den Stuhlreihen stand ein Mischpult, unter der Decke hingen Scheinwerfer auf einer Leiste aufgereiht. Für eine Schulsporthalle ein professionell ausgestatteter Aufführungsort. Der Geruch nach schweißigen Turnschuhen erinnerte lebhaft an die sonstige Nutzung und war vermutlich über die Jahre ins Mauerwerk gedrungen.

Die Schulleiterin unterhielt sich mit einer Frau im Anzug, die Chavis den Rücken zuwandte. Wenn es sich vermeiden ließ, würde ihn die Luger bestimmt nicht persönlich begrüßen. Sie wollte, dass die Polizei alle im Umkreis der Schule in Ruhe ließ. Sie – in ihrer Naivität – rechnete nicht damit, dass der Mörder oder die Mörderin von Marcel Kupiec noch jemanden umbringen würde. Rechnete er, Chavis, damit? Der Schall der vielen Gespräche erzeugte ein lautes, gleichzeitig undeutliches Gemurmel. Von Trauer um einen Todesfall war nichts zu merken. Es war die gelöste Stimmung eines Theaterpublikums vor dem dritten Gong. Chavis suchte den Raum nach André Noss ab. Er war nicht da. Sein Blick blieb wieder an Heverdingen hängen, der sich von dem Kripo abgewandt hatte. Dabei konnte er nicht ahnen, dass Stine und Chavis von seiner Affäre mit Kupiec wussten. Unter bestimmten Voraussetzungen musste er es für möglich halten, sie weiter vertuschen zu können. Der einzige Störfaktor war Karsten Georg. Wenn Heverdingen Marcel Kupiec umgebracht hatte, dann war der Junge ernsthaft in Gefahr. Hatte er mit Charlotte auf dem Schulhof darüber gesprochen? Gut, dass Karsten weg war. Zur Sicherheit suchte Chavis die Gesichter der Schüler nach ihm ab. Er war nicht unter ihnen. Seine Ambition, das letzte Tanzstück von Kupiec zu sehen, schätzte Chavis auch eher gering ein.

»Hej«, sagte Stine, »hier ist ja mächtig was los.«

Chavis sah hinter Stine das leuchtende Rot von Sonia Grunenbergs kurzen Haaren in den Raum kommen.

»Schön, dass Sie trotz allem gekommen sind«, sagte sie herzlich zu Stine und drückte ihr die Hand. Seine Hand nahm sie vertraulich ohne Worte. Bisher hatte er am Goethe-Gymnasium noch nie einen Gong gehört. Jetzt tönte er blechern. Noch mehr Schüler und Erwachsene, zum Teil mit kleineren Kindern, strömten in die Sporthalle. Die Schüler, die Plätze freigehalten hatten, riefen und winkten. Der Lautstärkepegel stieg. Die beiden Kripos blieben stehen. Hier im Eingangsbereich hatten sie einen perfekten Überblick über die Bühne, das Publikum und die Tür. Am Mischpult stand ein Musiklehrer. Er regelte Licht und Ton. Nahm er damit Kupiecs Platz ein? Oder wäre Kupiecs Platz bei den Schülerinnen und Schülern hinter der Bühne gewesen? Alles was Chavis von dem französischen Tänzer wusste, widersprach der Vorstellung, dass er Halbwüchsige betreute und ihnen hinter der Bühne Mut für die Aufführung zusprach. Das

Licht ging aus und das Stimmengewirr versiegte, als die Direktorin im Scheinwerferkegel vor der Bühne erschien.

»Morgen nach der Zeugnisausgabe geht dieses Schuljahr zu Ende. Vor einer Woche haben wir den plötzlichen Tod unseres Kollegen und Sportlehrers Marcel Kupiec hinnehmen müssen. Wir alle sind sehr betroffen. Ich möchte euch und Sie bitten, seiner in einer Schweigeminute zu gedenken.« Für sechzig Sekunden gab niemand im Publikum einen Mucks von sich. Dann sagte die Luger: »Die Angehörigen haben mich gebeten, auf seine Beerdigung auf dem Friedhof Buntentor morgen um zehn Uhr hinzuweisen. Das Stück, das im Wahlpflichtfach Sport von Schülerinnen und Schülern der neunten Klasse mit ihm zusammen einstudiert wurde, werden wir – entgegen der ursprünglichen Planung – als Erstes sehen. Kupiec nannte es ›Eklatanz‹.« Es hieß viel, dass sich die Luger dazu durchgerungen hatte, das Programm umzustellen. Das war ihr bestimmt nicht leicht gefallen. Das Licht erlosch.

Charlottes blondes Haar war auch im Dunkeln auszumachen. An den ersten Takten erkannte Chavis »Bobby Brown goes down« von Frank Zappa, Ende der siebziger Jahre. Der Bassstimme von Zappa folgten Bewegungen der fünf Mädchen auf der Bühne. Ihm blieb die Spucke weg. Charlotte Heverdingen tanzte in erster Reihe auf »Bobby Brown«. Der Frauenfeind, der quasi aus Versehen schwul wird. Dessen Sexualpraktiken der Lulatsch Zappa mit genüsslichem Zynismus süffisant vorgetragen hat, denn Bobby Brown versteht sich selbst als Inbegriff des amerikanischen Traums. Frontal traf Charlotte das Scheinwerferlicht und zeigte eine glitzernde Tränenspur von den Augen hinab. Sie tanzte mechanisch, synchron mit den anderen Mädchen. Chavis versuchte im Dunkeln, Ernst Heverdingen auszumachen. Wie fürchterlich! Kupiec hatte sich einen makaberen Spaß erlaubt. Die Mädchen tanzten in Baströcken und Papierblumenkränzen, teils aufgesetzt kindlich, teils übertrieben frauenhaft. Endlich hatte Bobby Brown sein ekelerregendes Coming-out und die letzten Töne gingen in die Zappa-Version des Bolero von Maurice Ravel über. Chavis atmete auf.

Mehrere Schüler kamen auf die Bühne und füllten sie mit Tanz, Gestik und Pantomime aus. Hier in der Dunkelheit der Sporthalle fühlte Chavis zum ersten Mal, dass der Tod doch ein Verlust für Kinder der Schule war. Der Bolero steigerte sich. Was Kupiec auf die Bühne gebracht hatte, war keine Schule fürs Leben. Das war der Alltag mit all seinen Härten des Durchhaltens, bis das Optimum erreicht ist. Jede Bewegung dieser tanzenden Laien saß, so oft wiederholt, bis der Körper sie wortwörtlich im Traum ausführte. Der letzte Beckenschlag nach einem fulminanten Finale verklang. Noch bevor der Musiklehrer das Licht anschaltete, applaudierte das Publikum. Viele schrien, pfiffen, hämmerten mit den Füßen auf den Linoleumboden. Dann standen sie alle auf: Lehrer, Eltern, Großeltern, Schüler, Geschwister. Standing Ovations. Auf der Bühne verbeugten sich die Schüler artig, doch der tosende Applaus galt nicht ihnen. Er galt dem, der fehlte. Als die Tanzenden bereits von der Bühne gesprungen waren, applaudierte das Publikum stürmisch weiter. Besser als jede Trauerminute zollte es dem Künstler postum seinen Tribut. Als die Deckenbeleuchtung der Sporthalle eingeschaltet wurde, sah Chavis im Gesicht seiner Kollegin, dass sie deutlich gerührt war. Plötzlich schob sich André Noss mit einem schiefen Lächeln in das Gesichtsfeld der beiden Kripos. War es ein gewinnendes oder ein spöttisches? Chavis konnte es nicht einschätzen. Auch war ihm nicht klar, wie und wann Noss an ihnen vorbei die Turnhalle betreten hatte.

»Nicht wahr, das konnte Marcel wirklich gut. Da wird sogar die Polizei rührselig, was?«, sagte Noss gewohnt provokant direkt an Stine gerichtet. Chavis wusste, wie er sein Lächeln zu interpretieren hatte. Stine schaute durch Noss hindurch, als wäre er aus Glas. Chavis sah, dass ihr eine ganze Reihe bissiger Kommentare auf der Zunge lagen.

»Dabei sollten Sie, statt Tränchen zu vergießen, mal langsam den Mörder finden«, setzte Noss mit aufgesetzter Eifererstimme hinterher. »Na – wie viele Tatverdächtige habt ihr denn? Ich meine – außer mir?« Er legte seinen Kopf in den Nacken und schickte sein Savannenlachen durch die Sporthalle. Den Klang hatte Chavis schon vergessen.

»Wir haben von keinem der Teilnehmer eine Bestätigung, dass Sie in Kevelaer waren«, erwiderte er.

»Dann heißt es weitersuchen, Sportsfreund«, sagte Noss munter. So viel Respekt schien übrig zu sein, dass er keinen Ansatz dazu machte, Chavis passend zu dem Spruch auf die Schulter zu hauen. »Das muss ich der Polizei nicht erzählen, dass unser Rechtssystem auf dem In-dubio-pro-reo-Prinzip beruht«, hängte er hämisch an. Chavis wunderte sich, wie er es schaffte, augenscheinlich mit Worten zu fuchteln und gleichzeitig ins Schwarze zu treffen. Denn wirklich machte das einen Mammutanteil ihrer alltäglichen Arbeit im Kommissariat aus. Er fixierte Ernst Heverdingen hinter der Schulter von André Noss mit seinem Blick. Der war noch immer kalkweiß und bewegte sich zögernd aus der Stuhlreihe heraus in Richtung Ausgang. Als hätte er Schmerzen. Flink drehte sich Noss um und sah Heverdingen direkt ins Gesicht.

»Das Pfannkuchengesicht war's, sag an, Scheiß-Bulle!«, sagte er laut. Heverdingen, seine Frau und die anderen Leute in seiner Nähe erschraken sichtlich.

»Die Bußgeldbenachrichtigung wegen Beamtenbeleidigung lasse ich Ihnen nach Hause schicken, Adresse haben wir ja«, sagte Chavis lässig. Ihm war eher nach Lachen zumute. Wie grotesk, dass die Leute bei einem Spruch zurückschreckten wie eine Horde entlaufener Hühner. Man sollte glauben, sie seien ein bisschen hartgesottener in einer Fünfhundertachtundvierzigtausend-Einwohner-Stadt. Aber die meisten von ihnen hatten mit der Realität dieser Stadt wenig zu tun. Jeder von ihnen lebte in seinem Alltagstrott. Das bringt das Leben in einem Dorf mit Straßenbahn eben so mit sich.

Als Heverdingen deutlich verunsichert den Raum verlassen hatte, beugte Chavis sich ein kleines Stück zu Noss' Ohr, private und freundschaftliche Atmosphäre vorspielend.

»An Ihrer Stelle würde ich die Finger von dem lassen. Der ist nicht alleine. Sie verstehen?« Noss sah ihn lauernd, aber vollkommen perplex an. »Der ist von der Mafia«, legte Chavis nach und hoffte, dass es sich nicht zum zweiten Mal in diesem Fall als Fehler erweisen würde, seine Wut an der gefühlt richtigen Stelle abzulassen.

»Wollt ihr mir etwa weismachen, die Mafia hätte Marcel hops genommen?«, schrie Noss hemmungslos heraus.

»Das ist genauso wahrscheinlich, als wenn es jemand war, der angibt, zur Tatzeit vermummt durch Nordrhein-Westfalen gerannt zu sein«, entgegnete Chavis. Noss' jungenhaftes Gesicht blieb ausdruckslos. »Sehen wir uns morgen bei der Beerdigung?«, fragte Chavis. Das hatte wirklich versöhnlich klingen sollen. Stine war bereits zur Tür hinausgegangen und winkte ihn vom Türrahmen her wild zu sich.

Viele Leute waren nach dem Tanz nicht geblieben. Fünf oder sechs Stuhlreihen waren spärlich besetzt. So würde es bei kommenden Schulveranstaltungen aussehen ohne Marcel Kupiecs Willen zur Perfektion. Das Licht ging wieder aus, Kinder einer anderen Klasse machten sich daran, ein Schauspiel aufzuführen. Oder Sketche. Bevor er den Raum verließ, sah Chavis, wie André Noss zu dem verwaisten Mischpult schlenderte. Mit der Veranstaltungstechnik kannte er sich bestimmt gut aus. Die Aufführung der Kinder würde Konkurrenz bekommen. Oder eine besondere Note, was Licht und Ton betraf. Getrost ließ Chavis Noss in den pädagogischen Händen von Magda Luger und ihrem Lehrerkollegium. Er folgte Stine in einen leeren Gruppenumkleideraum. Sie war aufgeregt.

»Heverdingen ist vorgefahren zum Präsidium.« Chavis verstand gar nichts. Ihre Augen funkelten verheißungsvoll. »Ihm sind die Nerven durchgegangen, er will wohl ein Geständnis ablegen.« Er ließ sein Fahrrad im Schulhof stehen und setzte sich auf die Beifahrerseite des Dienstwagens.

Ohne jede unnötige Bewegung parkte Stine das Auto im Innenhof des Präsidiums sportlich ein und stieg mit Schwung die Treppen hinauf. Das Licht im Flur war angeschaltet, der wolkenschwere Himmel und die schon etwas kürzer werdenden Tage lieferten einen Vorgeschmack auf verregnete Herbstabende. Ernst Heverdingen hatte seine dunkle Anzugjacke anbehalten. Seiner Miene war nichts zu entnehmen. Wieder als würde eine Maske sein eigentliches Gesicht verbergen. Wie Heverdingen die Nerven verlieren sollte, war Chavis schleierhaft. Er wäre so weit gegangen zu sagen, dass Heverdingen gar keine Nerven besaß. Dem Unternehmensberater gegenüber saß in aufrechter Haltung Johannes Neubauer. Sie schwiegen. Neubauer machte keine Anstalten, das Büro zu verlassen. Die beiden Kripos ließen ihn. Stine hatte das Aufnahmegerät angeschaltet und nahm die Eckdaten auf: Ort, Zeit, Name.

»Ich habe die Kontrolle über meine Handlungen verloren. Ich kann mir heute«, Heverdingens Stimme brach sich mittendrin zu einem piepsigen Laut, »nicht mehr erklären, wie es so weit kommen konnte.«

»Das heißt?«, auch Stine saß kerzengerade, von Kopf bis Fuß gespannt. Heverdingen hielt sich kurz die gepflegte Hand vor den Mund, als wolle er das Gesagte zurückschieben. Doch dann erzählte er souverän weiter.

»Marcel Kupiec lernte ich auf einer Schulveranstaltung kennen. Er sprach mich an. Wir plauderten über kulturelle Entwicklungen in Bremen und er lud mich zu seinem Solo ein, das er im Rahmen eines Tanzfestivals aufführte. Ich glaube, das war im letzten Spätsommer. Meine Frau hatte an dem Abend keine Zeit, also ging ich alleine hin.« Er machte eine kleine Pause. »Es war bei Weitem das Beste, das ich in den letzten Jahren gesehen hatte. Er schaffte es, mit größter Intensität Gefühle in Tanz umzusetzen – ganz unglaublich. Es wühlte mich auf. Es ist verwerflich, wenn ich sage, ich war nicht mehr ich selbst. Nach der Vorstellung rief er mich an und wir verabredeten uns in einer Bar im Viertel. Tja, und dann«, Heverdingen blickte Chavis, Stine und Johannes Verständnis heischend an, »hatten wir eine Affäre. Sie können sich vielleicht vorstellen, was ich empfand, als ich erfuhr, dass meine Tochter von ihm schwanger war. Ich hatte keine Ahnung! Dass er überhaupt die Geschmacklosigkeit besessen hatte…« Er schwieg und erstmals sah Chavis seinem Gesicht an, dass die Wut zurückgekehrt war. Er verlor plötzlich den Respekt vor Heverdingen. Nichts gegen Schwule, aber gegen das doppelte Spiel mit gutbürgerlicher Fassade. Dann tat er ihm leid.

»Hatten Sie vorher schon Affären mit Männern?« Chavis gebrauchte mit Absicht die gleiche Vokabel dafür wie Heverdingen. Ohne aufzusehen, nickte er.

»Aber das geht Sie nichts an.«

»Sicher nicht«, antwortete Chavis.

»Herr Heverdingen, haben Sie Kupiec umgebracht?«, platzte es aus Stine heraus, die es einfach nicht mehr aushielt.

»Ich hätte es vielleicht getan, wenn ich ihm begegnet wäre«, er stierte ins Leere und sagte tonlos, »zum Glück hat das vor dem Schulabschlussfest schon jemand für mich erledigt.« Es klang glaubwürdig.

»Ihre Frau hat das für Sie erledigt?«, fragte Chavis. Heverdingen schüttelte den Kopf.

»Sie war ja mit Charlotte in Dangast.« Der Gedanke war ihm offenbar nicht neu. »Außerdem: Meine Frau – Sie kennen sie nicht – das ist absurd.«

»Aber Sie schließen das nicht aus?«, fragte Chavis. Heverdingens müde Augen blickten ihm voll ins Gesicht.

»Ich gehe davon aus, dass meine Frau von der Affäre mit Kupiec nichts weiß. Wenn das so ist, dann heißt die Antwort: Nein.« Chavis' Abscheu vor Heverdingen wuchs vehement. Der ging nicht davon aus, dass seine Frau den Mann umbrachte, der ihre minderjährige Tochter im Unterricht verführt hatte. Aber er maßte sich an, dass wenn seine Frau erfuhr, dass Kupiec mit ihrem – voll zurechnungsfähigen – Ehemann ein Verhältnis gehabt hatte, dass das plausibel wäre. Eitelkeit war ein zu schwacher Begriff für Heverdingens Denkweise. Zudem nahm Chavis an, dass er genau wusste, was er sagte.

»Um auf Karsten Georg zurückzukommen«, sagte Chavis und bat Stine, Heverdingens Aussage vorzulesen. Sie hatte sie augenblicklich auf ihrem Laptop parat. Chavis gab sich jovial. »Kommen Sie, Heverdingen – das kann ich nicht glauben! Sie machen sich als Unternehmensberater bei vielen Angestellten mehr als unbeliebt. Reihenweise verlieren die aufgrund Ihrer Analyse ihren Job. Und Karsten Georg haben Sie mit einer Anzeige gedroht, als er Ihrer Tochter hinterhergestiegen ist. Das ist doch lächerlich!«

»Sie kennen in dem Zusammenhang nicht alle Fakten«, sagte Heverdingen steif und fuhr sich über die frisierten Haare. Verstohlen sah er ihren jungen Kollegen an. Offenbar hatte er seine Fassung zurückgewonnen. Mit dem Blick bedeutete er, dass es für Johannes Zeit war, das Büro zu verlassen. Chavis beugte sich vor und sagte leise zu seinem jungen Kollegen: »Holst du uns einen dieser guten Automatenkaffees?« Hochrot sprang Neubauer auf und flitzte nach draußen. Er hatte die Botschaft verstanden, denn einen Kaffee bekamen sie anschließend nicht.

»Und was sagen die Fakten?«, fragte Chavis dann Heverdingen.

»Damals als Karsten Georg meine Tochter verfolgte, habe ich den Lauf meines Jagdgewehrs an seine Schläfe gehalten, meinen Spruch aufgesagt und abgedrückt. Es war natürlich nicht geladen. Das war die Sprache, die einer wie der versteht. Danach hat er Charlotte nie wieder belästigt.« Heverdingen blickte auf seine teure Armbanduhr. Er hatte sich wieder im Griff, die Maske saß fest auf dem Gesicht. »Wie werden Sie nun vorgehen?«

»In Ihrem Fall ist es so, dass die Beweislast für eine Untersuchungshaft ausreichend wäre. Da keine Fluchtgefahr besteht, unterliegen Sie vorerst nur der Meldepflicht. Wenn Sie verreisen, lassen Sie es uns wissen. Die Polizei-Zentrale ist vierundzwanzig Stunden täglich besetzt.« Heverdingen nickte und stand auf.

»Werden Sie meiner Frau oder meiner Tochter von dem mit Kupiec erzählen?«, fragte er augenscheinlich gelassen. Chavis stutzte kurz, sagte dann nichts.

»Herr Heverdingen, wir klären einen Mord auf«, betonte Stine distanziert. Auch sie fand Heverdingen zum Abgewöhnen.

»Ich verstehe nicht, warum Johannes nicht hören sollte, dass er Karsten mit seiner Jagdwaffe eingeschüchtert hat, aber zuließ, dass er sein Verhältnis mit Kupiec mitbekommen hat. Das ist doch viel peinlicher«, sagte Stine, als Heverdingen gegangen war. Sie saßen mit Neubauer, nun doch jeder mit einem Kaffee, in ihrem Büro. Endlich hatte sich Stine von ihrer Kaffee-Abneigung erholt. Chavis trank einen Schluck von dem heißen Gebräu.

»Das eine ist ein strafrechtliches Vergehen, das andere ist nur gesellschaftlich verwerflich«, sagte er, »Heverdingen ist Stratege. Auch wenn alles glaubwürdig klang, was er gesagt hat: Fakt ist, dass er kein Alibi für die Tatzeit hat. Und mit einer Teilenthüllung – wenn es eine war – schafft er sich uns vom Hals.« Er rief die Kollegen von der Personenfahndung an und wies sie darauf hin, wie wichtig es ist, dass Heverdingen von seiner Beschattung nichts mitbekam.

»Setz nur die besten Kollegen dafür ein. Auch wenn sie im Schlafanzug sind.« Chavis wusste, dass in dieser Abteilung die wenigsten Kollegen Rücksicht auf persönliche Motive oder feste Arbeitszeiten nahmen.

Von Karsten Georg keine Spur. Chavis legte auf und dachte an den fünfzehnjährigen Jungen, der irgendwo draußen sein Nachtlager aufschlug. Johannes erhob sich, bedankte sich und ging zum zweiten Mal an diesem Abend aus dieser Tür. Die Uhr auf dem Computer zeigte 20.08 Uhr.

»Bringt sich Hannah heute alleine ins Bett?«, fragte Chavis. Stine stöhnte. »Du kannst morgen mit ihr ausgiebig frühstücken. Wir sehen uns um zehn auf der Beerdigung.« Er blieb alleine im Büro.

André Noss hatte bei ihm Sympathiepunkte eingeheimst, denn sein Verhalten wirkte im schulischen Umfeld passender. War Noss selbst auf das GG gegangen? Das war, angesichts seines Strafregisters, eher unwahrscheinlich. Die erste Strafanzeige hatte Noss mit sechzehn Jahren bekommen: versuchter Kaufhausdiebstahl. Das war unredlich, aber in bestimmten Jugendkreisen durchaus altersgerecht. Im Flur waren keine menschlichen Geräusche mehr zu hören. Auch der eifrige Johannes hatte Feierabend gemacht. Chavis schaltete seine Schreibtischlampe an und sah das Strafregister von André Noss durch.

Dealerei von Haschisch und Kokain zogen Jugendstrafen nach sich. Beteiligung am Aufbau eines Callgirl-Ringes, igitt igitt. Bewaffneter Raubüberfall: in einem kleinen Schmuckgeschäft innerhalb der Öffnungszeiten mit vorgehaltener Waffe. Die Inhaberin hatte mächtig Angst, auch wenn Noss sie mit einer Schreckschusspistole bedroht hatte. Das sieht man den Dingern nicht an. Der Überfall auf die zwei Mädchen vor der Neustädter Diskothek trug eindeutig seine Handschrift. Sie waren mit einem Schrecken davongekommen, obwohl Noss mit der Motorsäge fähig gewesen wäre, sie umzubringen. Es klang nach verletzter Eitelkeit: Er hatte sie mit der Säge bedroht und eingeschüchtert. Dann hatte er sie aufgefordert, ihre Kleidung auszuziehen, und weiter mit der Säge herumgefuhrwerkt. Das passierte in einem kleinen Park, nicht weit von der Diskothek ›Future‹. Hatte den ohrenbetäubenden Lärm kein Türsteher und kein Anwohner bemerkt? Jedenfalls hatte niemand den neunzehnjährigen Mädchen geholfen. Schließlich hatte Noss sie splitterfasernackt weggejagt. Sie waren verängstigt und verschämt auf dem nächsten Polizeirevier gelandet. Wie hatte das Stine genannt: hartnäckige kriminelle Energie. Er gehörte zu den Menschen, die weniger Angst haben als andere. Aber ein Mord schien nicht auf seiner Linie zu liegen. Zumindest bisher nicht. Chavis erinnerte sich an seinen Ausbruch, als er Noss zu seinen Eltern befragt hatte: ›Gnade dem, der meinen Eltern was antut!‹, hatte er geschrien. Wenn er erfahren hatte, dass seine Mutter unbeantwortete Liebesbriefe mit ihrem Blut geschrieben hatte? Ihm war nicht zu trauen.

Erst unten im Innenhof fiel Chavis ein, dass sein Fahrrad am Goethe-Gymnasium stand. Er spazierte durch die finsteren Wallanlagen. Die Luft war warm und tropisch feucht. Ob Davina Sookia zu der Beerdigung ihres Liebhabers kam? Wahrscheinlich hätte sie selbst nicht beantworten können, in welchem Verhältnis Erpressung, Gewohnheit und Zuneigung in ihrer Beziehung zu Marcel gestanden hatten.

Made in school

Genau genommen hatte er das Mädchen, das kurz nach acht Uhr in der Bürotür stand, noch nie ohne Tränen in den Augen gesehen. Bei der Nachricht von Marcel Kupiecs Tod oder bei »Eklatanz« auf der Bühne. Bei dem Verhör in der Schule war sie dem Weinen nahe gewesen. Verständlicherweise. Aber diesmal war sie der Situation noch weniger gewachsen. Schluchzend und mit den dünnen Schultern zitternd, ließ sie sich auf den Stuhl fallen, auf dem ihr Vater gestern sein homosexuelles Verhältnis gestanden hatte.

»Karsten«, sagte sie schniefend und wischte sich mit dem Handrücken erst über die Nase, dann über die Augen. Diesen Namen hatte Chavis nicht erwartet. »Er hat was ganz Schreckliches vor.«

Chavis rief die Einsatzzentrale an, dann gab er Charlotte ein Taschentuch aus Stines Schreibtischschublade. Stine würde erst auf der Beerdigung erfahren, dass sie sich geirrt hatten: Karsten hatte Charlotte gestern auf dem Schulhof getroffen, richtig. Aber er hatte ihr nicht mitgeteilt, dass Heverdingen und Kupiec eine Affäre gehabt haben. Oder dass er nun wisse, dass sie und Kupiec ein Liebespaar gewesen waren. Oder war es Charlotte peinlich, das zu erwähnen?

»Er hat mich angegrinst und gesagt: ›Schreibs dir hinter die Ohren. Morgen mach ich alle kalt.‹ Dann hat er gesagt: ›Wenn du damit zu den Bullen rennst oder zu deinem Vater-Arsch oder zu sonst wem, Schnecke, dann ist dein Erzeuger seinen Job los.‹ Wenn ich das wiederhole, klingt das total kitschig, aber bei ihm klang es ernst.« Wie See-Untiefen auf einer Satellitenkarte hatte Charlotte über das Gesicht verteilt dunkle Flecken von der verlaufenen Wimperntusche. Das Telefon klingelte. Die Pressestelle würde später von einem Großeinsatz der Bremer Polizei sprechen. Chavis wusste, dass es in Wirklichkeit ein mittlerer Einsatz gewesen war. Aber das ist, aufgrund einer unklaren Zeugenaussage, das Maximum, was dem Steuerzahler zuzumuten ist.

Sechzehn Minuten nach seinem Anruf in der Zentrale drangen zwei Polizisten-Teams in die beiden Gebäude des Goethe-Gymnasiums im Steintorviertel ein. Der Einsatzleiter saß im Ü-Wagen und verband Chavis' Telefonleitung mit der Funkstation. Chavis hörte, wie jeweils vier Kollegen im Schutzanzug die Flure entlang- und die Treppen hinaufgingen. »Team A Lehrerzimmer«, hörte er, »Team B Raum 05, gehen in den ersten Stock.« Sie bewegten sich durch die Gebäude und gaben weitere Ortsangaben durch. Plötzlich drang durch den Hörer ein Riesen-Knall. Jemand rief »Scheiße!« in sein Funkgerät und jemand anders sagte: »Vermutlich Zündung im Hauptgebäude, zweiter oder dritter Stock, Verstärkung.« Der Einsatzleiter reagierte Augenblicke später: »Zwei Teams Verstärkung ins Hauptgebäude. Okay. Die gehen jetzt los.« Gerade wollte Chavis sich mit dem Telefonhörer in der Hand beruhigt zurücklehnen, als er eine zweite Explosion hörte.

Charlotte riss ihre rot umrandeten Augen auf. Sie saß vier Meter vom Telefon entfernt und hatte den Knall durch den Hörer wahrgenommen. Jemand schrie: »Da rennt einer!« Chavis hörte das Schlagen der Sohlen auf dem Fußboden, knallende Türen, Schreie, die lauter wurden. »Feuerwehr zwei Mal, Krankenwagen, weiß nicht, wie viele, schnell!«, schrie eine Stimme ins Funkgerät, der Einsatzleiter rief: »Wo seid ihr?« Im Hintergrund hörte er, wie jemand sich bemühte, Ruhe zu stiften. Es brannte offensichtlich in zwei Klassenzimmern. »Hauptgebäude, zweiter Stock, Fenster gehen zum Hof«, eine andere sagte: »Täter wahrscheinlich noch im Gebäude, stürmen mit Team B die Toilette.« »Team A macht Hintergrund und Team C und D kümmern sich um die Sicherheit der Opfer und – wenn nötig – erste Hilfe für die Verletzten«, wies der Einsatzleiter in sachlichem Ton an, »Feuerwehr und Krankentransporte sind auf dem Weg. Team A, aktueller Stand?« Chavis hörte Schreie, Rennen, Klappern, Schluchzen, Stimmen und Rufe der Schüler und Lehrer auf dem Schulflur. »Team B evakuiert die Herrentoilette im zweiten Stock des Hauptgebäudes. Bisher ohne Ergebnis«, sagte eine Stimme, der man die Spannung anmerkte. In den Hörer lauschend, sah Chavis Charlotte an. Er wäre gerne in der Schule gewesen. Das Mädchen hatte bis auf den Knall aus dem Telefonhörer nichts mitbekommen. Aber wegen ihr konnte er unmöglich weg und mitnehmen konnte er sie auch nicht. »Welche Klassen sind im zweiten Stock im Hauptgebäude?«, fragte er sie. Im Telefon krachte es einige Male laut. Plötzlich hörte er »Stehen bleiben!«, dann drei Schüsse. Karsten Georg hatte sich in einer Toilettenkabine verschanzt.

Als es den Polizisten gelungen war, die Tür aufzubrechen, hatte er auf der Kloschüssel gestanden und sie mit einem Butterfly-Messer bedroht. Was angesichts der vier Polizisten in Schutzanzügen mit gezückten Schusswaffen ein bisschen lächerlich gewesen war. Da die Polizisten nicht einschätzen konnten, ob er weitere Brandsätze bei sich trug, schoss einer von ihnen zweimal an ihm vorbei durch das Toilettenfenster und anschließend in Karstens Bein. Der Junge brach zusammen und wimmerte. Die Polizei hatte ihn überrascht, bevor er einen Brandsatz in seinen eigenen Klassenraum werfen konnte. In der 10c gab es sieben

Verletzte. Am schlimmsten hatte es ein Mädchen erwischt, vor dem der Brandsatz direkt auf den Tisch geflogen und dort detoniert war. Sie hatte schwere Gesichtsverletzungen. Den zweiten Brandsatz hatte Karsten in den Raum der 10a geworfen. Die Explosion hatte viel lauter geklungen, weil der Raum menschenleer gewesen war. Glücklicherweise hatte die 10a gerade Informatik und sich im Computer-Fachraum aufgehalten.

Karsten Georg würde sich nie offiziell über seine Motive zu der Tat äußern. Die Ermittlungen sollten ergeben, dass er schon lange geplant hatte, die Schule am letzten Tag vor den Sommerferien zu überfallen. Schon Wochen vorher hatte er ein Kellerfenster der Schule so präpariert, dass er es als Einstieg nutzen und dort übernachten konnte. Nachdem ihn Sonia auf dem Pausenhof beobachtet hatte, war er zwar durch das Haupttor vom Schulgelände weggegangen. Doch er war nach dem Ende der Pause durch das gleiche Tor wieder hineinspaziert. Die Vorstellung, dass er sich während der Abschlussveranstaltung unbemerkt nur einige Meter unter den beiden Kripos aufgehalten hatte, berührte Chavis unangenehm. Die Polizei hatte in Bremen überall nach ihm gesucht, nur nicht im Keller des GG.

Chavis legte den Hörer auf und informierte Charlotte betont sachlich. Trotzdem wurde ihr blasses Gesicht kalkweiß. Ihm lag auf der Zunge, sie zu fragen, warum sie erst heute zur Polizei gegangen war, aber er ließ es. Er wollte nicht zu allem Überfluss ihre Schuldgefühle bestätigen. Er legte ihr tröstend die Hand auf den Rücken und sagte: »Ohne dich wären wahrscheinlich Schüler gestorben.« Er schickte sie mit einer Kollegin zusammen zu der psychologischen Beratung, anschließend würde sie nach Hause gebracht werden. Für die Wiederherstellung von Charlottes emotionalem Gleichgewicht war mehr als nur eine Sitzung nötig, das war klar. Draußen brannte die Sonne vom tiefblauen

Himmel wie auf der trockensten Ebene der spanischen La Mancha. Es war halb zehn, als er in den Dienstwagen stieg. Planmäßig hätte er sich auf den Weg zur Beerdigung machen müssen. Er rief Stine an und sagte, dass er später kommen würde. Es hatte keinen Sinn, ihr am Telefon von dem Anschlag zu erzählen – sie würde vor Neugier wortwörtlich platzen. Karsten Georg lag unter Vollnarkose im Unfall-OP des Krankenhauses und bekam die Kugel aus dem Bein operiert. Vor dem OP-Raum saß ein Polizist. Das Mädchen mit den Brandverletzungen brachte ein Hubschrauber vom Zentralkrankenhaus in eine Fachklinik. Ihr würden Hautteile aus dem Oberschenkel ins Gesicht transplantiert werden müssen. Die Lehrerin und drei weitere Schüler hatten leichte Brandverletzungen, die ohne Operation stationär behandelt werden konnten. Eine Schülerin und ein Schüler hatten sich bei dem panischen Versuch, das Klassenzimmer zu verlassen, Brüche zugezogen. Täter und, bis auf eine Ausnahme, Opfer in ein und demselben Krankenhaus. Karsten Georg musste vor den Verwandten, Freunden und Mitschülern der sechs Verletzten geschützt werden.

Chavis forderte Verstärkung für die Wache an. Nach Meinung der Ärzte würde Karsten in drei bis vier Stunden vernehmungsfähig sein. Für Chavis gab es zwischen dem Mord an Kupiec und dem Attentat keine Verbindung. Eine indirekte vielleicht. Er rief die für Amokläufe zuständigen Kollegen an und wies sie darauf hin, dass dieses Attentat ihre Sache sei. Trotzdem würde er Karsten Georg später vernehmen wollen. »Warum seid ihr eigentlich noch nicht im Krankenhaus?«, provozierte er zum Schluss. Der Kollege lachte arglos ins Telefon, er war der Meinung, dass es keinen Sinn hatte, sich mit dem Griesgram anzulegen.

Chavis hatte sich am Morgen für die Beerdigung ein Hemd angezogen. Es stank, als hätte jemand damit das Paris-Dakar-Rennen auf dem Motorrad absolviert. Nach langer Parkplatzsuche stieg Chavis in der Kornstraße aus dem Dienstwagen. Die Sonne hatte ihren Zenit noch nicht erreicht, aber knallte grell vom Himmel. Im tiefen Schatten der Bäume waren die kleinen Grabsteine wie entlang einer Linie sauber aufgereiht. Auf den Lichtungen warf jeder Stein seinen eigenen Schatten.

Nur an der Kapelle waren einige Reihen für die Toten reserviert, die unverbrannt dem Mikro- und Makrokosmos der Erde übergeben wurden. Marcel Kupiec war trotz allem katholisch geblieben. Er hatte testamentarisch verfügt, dass er im Sarg bestattet werden wollte. Die kleine Friedhofskapelle war so voller Trauernder, dass sich in der offenen Tür eine Menschentraube gebildet hatte. Von Stine keine Spur. Chavis reckte sich, um einen Blick in den Innenraum zu werfen. In einer stickigen Mischung aus Schweiß und Weihrauch standen dicht an dicht gedrängt Menschen, die nur leises Räuspern und Rascheln von sich gaben. Der Pastor stand am Kopfende des offenen Sarges und betete still. Sein Gesicht wurde vom Widerschein der Kerzen erhellt. Chavis wartete einige Schritte von der Kapelle entfernt im Schatten der Bäume. Die Trauergesellschaft betete und sang im Wechsel, der Pastor sprach tröstende Worte zu den Angehörigen. Eine Trompete stimmte »Who wants to live forever« an. Ein Solo mit zögerlich verschlepptem Takt, das einem leicht die Tränen in die Augen trieb. Der Spieler konnte nur Sven Sommer sein.

Die Menschen vor der Kapelle teilten sich und gaben den Weg frei. Tief bewegt trat Michaela Noss aus der Kapelle, ihr Sohn ging neben ihr, ohne sie zu berühren. Gerit Kuhlmann schleppte sich hinter Michaela und André her. Er schwitzte, seine Haare glänzten nass. Auch Julia kämpfte mit den hohen Temperaturen, sie blieb neben der Tür stehen und fächelte sich Luft zu. Chavis sah Sonias Rotschopf und bemerkte ihren gelassenen Gesichtsausdruck. Als sei sie Gast auf einer Cocktailparty. Sie setzte sich in einiger Entfernung von der Gesellschaft auf eine Bank und holte einen Skizzenblock aus ihrer Tasche.

Dem Pastor war die Hitze trotz des dicken schwarzen Talars nicht anzusehen. Er ging langsam vor den vier Sargträgern zu dem offenen Grab. Die Trauergemeinschaft formierte sich zögerlich. Die wilden grauen Locken des Choreografen des Theaters Bremen wippten hinter dem Sarg her. John Merell war mit einigen anderen Leuten, offensichtlich vom Theater, einer der Ersten, der dem Sarg folgte. Er fühlte sich offensichtlich unwohl. Eine Beerdigung war nichts für sein Temperament. Davina Sookia war nicht gekommen. Chavis konnte nicht einschätzen, ob die Luger geplant hatte, bei der Beerdigung dabei zu sein. Jedenfalls war sie aus erklärlichen Gründen nicht da. Auch Schülerinnen und Schüler fehlten vollkommen. Endlich entdeckte er Stine hinter zwei Paaren, deren Körper Stines kleine Gestalt verdeckt hatten. Sonia hatte ihren Skizzenblock zugeklappt und näherte sich der Gruft.

Zwischen den Blumen lag ein übergroßer Trauerkranz, bedeckt mit roten Rosen, auf dem ›Ewig lebe Pan, Theater Bremen‹ stand. Routiniert ließen die Träger den Sarg in die Erde gleiten. Der Pastor wartete mit einer Schaufel in der Hand. Er gab sie Sonia und sprach seinen Segen. Ohne erkennbare Rührung ließ Sonia Erdkrümel auf den Sarg fallen. Dann Julia. Die Trompete in Mäckis Hand blinkte, von einem Sonnenstrahl getroffen, auf. Chavis konnte nicht sagen, wie der Trauermarsch hieß, den Mäcki darauf spielte, während die ganze Gesellschaft den beiden Frauen die Hand gab. Julia sah zu Boden, scheinbar doch ergriffen. Michaela schluchzte laut und im Augenblick des Händereichens sahen sich die beiden Frauen fest an. Stine trat wortlos zu Chavis. Offensichtlich war die Gruppe Unbekannter, die vor ihr hergegangen war, Eltern von Kupiecs Schülern gewesen. »...

leider konnte er das den Kindern nicht vermitteln«, hörte Chavis einen Mann gedämpft sagen. »Man soll nicht schlecht über Tote reden, aber er war ziemlich willkürlich mit seinen Beurteilungen«, sagte eine andere Frau leise. »Meine Tochter mochte ihn nicht.« »Er hat die Schüler wie Tanzprofis behandelt – überkritisch, wenn du mich fragst. Dabei war es doch nur Sportunterricht. Ich musste unseren Sohn immer überreden, überhaupt zum Unterricht zu gehen.« »So was war Kupiec egal«, antwortete eine Frau zu laut. Der Mann, der neben ihr stand, machte ein strenges Gesicht. Die Gruppe flüsterte weiter miteinander.

Bis alle Hände geschüttelt waren, würde es noch dauern. Stine warf einen sprechenden Blick in den azurblauen Himmel.

»Können wir?«, fragte sie. Beerdigungen gehörten nicht zu ihren Lieblingsveranstaltungen.

»Karsten Georg hat in zwei Klassenräume des GG Brandsätze geworfen«, sagte Chavis mit neutraler Stimme, als sie über den Friedhof zurück zur Kornstraße gingen. Kein Angehöriger war zu sehen, die Reihen der Grabsteine kamen ihm einsam vor.

»Wie bitte?«, fragte Stine laut. »Und das sagst du mir erst jetzt?«

»Acht Verletzte, darunter Karsten mit Oberschenkelschuss. Hab den Kollegen für Amoklauf Bescheid gesagt.« Er schloss das Friedhofstor hinter ihnen und sah, dass seine Kollegin die Stirn runzelte.

»Meinst du wirklich, dass der Anschlag für uns keinerlei Bedeutung hat?« Er drückte auf die Entriegelung der Dienstwagentüren. Klack.

»Ob Karsten Georg in der Tatnacht, also Freitag, zu Hause war, weiß nur er alleine. Also kein Alibi«, Chavis öffnete die Fahrertür und ließ eine Hitzeblase entweichen. Der Innenraum kochte und er bemerkte Stines Widerstand, sich solchen

Temperaturen auszusetzen. Eine Blockade wie für andere vor dem bewussten Verzehr von Giftpilzen. Schließlich schwang sie sich entschlossen auf den Beifahrersitz, drückte gleichzeitig den Fensterheber und fächelte sich Luft zu.

»Und eine Riesenangst vor – und gleichzeitig Stinkwut auf – Marcel Kupiec. Schwulenphobie und dann sieht er ihn in flagranti mit dem Vater seiner Erwünschten.«

»Angeblich«, gab Chavis zurück.

»Woher sollte er das sonst wissen?«, fragte sie genervt. Mit Stine war in der gefühlt-zweiundvierzig-Grad-heißen Blechkiste nicht zu spaßen.

»Jedenfalls ist das schon einige Zeit her. Es gab für Karsten keinen aktuellen Anlass, Kupiec zu töten.«

»Welchen aktuellen Anlass gab es denn, deiner Meinung nach, heute, die Schule in Brand zu setzen? Dass sie für die nächsten sechs Wochen schließt?« Stine angelte ihr Handy aus der Umhängetasche und ließ sich von der Zentrale mit dem zuständigen Kommissariat verbinden. »Wie weit seid ihr im Fall Brandanschlag?«, fragte sie. Sie hörte lange zu, dann sagte sie: »Haltet uns auf dem Laufenden, ja?«, und legte auf. »Karstens Computer ist bei den Experten. Er hatte alle Dateien vollständig gelöscht. Die Presse nervt die Öffentlichkeitsabteilung gewaltig und Karsten liegt immer noch auf dem OP-Tisch. Scheinbar hat die Kugel den Knochen gesplittert.«

»Sin compasión«, sagte Chavis, froh, dass er sich dieses ungebräuchliche Wort gemerkt hatte. Es war die spanische Variante von ›no mercy‹. Mit einem Blick auf die Uhr stellte er fest, dass Karsten Georg voraussichtlich erst am Nachmittag vernehmungsfähig sein würde. »Jedenfalls kann er uns nicht mehr weglaufen.«

Sein Magen knurrte. Er bog in die Durchfahrt zum Innenhof des Präsidiums ein.

»Na Stinchen, gehn wir ins Kantinchen?«, säuselte er. Sie gab einen kleinen Grunzlaut von sich. Erst als sie im kühlen Treppenhaus angelangt waren, antwortete sie.

»Okee, auf einen Kaffee.« Ihre Betriebstemperatur war wieder erreicht. Dagegen guckte Kumroth besonders grantig, als er den beiden im Keller in den Weg trat.

»Na Kollege Arves, diesmal hast du's vollständig verbockt! Ein so junges Mädchen – entstellt fürs Leben! Und sechs weitere Opfer! Das geht zu hundert Prozent auf dein Konto, Arves. Wenn du wirklich so plietsch wärst, hättest du ihn vorher verhaftet.« Dazu fiel Chavis nichts ein. Er schaffte es, nicht weiter darüber nachzudenken, und ging einfach an dem Pathologen vorbei.

»Ich weiß nicht mal, wovon du redest, Kumroth.« Stine atmete hörbar aus, als sich die Tür hinter der Kantine geschlossen hatte.

»Jetzt brauche ich einen Kaffee«, betonte sie. In den Metallwärmewannen hatten Schichtkartoffeln, Gulasch, Rotbarsch in Mehlschwitze und Tiefkühl-Gemüse mit der Dörrung gerade begonnen. Um drei Uhr heute Nachmittag sah dieses Essen anders aus, das wusste Chavis aus Erfahrung. Sonia und Julia veranstalteten einen Leichenschmaus für Kupiec. Berufsbedingt kannte er die immer gleiche Zeremonie. Doch bei dieser Beerdigung passte irgendwas nicht zusammen. Hatten die beiden Frauen zum Süppchen in der Lessingstraße oder in Julias und Mäckis Wohnung am Sielwall eingeladen?

Er nahm sich von dem Béchamelkartoffelauflauf und einen grünen Salat dazu. Das würde gehen.

»So früh war ich schon lange nicht mehr hier«, sagte Stine, die an einem der leeren Tische auf ihn wartete.

»Das geht auch nur, wenn man die Gesundheit von sieben Schülern auf dem Gewissen hat«, antwortete er. Sie sah ihn über den Rand ihrer Kaffeetasse an.

»Brauchst du Hilfe vom Fachmann?«, erkundigte sie sich besorgt. Er schüttete den Salat aus der kleinen Schale auf den großen Teller. Dann schob er die Gabel in die Kartoffeln. Überraschenderweise schmeckten sie nach gar nichts.

»Vielleicht. Aber nicht für mich. Karsten Georg hat ein psychisches Problem. Er ist Einzelkind und die Mutter sieht oder sah in ihm einen künftigen Superstar. Dass die Eltern falsche Vorstellungen haben, das ist natürlich oft so. Aber Karsten hat das aus einem unbekannten Grund nicht vertragen. Oder er ist erblich vorbelastet. Oder beides.« Chavis probierte den Salat. Der schmeckte süß-sauer und salzig. Mit dem Dressing würde er die Kartoffeln aufpeppen. »Den Brandanschlag hatte Karsten lange geplant. Du hast die Versuche hinter den Postkarten gesehen. Besonders wichtig war ihm der öffentliche Auftritt. Neben den Journalisten und den Konsumenten dieser Nachricht wird es in den kommenden Tagen nur einen geben, der den Medienrummel richtig genießt: Karsten Georg.« Auch mit Salatsoße war der Auflauf ungenießbar. Entgegen seiner sonstigen Gewohnheit aß Chavis ihn trotzdem.

»Und was haben wir für einen Täter im Fall Kupiec?«, fragte Stine offenbar sich selbst und sprach weiter. »Zu einer solchen Messerführung gehört Wut, vielleicht sogar Verzweiflung. Aufsehen will der Täter vermeiden. Er hat gehofft, dass die Leiche bis zur Nordsee treibt und zu Fischfutter wird.« Chavis nahm seinen leer gegessenen Teller und stand auf.

»War sowieso gerade fertig. Nach dieser pietätvollen Pause können wir bei Julia Kupiec auflaufen.« Stine erhob sich und er war sich sicher, dass sie sich ein Stöhnen mühevoll verkniff. Beerdigungen waren eben nicht Stines Sache.

Die Suppe auslöffeln

Die Temperaturen waren um einige Grade nach oben geklettert, während sie sich in der unterirdischen Kantine aufgehalten hatten. Sie verfügten über kein Transportmittel, das bei dieser Affenhitze geeignet gewesen wäre. Das Dienstauto und die Straßenbahn kamen überhaupt nicht infrage, allein bei der Vorstellung brach selbst Chavis der Schweiß aus. Plötzlich bekam er Mitleid mit dem flachsblonden Nordlicht, das nah daran war zu hyperventilieren.

»Hast du kein Fahrrad?«

»Chavis, du weißt doch…« Stine hatte als Jugendliche am Stern in Schwachhausen einen gemeinen Zusammenprall mit einem Auto gehabt und bestieg seitdem keinen Drahtesel mehr.

»Da musst du dran arbeiten.« Aber dann sagte er: »Im Büro liegt genug Arbeit für dich. Ich bin in einer Stunde zurück und dann möchte ich den Bericht über die Beerdigung haben und die Protokolle aktualisiert.«

»Ach Chavis, ich könnte dich küssen!«, rief sie und er war versucht, etwas zu erwidern. Entlang dem Ostertorsteinweg waren kaum Leute unterwegs, ein italienischer Kellner überquerte die Straße zum Ulrichplatz und brach fast unter der Last auf seinem Tablett zusammen. Eisbecher, Cappuccini, Espressi schaffte er auf die andere Straßenseite zu den Leuten, die in Ferienlaune alle Außentische des Eiscafés besetzt hatten. Auch die Bedienungen der anderen Cafés und Kneipen am Platz bewegten sich schneller, als gesund war bei diesem Wetter.

An Julias und Mäckis Tür gegenüber dem Eck öffnete niemand. Chavis fuhr weiter in die Lessingstraße. Der Schweiß lief unter den Achseln und am Rücken in schon gewohnten Bahnen herunter und er ärgerte sich, dass er nicht daran gedacht hatte, sich im Büro umzuziehen. Heute passte die Kargheit des Vorbaus zum Anlass. Auf den leer gefegten Treppen und der Diele mit der altmodischen Standuhr, der Garderobe und Kommode konnte man gut eines Toten gedenken. Die Ordnung verströmte die Atmosphäre der unbelebten Materie perfekt. Tot wie Marcel Kupiec. Sonia hatte ihm die Tür geöffnet und ihn hineingebeten.

»Es ist niemand mehr hier«, sagte sie verlegen in die Stille hinein, die durch das schwingende Pendel der Standuhr unterstrichen wurde. Chavis war dienstlich da, das wusste sie. Sie suchten beide nach einem Umgang zwischen Intimität und offiziellem Anlass. Irgendwas sagte Chavis, dass es besser wäre, ihr angebliches Geständnis, das sie auf dem Präsidium abgelegt hatte, nicht direkt zu erwähnen. Was hatte sie nur dazu veranlasst, zu gestehen?

»Möchtest du einen Teller Kürbissuppe?«, fragte sie. Obwohl Chavis keinen Hunger verspürte, nickte er.

»Und ein Glas Wasser.« Er wartete im Speisezimmer. Das Ticktack der Uhr war laut und beruhigte ihn. Auf der Anrichte hinter ihm lag Sonias Zeichenblock.

Mit einem schnellen dünnen Strich hatte sie die Beerdigungsgesellschaft auf dem Friedhof skizziert. Er erkannte John Merell, der in linkischer Haltung von den anderen Theaterleuten umgeben stand. Dahinter sah er die Gruppe Eltern, die kein gutes Haar an Kupiec ließ, obwohl er noch nicht mal unter der Erde gelegen hatte. Stine ging hinter der Gruppe und war deshalb nicht zu sehen. Nur an dem enormen Bauch der Frau erkannte Chavis, dass es sich bei den beiden Personen weit hinten vor der Kapelle um Julia und Mäcki handeln musste. Mäcki hatte den Arm um Julias Schulter gelegt. Sie sahen aus, als gingen sie spazieren. Der Sarg wurde vorne links aus dem Bild getragen, den Pastor sah man nur von hinten. Etwas abseits ging Michaela Noss. Sie hielt sich selbst den Ellbogen, als ob sie sich gestoßen hätte. Neben ihr schlich ihr Sohn wie ein treuer Hund, der ihr nicht von der Seite weichen, gleichzeitig ihr nicht zur Last fallen wollte. Seine Gesichtszüge wirkten kindlich, was aber an der Zeichnerin liegen konnte. Hinter den beiden ging bullig, mit den Händen in den Hosentaschen, Gerit Kuhlmann. Er wirkte niedergeschlagen, gar erschöpft.

»Du zeichnest meisterhaft!« Sonia balancierte einen randvollen Suppenteller ins Zimmer.

»Danke«, sagte sie einfach, verschwand und kam mit einem Löffel und zwei großen Gläsern Wasser zurück. Mit einem Zug leerte er das Glas aus. »Ich glaube, es gibt keinen Kunstlehrer auf der Welt, der nicht Künstler sein will«, sagte sie. Es klang so logisch, aber er hatte bisher nicht daran gedacht. Die Erkenntnis daraus kam so plötzlich, dass er zu spüren glaubte, wie sie schon immer in einem Hinterhalt seines Gehirns gelauert hatte.

»Diese Einrichtung hier ist deine Ausstellung, richtig?«, fragte er. Ihre blauen Augen blickten amüsiert auf. »Hast du etwa gedacht, das wäre mein Geschmack?«, sie lachte kurz auf. »Ich erwerbe jedes Jahr auf Versteigerungen Möbel aus einer Epoche oder einer Region. Dieses Jahr ist es leider Biedermeier. Ich schwöre, nächstes Jahr kommt mir nichts vor Bauhaus hier hinein.« Er betrachtete Sonia mit neuen Augen. Eine solche Selbstinszenierung war ihm fremd.

»Und was sagt Kuhlmann dazu?«

»Wir haben nur wenige Berührungspunkte. Ich stelle zwar hier im Erdgeschoss in unseren Gemeinschaftsräumen aus. Aber ansonsten wohne ich oben und er unten neben dem Lessingclub.«

»Und wo ist er jetzt?«

»Er schleppt sich mit Oudry die Weser entlang. Du erinnerst dich – mit dem Monster der Baskervilles.« Ihnen war es offensichtlich ohne andere Anwesende nicht gelungen, zu einem distanzierteren Ton zurückzukehren. Vielleicht war das mit Sonia Grunenberg überhaupt unmöglich. »Kaffee?«, fragte sie. Chavis nickte und sah erstaunt auf den mit orange-farbenen Schlieren bedeckten Teller vor ihm. Er hatte die Suppe, ohne es zu merken, ausgelöffelt. Sonia kam gerade mit einer Espressotasse und den zwei neu gefüllten Wassergläsern in das Biedermeier-Speisezimmer, als ein Hund draußen auf der Straße wütend bellte. »Gerit und Oudry.« Sie stellte Kaffee und Wasser auf den Tisch und ging zur Tür, als ihr Mitbewohner sie gerade öffnete.

Sonia fing den Hund am Halsband ab. Der quetschte sich wütend an ihren Oberschenkeln vorbei und fletschte Chavis seine spitzen Zähne entgegen. Seine Ohren lagen am Kopf, als hätte er gar keine. Er konnte sehr laut bellen. Dann überschlug sich seine Stimme, denn Gerit riss ihn am Halsband zurück. Er verlegte sich auf bedrohliches Knurren. Auch Gerit sah Chavis seltsam an. Für seine Verhältnisse riss er richtiggehend die Augen auf, jedenfalls erkannte Chavis trotz der Entfernung das Braun seiner Iris. Sie grüßten sich mit Handzeichen.

»Nimm ihn doch bitte mit, er hat Angst vor der Polizei«, sagte Sonia zu Gerit. Das Knurren wurde leiser und verstummte schließlich. Chavis hörte, wie sich im Souterrain eine Tür schloss. Er nahm den Gesprächsfaden wieder auf.

»Lass mich raten, was der Name deines Monsters bedeutet? Pastellkreide?« Sie lachte.

»Die frisst doch der Wolf und nicht der Hund der Baskervilles! Jean-Baptiste Oudry war Hofmaler von Louis XV. In Versailles hat er Tiere naturalistisch gemalt. Aber sein wichtigstes Motiv waren Hunde. Ich glaube deshalb, dass – wenn es Wiedergeburt gibt – er in den nächsten Leben als Hund auf die Welt gekommen ist.« Das erinnerte Chavis unangenehm an Michaela Noss' Theorie der Seelenwanderung. Wie war das noch gewesen? Die Seele der Tochter von Michaela, die de facto nie existiert hatte, sollte sich zurzeit als Ungeborenes in Julias Bauch befinden. Oder war es Kupiecs Seele gewesen? Bevor er Sonia fragen konnte, ob sie das ernst meine, klingelte sein Telefon.

»Der Wachmann aus dem Krankenhaus hat angerufen, Chavis. Karsten Georg ist gerade aus der Narkose aufgewacht.«

»Gut, wir treffen uns da.« Für einen Augenblick war ihm unklar, warum er überhaupt hierher gekommen war. Er bedankte sich für die Suppe. Es lohnte sich für das Stückchen Weg nicht mal, aufs Fahrrad zu steigen. Er schob es den engen Bürgersteig entlang, überquerte die belebte St.-Jürgen-Straße und trat in das Terrain eines Paralleluniversums ein: Neben Krankheit, Schmerz und dem unangenehmen Geruch war für ihn Gesunden das Krankenhaus auch immer ein Ort der Ruhe. Im Ernstfall war der Krankenhausaufenthalt für ihn unaushaltbar, das hatte er schon probieren müssen. Während er sein Fahrrad anschloss, merkte er, wie seine Kopfhaut angegriffen wurde. Die Bremer Sonne war für einen Halbspanier normalerweise eine Lachnummer, aber heute testete sie seine Resistenz aus. Er entkam ihr durch das wohltemperierte Foyer des Krankenhauses.

Karsten Georg lag im Zimmer 404. Chavis nahm die Treppe. Stine würde schätzungsweise noch Zeit brauchen, bis sie ankam. Das Licht des Flurs in der Unfallstation leuchtete, drei Schritte bevor er durch die Glastür des Treppenhauses trat, auf. Mit festem Schritt kam die Schulleiterin des Goethe-Gymnasiums um die Ecke des Flurs auf Chavis zu. Unter ihren Augen lagen dunkle Schatten.

»Das muss wohl alles sein, nicht wahr, Herr Arves?«, sagte sie statt einer Begrüßung. Es klang gleichzeitig angriffslustig und verzagt. In Magda Lugers Spektrum des Ausdrucks kam das blanker Verzweiflung nahe.

»Was meinen Sie?«, fragte Chavis deswegen höflich.

»Das Schulamt und wir haben sechs Wochen Zeit, um die zwei brennenden Seiten eines Streichholzes zu löschen. Wir haben verletzte und traumatisierte Schüler, Renovierungsbedarf und ein dezimiertes Lehrerkollegium.« Wollte sie wie Kollege Kumroth Chavis dafür die Schuld anhängen? Er ging nicht darauf ein.

»Das tut mir sehr leid«, wich er aus, »verlassen denn Lehrer aufgrund der Ereignisse ihre Schule?«

»Das nicht«, sagte sie leise, als erwöge sie diese Möglichkeit zum ersten Mal, »aber Frau Noss hat nachträglich ein Jahr Beurlaubung eingereicht. Dazu kommt das Babyjahr von Frau Kupiec, der Tod ihres Vaters und die Frühpensionierung von Herrn Kuhlmann. Ich bin bis heute Morgen davon ausgegangen, dass er im nächsten Schuljahr zurück ins Team kommt. Kurz vor dem Anschlag habe ich den Brief vom Amt geöffnet, dass die letzten Untersuchungen abgeschlossen sind und der Gesundheitszustand von Herrn Kuhlmann nicht einmal mehr eine halbe Stelle zulässt.« Sie schlug sich mit beiden Händen auf die Oberschenkel. »Damit fallen pro Woche je eine volle Stelle in Geschichte und Politik, Französisch und Englisch, Biologie für Sek eins und zwei sowie ein Löwenanteil des Sportunterrichtes weg. Wären keine Sommerferien, müssten wir die Schule schließen, stellen Sie sich das vor!« Chavis hatte keine Probleme, sich das vorzustellen, aber für die Luger war das, als wäre der unmittelbare Beginn der Apokalypse beschlossene Sache.

»Und wie geht es Karsten?«, lenkte er auf ein anderes Thema, um ihr nicht zu nahezutreten. Sie kniff kurz die Lippen zusammen.

»Er war immer ein in sich gekehrter, psychisch labiler Schüler. Zurzeit geht es ihm sehr schlecht. Ich hoffe sehr für ihn, dass er die Chance hat, sich zu erholen.« Es klang wie eine vorbereitete Presseerklärung und gleichzeitig wie ihre Abschiedsrede. In Wirklichkeit war ihr Karsten Georgs Schicksal völlig egal. Er würde vielleicht in der Jugendhaftanstalt einen Hauptschulabschluss nachmachen können. Oder die Therapie würde anschlagen. Danach würde er von einer Institution zur Resozialisierung Jugendlicher zu einer anderen Einrichtung für psychisch Kranke weitergereicht. Alles nur noch eine Frage, welches Amt die Kosten für ihn trägt. Der Luger hatte er die Sommerferien endgültig versaut und als ihr Schützling hatte er sie hintergangen. Er war raus aus ihrem System und damit bei ihr abgemeldet. Ihr Besuch galt bestenfalls ihrer Neugier oder war reine PR. Chavis traute ihr das zu. Mit dem Kripo zu reden, hatte ihr offenbar geholfen, ihre strenge Haltung zurückzugewinnen. Sie hob zum Abschied die Hand.

»Wie ich Sie kenne, sehen wir uns bestimmt bald in der Schule wieder.« Womit sie nicht recht behalten sollte. Sie marschierte an ihm vorbei durch die Glastür ins Treppenhaus, durch das er gerade gekommen war. Unschlüssig ging er, in den typischen Krankenhausgeruch gehüllt, um die nächste Ecke. Eigentlich wollte er auf Stine warten, andererseits wollte er gerne sehen, was die Luger mit dem schlechten Zustand gemeint hatte, in dem sich Karsten befand. Ein Kollege in Uniform wachte vor dem Zimmer 404 und nickte, als Chavis um die Ecke kam. Der Kollege saß hinter einem Bett, das mit Knisterfolie überzogen war, und las Zeitung.

»Moin, Herr Arves«, grüßte er munter, »die Kollegin ist schon drin.« Wie hatte Stine das gemacht?

»Haben Sie die Zugänge zu dem Zimmer gecheckt?«, fragte Chavis. Der Kollege gab einen Laut von sich, wie ein Hund, dem sein Knochen gezeigt wird.

»Rechts Treppenaufgang, links Fahrstuhl. Im Zimmer selbst sitzt der Kollege, aber da es keinen anderen Zugang als diesen im Zimmer gibt, beschützt der den kleinen Arsch nur vor Spiderman persönlich.«

»Sie sollten nicht so oft ins Kino gehen«, sagte Chavis und öffnete die Tür. Das Zimmer streckte sich lang bis zu einem großen Fenster. Es lag auf der Schattenseite und war angenehm hell und kühl. Ein Apparat gab ein regelmäßiges Piepen von sich. Chavis grüßte den Kollegen, der neben der Tür saß. Stine stand in lauernder Haltung am Fußende des einzigen Bettes, das auf dem glänzenden Blau des Fußbodens verloren aussah. Karstens Gesicht starrte wachsbleich in Stines. Das Kopfteil seines Bettes war hochgeklappt, er hatte im frisch operierten Zustand eigentlich gar keine andere Möglichkeit, als sie anzusehen.

»Stell dir vor, Chavis, es tut ihm noch nicht einmal leid«, brachte Stine hervor, um Fassung ringend. Aber das Grinsen war Karsten vergangen. Er wusste ungefähr, wie der Hase für ihn laufen würde. Chavis legte Stine beruhigend die Hand auf die Schulter.

»Du glaubst doch sonst immer an unser Rechtssystem, oder? Diesmal schenke sogar ich ihm volles Vertrauen.«

»Ja, glob ich dat denn?«, sagte Stine übertrieben bremisch und sah ihn an. Er lächelte aufmunternd und lehnte sich an Karstens Bettkante. Karstens Gesicht war nicht weiter als vierzig Zentimeter von seinem entfernt. Er war nicht ganz bei sich, die Augen klappten immer wieder weg. Bald würde er wieder einschlafen.

»Karsten«, flüsterte Chavis verschwörerisch, »ich will keine Anzeige, ich will es nur wissen. Und sowieso hast du nichts mehr zu verlieren, das weißt du. Hast du mir am letzten Wochenende im Viertel eins auf die Rübe gehauen?« Karsten zuckte mit dem Mund und es schien, als würde Chavis im nächsten Moment doch seine makellose Gebissreihe zu sehen bekommen. Dann bewegte er müde den Kopf auf dem Kissen hin und her.

»Jedenfalls hat es nicht den Falschen getroffen«, sagte er zweideutig und schließlich: »Aber ich war's leider nicht.« Karsten Georg musste jetzt erst recht niemandem mehr gefallen.

»Deinen Humor operieren sie dir auch noch raus«, sagte Chavis. Seinen Kopf hatte Karsten zum Fenster gedreht, als die beiden Kripos den Raum verließen. Wahrscheinlich war er wieder eingeschlafen. »Hast du ihn gefragt, ob er seinen schwulen Sportlehrer erstochen hat?«, fragte Stine, als sich die Aufzugtüren hinter ihnen geschlossen hatten. Sie hatte seine Frage an Karsten im Krankenzimmer wohl akustisch nicht verstanden. Er hatte die Antwort auf diese Frage schon gewusst und sie deswegen nicht stellen müssen. Die spannendere Frage für ihn war die, wer ihn in der Feldstraße verwamst hatte. Aber manche Dinge bleiben einfach ohne eine eindeutige Antwort. Wochen später hörte er von der Streife, dass es im Viertel in den letzten Wochen zu überdurchschnittlich vielen tätlichen Überfällen auf Passanten gekommen war. Da war mal sein erster Eindruck richtig gewesen.

»Hast du ihn gefragt?«, gab Chavis zurück.

»Sicher. Er hat wörtlich gesagt: ›Ich wollte die ganze Schule hops nehmen. Wieso sollte ich ausgerechnet dem Sack eine Woche vorher eine Extrawurst braten?‹« Karsten Georg besaß zwar kein Gewissen, aber logischen Verstand – das musste man ihm lassen. Im Gegensatz zu dem vierten Stock und dem Aufzug war es im Foyer des Krankenhauses schon deutlich wärmer. Draußen traf sie dennoch die Hitze wie der Schlag. Stine würde bis zum Präsidium im Dienstauto dahinschmelzen wie weiße Schokolade in der Mikrowelle. Chavis trat mit schweren Beinen in die Pedale. Nicht den kürzesten Weg, sondern den schattigsten wählte er für den Rückweg. Vor seiner Wohnung stoppte er kurz und tauschte das verschwitzte Hemd gegen ein T-Shirt aus. Am liebsten hätte er geduscht. Stattdessen stellte er sich vor den geöffneten Kühlschrank und wartete, bis er die Kälte wohltuend spürte. Gierig trank er Horchata – eiskalte spanische Mandelmilch – aus der Packung, bis sie leer war.

Im Schatten der Häuser fuhr er in Zeitlupentempo Richtung Innenstadt. Die sengende Sonne traf ihn kurz, dann fand er unter den Bäumen des Imre-Nagy-Weges neuen Schutz. Das Knirschen der Fahrradräder entlang dem seicht gebogenen Weg machte ihn innerlich ruhig. Ohne Autos folgten Menschen sofort einem anderen Rhythmus. Auf irgendetwas wartete er. Er nahm den gläsernen Würfel mit der langsam nach oben kriechenden Stachel-Raupe wahr. Kaum drei Steinwürfe von hier hatte Kupiec gewohnt. Er überquerte den kleinen Präsident-Kennedy-Platz und bog in die Wallanlagen ein. Trotz der glühenden Hitze waren vor einem Obststand Zitronen, Apfelsinen und Ananas aufgetürmt. Woher kamen die mitten im Juli? In seinem Hirn schepperte es plötzlich. Er starrte auf das sich wiederholende ockergelbe Muster der Ananasschale. Das Orange und Gelb der Zitrusfrüchte war so lupenrein, dass die Leuchtkraft in den Augen schmerzte. Zusätzlich fielen ihm die spanischen Wörter für die beiden Farben ein: naranja und amarillo.

»Solls denn was sein?«, fragte eine freundliche Verkäuferinnenstimme dazwischen. Irritiert schüttelte er den Kopf. Wie viele Hinweise hatte er im Laufe der letzten Woche übersehen! Am Wochenende nach der Einladung von Sommer Kupiec und dem Nachtspaziergang mit Sonia war diese Erkenntnis zum Greifen nah gewesen. Sonias Bild von der Beerdigung! Ihm war auf einmal sonnenklar, was daran nicht gestimmt hatte. Er trat in die Pedale und raste die Wallanlagen entlang. Auf der Beerdigung hatte ihn das herrschende Ungleichgewicht irritiert: hier die Lockeren, Leichten, auf der anderen Seite die Verstörten. Eine so klare Teilung hatte er bei Angehörigen noch nie erlebt. Er hatte keine Zeit mehr zu verlieren.

One Day I'll Fly Away

Holger Schaarschmidts Labor im Erdgeschoss war abgeschlossen.

»Ich brauche das Vernehmungsprotokoll von der Schulleiterin und die Zeugenaussage von Sonia Grunenberg«, warf Chavis Stine zu, als er ins Büro kam. Holgers Mailbox war angeschaltet. Die Uhr auf Chavis' Rechner zeigte kurz vor drei, eigentlich noch kein Feierabend in Sicht. Die Chancen standen also gut, dass Holger wieder auftauchte. Chavis bat auf Band um Rückruf. »Und das Obduktionsprotokoll«, er wandte sich Stine zu. »Hast du schon gegessen?« Sie schüttelte den Kopf. Vage hoffte er Holger zu treffen, als er heute zum zweiten Mal die Kantine betrat. Doch bei Sonnenschein lockte es kaum jemanden hierher. Und einen Outdoor-Freak wie Holger schon gar nicht. Das Personal war in den letzten Zügen der Kochwannen-Reinigung, es knallte und zischte. Er nahm zwei windschiefe Bienenstichstücke und zwei Espresso-Milch-Mischungen und stieg wieder hinauf ins Büro.

»Die drei Protokolle habe ich dir geschickt«, meldete Stine. Sie lächelte, als er ihr ein Kuchenstück und den Kaffee auf den Schreibtisch stellte. »Du futterst ja heute wie die kleine Raupe in Hannahs Bilderbuch«, bemerkte sie. Sie hatte ja keine Ahnung, wie recht sie damit hatte. Nach den Béchamelkartoffeln hatte er, quasi ohne es zu merken, einen vollen Teller Kürbissuppe zu sich genommen. Vor seinem Kühlschrank hatte er in einem Zug einen Liter Horchata getrunken. Dennoch fiel der Bienenstich in ein tiefes Loch in seinem Magen.

»Du kannst mich zum Dienstschluss totschießen, wenn wir bis dahin nicht wissen, wer der Mörder von Kupiec war«, sagte er mit vollem Mund. Stine schüttelte ihre blonden Strähnen.

»Bei dir piept's wohl!«, sagte sie munter. »Okay Chavis, dir bleiben noch genau fünfzig Minuten Lebenszeit.«

Er überflog das Protokoll von Magda Luger und fand die Stelle, die er suchte.

»Sie hat sich damals in der Schule versprochen«, sagte er laut zu sich selbst. Weiter. Stine sah ihn über den Schreibtisch hinweg mit gerunzelter Stirn an.

Sonia hatte angegeben, sie habe Kupiec beim Gang mit Oudry an der Weser getroffen und sich mit ihm verabredet. Dieser wütend kläffende, riesengroße Hund! In dem Körper des Schäferhundes verbarg sich die kleinmütige Seele eines Rauhaardackels. Für Chavis war Sonia auf ihre Weise perfekt. Benutzte sie Oudry als ihre ganz persönliche »Bad Bank«? Steckten in dem Vierbeiner Sonias Anteile von Angst, fehlendem Überblick, Rücksichtslosigkeit, Rachelust, Neid und Eifersucht? Er fing schon an zu spinnen wie die beiden Hippie-Frauen. Seit Sonias Geständnis und seiner Erkenntnis, dass sie in einer laufenden Biedermeier-Möbel-Ausstellung lebte, war seine Loyalität ihr gegenüber nicht mehr ungetrübt. Er bildete sich ein, einen guten Zugang zu Kunst zu haben. Nur – wenn beides so eng verschränkt war – was war dann »echtes« Leben und was war künstlich arrangiert? Wo steckte die Authentizität? Eigentlich war ihm das gleichgütig, wäre da nicht die alles entscheidende Aussage von Sonia gewesen. Er griff den Telefonhörer und ließ ihn wieder sinken. Nein, das wäre zu dumm. Holger hatte sich nicht gemeldet. Wahrscheinlich nahm er sich hitzefrei. Chavis musste sich der einzigen Alternative, die ihm blieb, stellen: Kumroth.

»Hast du den Obduktionsbericht auch als Papiervariante?«, fragte er. Stine richtete den spitzen Zeigefinger auf ihn, spreizte den Daumen nach oben ab und zielte so auf ihren Kollegen. Dann legte sie einen Aktenordner auf den Besucherstuhl und angelte einige aneinandergeheftete Papiere heraus.

»Du hast noch einunddreißig Minuten«, brummte sie mit Grabesstimme. Auf dem Weg in den Keller nahm er zwei Stufen auf einmal. Kumroth hantierte gerade mit Latex-Handschuhen an einer neuen Leiche herum. Offensichtlich bereitete er eine Obduktion vor. Auf dem Metalltisch lag eine Frau, jung und attraktiv. Bestimmt ein Fall der Sitte. Chavis drehte den Kopf weg, um nicht weiter darüber nachdenken zu müssen.

»Na Arves, traust du dich in die Höhle des Löwen? An ihrer Stelle«, Kumroth deutete mit einer dicken Lupe auf die Frauenleiche, »hätte genauso gut die kleine Gymnasiastin liegen können.«

»Hätte das denn, deiner Meinung nach, den Tod dieser Frau verhindert?«, fragte Chavis und deutete ebenfalls auf die Leiche. Assi Albert kam mit einer Strahlschale voller medizinischer Instrumente herein und kicherte.

»Die eine von der Sitte, die andere von der Mord – die sind doch gar nicht von der gleichen Abteilung«, meinte er. Kumroth gab einen lauten Grunzlaut von sich. Wenn das seine Art zu lachen war, dann würde Chavis das lieber nicht mehr herausfordern.

»Ich habe eine Frage zu Kupiecs Obduktionsergebnissen«, schwenkte er um und las umständlich von dem Zettel in seiner Hand, »Natriumorthophenylphenol, was ist das genau?« Kumroths Hand wollte aus Gewohnheit den Kopf kratzen, doch er bemerkte in der Bewegung den Handschuh daran und stoppte die Hand in der Luft. Albert stürmte aus dem Raum und kam mit einem dicken Wälzer zurück.

»Das ist E232«, sagte Assi nach kurzer Zeit, dann blätterte er eine Weile.

»Warum kommst du damit eigentlich zu uns – das ist was fürs chemische Labor?«, sagte Kumroth. Chavis vermied es ihn anzusehen und antwortete nicht.

»Hier hab ich's doch schon«, beeilte sich Albert zu sagen, »das ist ein künstlich hergestellter Konservierungsstoff zur Fernhaltung von Schimmelpilzen. Für Lebensmittel und Kosmetikartikel zugelassen – kann so schlimm nicht sein«, er blätterte um, »hier steht nichts mehr. Aber irgendwie kommt mir der Stoff bekannt vor.«

»Wenns dir noch einfällt, dann meld dich bei mir, ja Assi Albert?«, während Chavis langsam aus dem großen Raum in Richtung Tür ging, wartete er. Diesmal kam es, wie üblich.

»Wie du die hohe Aufklärungsrate hinbekommst, ist mir unerklärlich, Arves. Man könnte dich mit diesem ewigen Hin und Her für einen Schwächling halten. Aber eins sag ich dir: Nur deswegen ist die Schule abgebrannt. Du hättest früher zugreifen müssen.« Chavis überlegte nicht einen Moment, ihm den Gefallen zu tun und umzukehren. Als er die Glastür schloss, registrierte er das tiefe Himbeerrot im Gesicht des Pathologen. »Und der andere, dieser Chemiker im Tarnanzug, ist auch ein Kollege, auf den ich gerne verzichten würde!«, hörte Chavis ihn brüllen, gedämpft durch die Tür.

Obwohl der Kripo ins Büro hochhetzte, hielt Stine ihm schon den Telefonhörer entgegen.

»Assi Albert ist was eingefallen.«

»Das ging aber schnell«, sagte Chavis in die Sprechmuschel.

»Es hat nur gedauert, weil Sommer ist«, orakelte der Lange, »Natriumorthophenylphenol, das steht oft im Supermarkt auf den Netzen von Orangen und Mandarinen.« Chavis musste schlucken. Die Vermutung hatte er schon gehabt, als er die Südfrüchte in den Wallanlagen gesehen hatte. Aber jetzt war es verbrieft.

»Gib mir Kumroth«, sagte er mit trockenem Mund.

»Ja?«, fragte der, offensichtlich wieder beruhigt, ins Telefon.

»Wäre es möglich, dass sich an der Tatwaffe E232 befunden hatte, beispielsweise an der Spitze, und in die Wunde hineintransportiert wurde? Durch den sofortigen Wassereintritt der Leiche schwemmte die Haut im vorderen Wundbereich auf, sodass der Stoff im Wundeninneren eingeschlossen blieb«, mutmaßte Chavis. Stines Augen starrten ihn an, groß wie zwei Untertassen.

»Ja, so kann es gewesen sein«, sagte Kumroths Stimme in sein Ohr.

Der richterliche Haftbefehl kam eine halbe Stunde später. Stine hatte ihre Mutter gebeten, Hannah vom Kindergarten abzuholen. Mal wieder. Immerhin blieb es ihr erspart, Chavis zu erschießen.

»Wie hast du das rausgefunden?«, fragte sie ihn.

»Sonia hat die Beerdigungsgesellschaft skizziert, auf der Zeichnung habe ich es dann gesehen. Alle Hinweise davor habe ich aber übersehen.« Zu weiteren Erklärungen hatten die beiden Kripos keine Zeit. Sie waren dabei, alles für die Verhaftung einzupacken: Dienstwaffe, Handschellen, Haftbefehl. Eigentlich übernahm die Streife die Verhaftung, aber sie waren die B-Mannschaft, falls etwas schiefging. Chavis hatte sich trotz der vielen Festnahmen, die er in seiner Polizeikarriere schon machen musste, nicht daran gewöhnt. Bei diesem Täter war Chavis sich so sicher, wie man sich bei solchen Dingen sein kann, dass er kein Wiederholungstäter war. Sie stiegen die Treppen hinunter, der Polizeibus mit den zwei uniformierten Kollegen wartete in der Durchfahrt zur Straße.

Sonia sah erschrocken aus, als sie den vier Beamten die Tür öffnete. Irgendwo im Haus bellte Oudry, die Uhr im Flur tickte. Kuhlmann saß an derselben Stelle vor einem leeren Suppenteller, genau wie es Chavis wenige Stunden vorher getan hatte. Orangefarbene Schlieren, die die Kürbissuppe hinterlassen hatte. Kuhlmann blickte auf und sah Chavis lange an. Der legte den Haftbefehl auf den Tisch mit der Häkeldecke.

»Sie stehen im Verdacht, Ihren ehemaligen Mitbewohner, Marcel Kupiec, vorsätzlich getötet zu haben.« Kuhlmann bewegte sich nicht. Zum ersten Mal fielen Chavis seine Geheimratsecken zwischen dem dunklen Haar auf.

»Das-hat-ja-lange-gedauert«, nuschelte er. Müde erhob er seinen schweren Körper und trottete voraus zur Eingangstür. Ungewöhnlich klar für seine Verhältnisse sagte er: »Manchmal dauert es eben, bis man die richtige Entscheidung trifft. Ich habe Ihnen ja schon gesagt, dass zwanzig Jahre Mist auf meinem Konto genug sind. Marcel ...«

»Das besprechen Sie besser mit Ihrem Anwalt«, unterbrach Chavis ihn brüsk. Einem der beiden Uniformierten war das Misstrauen aufs Gesicht geschrieben. Zum Glück sagte er nichts. Später würde er im Kollegenkreis behaupten, dass der Arves mit Mördern gemeinsame Sache mache. Sie während der Verhaftung vor sich-selbst-belastenden Aussagen schütze. Auf welcher Seite der denn eigentlich stehe? Immer wusste das Chavis auch nicht genau. Aber eins war sicher: Die Meinung der Kollegen war ihm herzlich egal.

Er drehte sich zu Sonia um, die abseits an der Treppe nach unten stand und der Verhaftung scheinbar ungläubig zusah.

»Deine Erinnerung an den Freitagabend war nicht so präzise, wie es klang. Als du selbst das begriffen hattest, meintest du, gestehen zu müssen. Um deinen Mitbewohner zu schützen. Und noch mehr: um deine Fiktion eines gemeinsamen Lebens zu schützen, das aber schon lange vorbei war.« Chavis hielt inne und spürte das Vertrauen, das Sonia und ihn seit dem Kuss verbunden hatte. »Jetzt sag ich dir was: Du hast etwas vergessen, hörst du das, Sonia? Du hast vergessen, dass du, als du Oudry von eurem Spaziergang an der Weser in den Lessingclub brachtest, Gerit von deinem Treffen mit Marcel am Deich erzählt hast. Hast du verstanden?« Ohne jede Mimik starrte Sonia ihn an. Dann sah sie Kuhlmann durch die offene Eingangstür hinterher, der mit einem der Kollegen gerade in den Transporter stieg.

»Ich hatte bei meiner ersten Aussage gehofft, dass dieses Detail nichts zur Sache tut«, sagte sie leise. Sie schluchzte auf. Es klang, als habe sie in den letzen Minuten nicht geatmet. Sie würde in den nächsten Wochen genug Ablenkung finden. Der Lessingclub musste ausgeräumt werden. Würde sie sich eine neue Wohnung suchen oder in dem Haus eine neue WG gründen? Es war kein gutes Omen für neue Mitbewohner, dass von den vier Ehemaligen einer tot war und der andere über Jahre im Gefängnis sitzen würde. Weil er den anderen umgebracht hatte.

Schweigend ließen sie sich – der Kollege, Kuhlmann und Chavis saßen hinten – in der »Wanne« durchs Viertel fahren. Schatten und gleißendes Licht wechselten sich im Wageninneren ab. Stine auf dem Beifahrersitz drehte an einer zwirndicken Strähne ihrer Haare. Kuhlmann strahlte die Hoffnungslosigkeit eines Bären aus, der in einem Transportkäfig zum Zoo gebracht wird. Die Ausstrahlung des Kollegen neben ihm mochte Chavis nicht deuten.

Die beiden Kripos würden noch einige Zeit im Büro brauchen, um die Papiere für die Haft fertig zu machen.

»Was war denn das auslösende Moment für Kuhlmann?«, platzte es aus Stine heraus, bevor sie den ersten Treppenabsatz erreicht hatten.

»Oh, danke«, sagte Chavis, »dazu fällt mir ein, das müssen wir für die Unterlagen noch vom Schulamt anfordern.« Zum letzten Mal an diesem Tag schloss er die Bürotür auf. »Magda Luger ist eine hervorragende Schulleiterin, findest du nicht?«, spannte er Stine auf die Folter. Sie zog die Stelle über den Augen zusammen, an der anderen Menschen Augenbrauen wachsen.

»Ja, und?«

»Wer Lehrer wird, ist normalerweise früher selbst ein hervorragender Schüler gewesen. Das trifft auf die Luger wahrscheinlich nicht zu...«

»Chavis, verschone mich mit deinen Psychogrammen!«, unterbrach sie ihn. Er wusste wirklich nicht, wie er es ihr sonst erklären sollte. Aber er versuchte es.

»Du hast recht, was mit der Luger als Schülerin los war, weiß ich nicht, ist auch nicht relevant«, er legte die Füße auf die Kante seines Schreibtischs, »aus dem Schuldienst als Beamter herauszukommen, ist nicht so einfach. Kuhlmann musste zu diversen Amtsärzten und – auch vom Amt – die Ergebnisse von Fachärzten verifizieren lassen, damit er seine Frühpensionierung durchbekam.«

»Damit scheinst du dich ja bestens auszukennen«, frotzelte Stine. Offenbar war sie froh, zur Abwechslung Chavis piesacken zu können. Er lächelte sie offen an.

»Die Luger hat in der Schule erwähnt, dass ›Herr Kuhlmann gerade seine letzte Prüfung‹ habe. Mit Krankenhausluft um die Nase nannte sie das Gleiche heute Morgen ›Untersuchungsergebnisse‹.«

»Na und?«, sie wippte leicht mit dem ganzen Körper. Sie war so gespannt, dass sie ihr Gehirn selbst schachmatt setzte.

»Die Frühpensionierung ist pünktlich zur Verhaftung durch gewesen«, sagte Chavis zynisch, »ich habe diese Ergebnisse nicht gesehen und die vom Schulamt sind bestimmt schon golfen. Vermutlich ist rein zufällig festgestellt worden, dass Kuhlmann zu wenig befruchtungsfähige Samen produziert, um unter normalen Umständen ein Kind zu zeugen. Oder eine Erbgeschichte.« Stine hatte aufgehört zu wippen.

»Dann ist er nicht der Vater von André?«

»Nein, sehr wahrscheinlich nicht. Ihm wird das wie Schuppen von den Augen gefallen sein, als er die Ergebnisse von den Amts-Untersuchungen durchsah. Während Michaela Noss es mehr oder weniger schon immer wusste. Du kannst dir sicher sein, dass sie es war, die dem Baby den Namen ausgesucht hat. Der französische Ursprung ließ auf den Vater schließen. Ihr starker Wunsch, ein Mädchen zu haben, drückte sich darin aus, dass der Name sowohl als Mädchen- als auch als Jungenname verwendet werden kann.« Chavis reckte sich. »Ich habe so viele Hinweise gesehen und nicht richtig interpretiert: das offensichtlich hervorragende Gebiss von Noss und die ungewöhnlich wenigen Füllungen in Kupiecs Zähnen!« Er schwieg. Von der Asymmetrie der beiden Familien aus der Kommune wollte Stine bestimmt nichts hören. Zu psychologisierend. André mit seinem Verwaltungsjob beim Theater, Gerit, der selbst ernannte Kneipenwirt, und Michaela, so psychisch angegriffen, dass sie als Lehrerin immer wieder ausfiel. Und auf der ›Sonnenseite‹ der Wohngemeinschaft: Kupiec, der nach einer glänzenden Tänzerkarriere an seiner persönlichen Entfaltung arbeitete, Sonia und Julia, die weltgewandt, sprachbegabt und zufrieden mit sich und ihrer Umgebung lebten. Er war einige Male ganz nah dran gewesen! Beim Nachtspaziergang mit Sonia und als Stine die Erbsituation geklärt hatte, auf der Beerdigung und schließlich als er Sonias Zeichnung von der Beerdigung gesehen hatte. Er ärgerte sich über sich selbst.

»Julia Kupiec hat es in neun Minuten geschafft, sich an den Gedanken zu gewöhnen, dass ihr Vater ermordet wurde. Familie Noss/Kuhlmann wird noch einige Zeit brauchen, um das zu verarbeiten«, sagte er. Sie sah nur verwirrt von ihrem Bildschirm auf.

»Und wie bitte soll Kuhlmann das gemacht haben? Er stand zur Tatzeit hinter dem Tresen des Lessingclubs«, sie sah die Alibis zum x-ten Mal durch. Chavis kritzelte mit Bleistift ein Cocktailglas auf seine Schreibtischunterlage, dachte an Sonias Zeichnung und radierte es wieder weg.

»Falls so früh überhaupt Gäste da waren, werden wir sie finden. In dieser Anwohnerbar herrscht eine intime Atmosphäre. Da kann man ruhig mal eine halbe Stunde weggehen. Zur Not versorgen sich die Gäste selbst mit Nachschub und legen das Geld dafür in die Kasse. Genau genommen ist die Bar nur die Illusion eines öffentlichen Raums.« Ihm verging die Lust, weiter zu erklären. »Aber wahrscheinlich war noch niemand da. Er packte das Messer ein, das frisch geschärft gerade noch Limonen und Orangenscheiben für Cocktails geschnitten hatte. Er ging über den Osterdeich und sah Marcel schon von Weitem, wie er mit jemand anderem quatschte. Wegen des guten Wetters war der Deich belebt. Sonia hat Marcel als nicht zuverlässig beschrieben.« Chavis war unbehaglich zumute bei der Vorstellung, er fasste sich kurz.

»Er muss Marcel unter irgendeinem Vorwand ins Gebüsch am Wasser gelockt haben. Bei der Trockenheit und dem Betrieb an der Weser ist es kein Wunder, dass die Spurensicherung nichts gefunden hat. Marcel kannte Gerit gut, er vertraute ihm. Vielleicht sah er sich irgendwas auf der Wasseroberfläche an, jedenfalls erwischte Gerit ihn hinterrücks. Seine Wut wuchs mit jedem Messerstich, Marcel hatte keine Chance, sich zu wehren. Dann schmiss Gerit ihn ins Wasser und hoffte, dass er nie wieder auftauchen würde. Gerit wollte ihn einfach los sein, diesen Lüstling, der bis heute die Erinnerung an seine schwache Kleinfamilie kaputt gemacht hatte. Gerit und André sind sehr loyal. An Andrés Beteuerung kannst du dich bestimmt erinnern, oder Stine?« Sie nickte.

»Ich kann dir auf den Zentimeter die Stelle auf dem Fußboden zeigen, wo seine Beteuerung hingeflogen ist. Und wie erklärst du Julias merkwürdiges Verhalten?«, fragte sie dann.

»Ach das. Sie war immer die, von der erwartet wurde, dass sie funktioniert. Dazu ist sie, vielleicht weil sie schwanger ist, sehr harmoniebedürftig. Das ist alles.« Chavis spürte eine bleierne Schwere im ganzen Körper. »Hör zu, ich werde versuchen, in den nächsten Tagen keinen Schritt …«, begann er und rechtzeitig fiel ihm ein, wie egoistisch es wäre, alleine freizumachen. Erneut begann er: »Vorausgesetzt, wir bekommen das durch, feiern wir beide bis Sonntag Überstunden ab. Dafür wirst du ausreichend gesammelt haben, stimmts?«

In der Straßenbahn zum Flughafen fühlte er sich von Station zu Station leichter. Und die Ortsnamen in der Abflughalle auf den Tafeln mit den Last-Minute-Angeboten steigerten sein Wohlbefinden erheblich: Almeria, La Coruña, Menorca, Las Palmas, Sevilla, Girona, Lanzarote. Zu jedem der Flugziele kamen ihm Bilder in den Kopf. Sogar Barcelona war für ein überschaubares Geld zu haben. Er trank einen teuren Espresso im Stehen. Er schloss die Augen. Die Stimmen der Leute im Flughafengebäude vermischten sich zu einem gleichmäßigen angenehmen Wirrwarr. Die meisten Leute in Bremen sitzen weder im Gefängnis, noch sind sie tot, fiel ihm ein. Er nahm sich vor, das ins Spanische zu übersetzen.

Die nächste Straßenbahn brachte ihn zurück zur Domsheide. Den Rest ins Viertel lief er zu Fuß.

Die Autorin

Sandra Pixberg (Jahrgang 1970) wohnte erst als Studierende, dann als Freie Journalistin von 1990 bis 2002 im Bremer Viertel. Spanisch lernte sie in Südamerika und beim Romanistik-Studium. Heute lebt sie mit ihrer Familie auf Rügen und arbeitet als Sachbuchautorin und Journalistin.

Foto: Volker Schütt